中世ヨーロッパの
女性の性と生活

The Very Secret Sex Lives of Medieval Women

ロザリー・ギルバート
Rosalie Gilbert
村岡優（訳）

原書房

中世ヨーロッパの女性の性と生活

免責事項

本作には、中世の写本から引用した薬草のレシピや調合法、アドバイスが数多く記載されていますが、ご自宅で試すのは危険です。よくよくご留意ください。決して真似をしないでください。結果として起こる被害は、生命を脅かし、修復不能となる場合もあります。即死に至る可能性もあります。

繰り返しますが、**ご自宅で試すのはやめてください**。

処女をちらつかせて一角獣をおびき寄せようとしているのなら話は別ですが。その場合は、どうぞご自由に。

献辞

いままさに名簿を変更しているジェニーへ

#sorrynotsorry

目次

はじめに

中世の性事情

中世の女性は性交していた。それは分かっている。それは事実だ。つまるところ、赤ん坊は生まれていたわけであるし、その赤ん坊が成長してまた赤ん坊を産んでいたのだから、それが起こるには生殖行為があったに違いない。ここまでは分かっているが、中世の女性にとって性交はどういうものだったか、考えたことはあるだろうか？

女性は夫のあらゆる欲望の奴隷だったのだろうか？　夫の留守中は、貞操帯で安全に、そして嫉妬深く守られていたのだろうか？　性交は義務だったのか、それとも快楽だったのか？　中世の女性は、自分の身体について発言権はあったのだろうか？　そしてその身体に近づいて触れてもいい者と触れてはならぬ者を決める権利はあったのだろうか？　一度でも？　多少なりとも？

事実は想像を超えている。

現代世界では、ヴィクトリア朝時代の学者たちのおかげで、中世の女性たちに関するひどく誤解を招くような考えが数多く流布している。今日のわれわれが知っていると思っているいわゆる事実の多くは、その学者たちが直接の原因だ。ヴィクトリア朝時代は、自分たちの社会がいかに利口で、それ以前の社会がいかにひどく、後進的で、無教養で、野蛮であったかを、あちこちの文献で声高に主張して悦に入る自惚れ屋たちであふれていた。これはローマ人やエトルリア人の、そしてスペインの異端審問といった歴史的証拠と相反する。もちろん、宗教狂信者が極悪非道なやり方で人間を迫害したという点で、異端審問は野蛮だったが、当時の宗教的、家庭的な芸術や科学はそうではなかった。

残念ながら、このようなヴィクトリア朝の考えに疑問を呈する者はいなかった。なぜなら——驚くなかれ——同時代の人たちも〝その考えに同意した〟からだ。探究心旺盛な学者が歴史の権威に異議を唱えたり、あるいは「物事が少しばかり誇張されているのではないか、きちんと調べたほうがいいのではないか」と遠慮がちに問い合わせたりする、査読プロセスなるものは存在しなかった。そんなものは皆無だ。彼らは中世の人たちに関して自らの考えに固執した。

これの最大の問題は、ハリウッドが足場を固めて絶好調の産業へと開花するにつれ、プロデューサーたちが数多の資料を読み、そこで見つけた情報をそのまま活用したことだ。彼らは自分の好みに合う情報を厳選した。ヴィクトリア朝の著作家たちが綴ったページから、衣装や風習、歴史的な生活の描写の気に入った部分が切り取られ、世界中の人々は突如として、過去の暮らしに関する彼らの解釈こそが真実だと鵜呑みにしてしまった。

バイキングの戦士と言えば角のある兜。女性戦士はココナッツの形をした胸当てがお決まりだ。〝エナン〟と呼ばれる先の尖ったお姫さまの帽子が流行ったのはものすごく短い期間だったが、中世の女性たちの定番となった。たとえ、彼女たちがそれ以外のものを着用していようとも。あらゆるものに毛皮の敷物が敷かれ、城壁は無着色の石材で築かれた。小作人はお粗末な縫製でサイズも合わない服を着せられ、猫も杓子も茶色を身につけている。映画で見る黒くてボロボロの歯でさえ、当時はまだ砂糖が普及していなかったことを考えると誤った描写であり、中世の一般的な衛生状態を示すものではない。

同様に、中世の女性たちはヴィクトリア朝の想像の産物のせいで被害を被った。女性は字が読めなかった。何に対しても発言権がなく、財産を所有することも、商売をすることもできなかった。化粧もせず、下着も着けていなかった。貞操帯が義務づけられていた、などなど。実に不公平だ。

実際のところ、中世の女性はピンセットを持ち、眉毛を整えていた。自分の外見を気にかけていたのだ。貧しい女性たちはほとんど何も持っていなかったが、持ち物が少なかったからこそ、それらは丈夫に作られ、今日の安いチェーン店の服よりも長持ちした。手で紡いだ糸を自分たちで織った布で仕立てた服を粗末な仕上がりだったと考えるのは失礼な話だし、間違っている。幼少期から裁縫を学んでいた女性は、家族のために服を縫わなければならない年頃になると裁縫などお手のものだった。

中世の女性たちの私生活は、現代のわれわれと同じように面倒で複雑だった。単純なことなど少なく、性的関係にまつわる問題の多くは間違いなく曖昧模糊としていた。現代と同じく、当時の女性たちも愛し、失恋し、望み、策略をめぐらし、笑い、泣き、持ちあげられ、捨てられていたのだ。希望も傷心も経験した。貞淑な女性もいれば、奔放な女性もいた。不本意に性交を強要され、その結果に対処しなければならない女性もいた。成功すべく、媚薬を作り、着飾る女性もいた。

性交をすることが複雑な場合もあった。性交をしないことはもっと複雑な場合も。中世女性の秘められた性生活と現代女性の性生活のあいだには数百年の隔たりがあるにもかかわらず、多くの類似点が残っている。変わったのは、実在の女性たちだけだ。これからお伝えするのは、一〇〇人以上の実在の中世女性の実話である。

さあ、彼女たちに会いに行こう。

第一章　性交しているかを知る方法

現代と異なり、中世の女性の社会的地位は、年齢、学歴、職業、出世レベルによってではなく、性交の有無によって判断された。当時の女性は次の四項目のいずれかに当てはまり、これによって社会における権利と義務は大きく左右されたのだ。

*処女（若く、未婚で、性行為は許されていない）
*妻（既婚、性行為は許されている）
*未亡人（元既婚、性行為は許されていない）
*売春婦（独身、性行為をしている、あるいはその疑いあり）

一般的に、未婚女性は父親の家庭に扶養され、将来誰かの家庭を豊かにするはずの結婚可能な商品でしかなかった。多少の教養や能力はあるにしても、全体として、社会ではまだ自分の居場所を見つけていない者として見なされていた。

既婚女性は妻として、母として、家庭の管理者として、または夫の事業を手伝う者として敬意を払われていた。商売をする者もいた。誰かの妻として、その行動は良くも悪くも夫にはね返ってきた。どれにも当てはまらない女性は特別な事情を抱えているか、破滅につながる綱渡り生活をしているかだ。不倫は重罪だったため、夫に不実な既婚女性は最悪な結末を迎える恐れがあった。宮廷風恋愛と人目を忍ぶ火遊びは紙一重だった。

処女

性経験に関して言うと、若い独身女性は間違いなく処女で、性交などしていない。まったくの未経験だ。未開の丘、未踏の園、未通の蕾。処女は貴重品だっただけではなく、伝説によれば、処女の純潔は一角獣をおびき寄せることができたらしい。たとえ一角獣は神話上の存在だったとしても、処女は、本来なら脳があるべき場所に角を生やした野獣を大量に引き寄せていたと言える。

中世社会には二種類の処女がいた。両者ともに処女の純潔を厳重に守っていたが、その理由はまったく異なる。

環境による処女

このタイプは未婚で、機が熟せば妻となり母となるであろう少女や若い女性を指す。良縁を、そしてたいていの場合は経済的に利を得る結婚を目指すならば、純潔であることが重要だった。身分が高ければ高いほど、付添人なしで行動できる可能性は低く、将来の夫でセックスパートナーとなる相手を親に決められる可能性が高かった。多くの若き未来の花嫁たちが、そうした取り決めを不安に感じていたのは周知のことであるし、不安に感じるのも当然ではないだろうか？

社会的に重要な相手と結婚する若い女性であれば、婚礼の準備が進んで財産分与の契約がすむ前に、女医や宗教的な女性によって処女であることを確認される場合もあったが、一般的な女性が誰しも確認されるというわけではなかった。処女であることが確認されなければ、家族のあいだや周囲の広いコミュニティで恥をかき、後ろ指をさされることが決まっていた。

処女を強姦した場合の罰則は非常に厳しかった。その後、良縁に恵まれることはほぼ不可能になるからだ。

それはもう仕方がない。

ローマの聖アグネス

危険いっぱいの世界に生きる処女には特別な保護が必要であり、聖アグネスはあらゆる年代の処女にとって頼れる聖女だった。彼女はローマのアグネス、イネス、イネズ、イネス・デル・カンポなど複数の異なる名前で知られているが、いつも子羊と一緒に描かれる特徴があるため、簡単に見分けがつく。「*agnus*」はラテン語で子羊を意味する一方、「*Agnes*」はギリシャ語で純潔、貞淑、神聖などを意味する。

聖アグネスは西暦二九一年にローマで生まれた。年齢のわりには、キリスト教に対して強い思いがあり、彼女の考えを変えさせようとするあらゆる試みや賄賂に抵抗した。一〇代前半の頃からイエスを唯一の伴侶と公言し、結婚をまったく望んでいなかった。彼女の殉教については諸説あるが、一二歳か一三歳頃、ローマの役人の息子との婚約を拒絶して、西暦三〇四年一月二一日に断頭されたというのが大半の見解である。

聖アグネスの頭蓋骨は今日、ローマのナヴォーナ広場にあるサンタニェーゼ・イン・アゴーネ教会の付属礼拝堂に、巡礼者のために保管されている。それは処女を守るために祈る人々にとって記念碑となっており、彼女の両親が言わんとしていたことと正反対の意味を持ってしまった。

中世社会で処女であることの最大の問題は、年齢や職業、はたまた神に純潔を誓ったかどうかなどおかまいなく、男たちがなんとしても処女と性交したがることだった。パルマの使徒兄弟団の年代記にある物語のひとつが、このことを鮮やかに描いている。

パルマの未亡人の娘

一三世紀初頭、ある未亡人の娘が、巡回修道士たちが訪ねてきたとき、不幸にも家に居合わせた。そのうちのひとり、ジェラルド・セガレッリは聖職者になるという大志を抱き、ある未亡人の家にひと晩身を寄せたと記録されている。彼はその未亡人に処女の娘がいることに気づき、「これは神の思し召しだ、娘の隣で裸になってひと晩過ごし、自らの高潔を試してみよと神が命じている」と言った。母親はまったく納得しなかったものの、ジェラルドはひるまず、「神の国のために自ら進んで去勢できる（性欲を抑える）者もいる」とマタイによる福音書の一節を引用し、娘が処女を奪われることはないと母親に請け合った。母親はその言葉を信じたが、彼は嘘をついていた。

自ら選んだ処女

ふたつ目の種類の処女は、自分で処女を選んだタイプだ。このタイプの成人女性は、純潔を守ることを自分の意志で決意し、通常、当面は処女であり続けると神に誓っていた。これは賛美すべきことと解釈される場合もあったが、そうでない場合もあった。

マークヤーテのクリスティーナは後者のひとりである。

マークヤーテのクリスティーナことハンティンドンのシオドーラ

クリスティーナは一〇九六年から一〇九八年頃、イングランドのハンティンドンで生まれたアングロ・サクソン人だ。出生名はシオドーラ。両親のベアトリクスとオーティは裕福な商人で、町の人々と比べて特に信仰心が篤いわけではなかった。シオドーラは幼い頃、まるで目に見える実在の人物であるかのようにイエスに話しかけていた。ティーンエイジャーになったとき、彼女はハートフォードシャーにある聖アルバン大聖堂を訪れて敬虔な思いに打たれ、その場で心密かに貞操を誓った。

あるとき、シオドーラがおば宅に滞在していたところ、訪ねてきた司教が彼女に熱をあげ、自分の恋人にしようとした。シオドーラは利口な娘だったゆえに、「ふたりのプライバシーを守るために扉に鍵をかけましょう」と提案した。司教は同意したが、彼女は自分だけ部屋を出て彼を閉じこめた。言うまでもなく、この作戦は悪いほうに転んだ。

拒絶されて腹を立てた司教は、シオドーラをベオトレッドという名の貴族と結婚させようとした。シオドーラの両親はその縁談に同意したが、彼女は拒絶した。両親は怒り狂い、あらゆる手段を尽くした。娘をなだめたりすかしたり、酔わせたりもした。髪を引っ張り、殴り、脅しもした。しかし、何ひとつ効果はなく、シオドーラは信念を曲げなかった。結婚させようと躍起になった両親は、ベオトレッドが娘の寝室に夜這いできるよう取り計らった。彼が寝室に忍びこんで娘の処女を奪えば、さすがに結婚させられるだろう、と。

残念なことに、事態はそんなふうにうまくは運ばなかった。

翌朝、部屋に様子を見に行った両親は、しょんぼりした様子のベオトレッドを見て愕然とした。

シオドーラが清らかな結婚や貞淑な女性たちの話を一晩中聞かせていたのだ。

当然のことながら、ベオトレッドの友人たちは、女を落とせなかった彼を容赦なくからかった。両親はくじけるものかと、その気になった将来の婿を再度、娘の部屋に入れ、今度こそはと期待した。シオドーラはどうやらタペストリーの裏に隠れ、ベオトレッドに見つからなかったようだ。このことから、彼がどんなタイプの男だったかが垣間見えるし、思っていたほど本気ではなかったことがうかがえる。

結局、シオドーラは男装して逃げだし、フラムステッドで女性隠者とともに匿われた。彼女はここでクリスティーナと改名し、純潔と礼拝に残りの人生を捧げ、修道女たちのコミュニティの長となる。彼女は一一六一年頃、処女のまま亡くなった。クリスティーナが勝ち、両親が負けたのだ。

祈る女性。
『ヘルマルスハウゼン詩篇』より「祈りを捧げる貴婦人」（ウォルターズ美術館所蔵の写本W10、見開き6枚目の裏）

宗教的施設が提供する避難所に身を寄せたのはクリスティーナだけではない。一番の朗報は、神聖の名のもとに貞節を守って暮らしたいと願う女性たちは、結婚して、妻として社会的に認められる特権をすべて享受できたことだ。修道女は、性的興奮をかきたてられない夫の隣で裸になることも回避できた。

貞節の誓いは、概ね一般社会からは相当立派なことだと見なされていたが、その一方で、好色な夫が、新妻は自分とのロマンティックな時間よりもはるかに神を重んじると知るのはとても不幸なことだった。何が不幸かというと、夫が神父に苦情をぶつけても、そのように極めて敬虔な妻を得られておめでとうと祝福されるのがオチだからだ。

本当におめでたい話である。

家族が財産を増やし、社会的な地位を向上させることを目的とした便宜結婚を渋々ながら受け入れた妻にとっては、貞節の誓いはなかなか好都合な抜け道であった。結婚しながら最後まで純潔を守った女性の記録は多くないが、少数ながら存在する。彼女たちは、落胆した夫の必死の努力にもかかわらず、処女を守り抜いた。

そうした夫婦の様子は、こんな感じだったと想像する。

ジェフリーはハゲで太った、そこそこに金持ちの五〇歳の男で、一七歳の可愛い花嫁を手に入れた。誓約が交わされ、婚礼が行われ、持参金が支払われた。周りの人たちは、性交が本当に行

われたかを確認するために、新婚夫婦のベッドを取り巻いて待った。あとは花嫁を寝かせるだけ。ところが、花嫁のマーガレットは沈痛な面持ちで抜け道を探していた……

マーガレット：旦那さま、床につく前に、今日という日を神に感謝して祈りを捧げなければいけません。

ジェフリー：ああ……そうだな……妻よ、そうしたいならどうぞ。でも急ぐんだよ、結婚を完了させなければならんからな！

マーガレット：すぐに終わります。

十分後。

ジェフリー：ええと……どうだい？　祈り終わったか？……待っているんだが。

マーガレット：旦那さま！　旦那さま！　どうかお喜びになって！　懸命に祈っていたら、奇跡が起きました！　主がたしかに語りかけてきて、全身全霊で主だけを愛するように命じられたんです。とにかくわが身を捧げるよう念を押されました。あなたも喜んでくださるでしょうけれど、わたしは神への愛で圧倒されてしまったので、いまここで貞潔の誓いを立てます。主への愛が突然芽生えたいま、あなたを結婚という束縛から解放いたしましょう！　ハレルヤ！

あなたもお喜びでしょう？

ジェフリー：最高じゃないか、マーガ……えっ、どういうことだ？

本当に、最高の、抜け道だった。

処女を偽る

若い女性が処女を偽り、結婚の日が近づいていたとしても、一巻の終わりではない。誰に頼めばいいかさえ知っていれば、また処女のように見せかける方法があったのだ。ここでトロトゥーラという名の驚くべき女性を紹介しよう。彼女は素晴らしい方面でたくさんの素晴らしいアドバイスをしてくれる女性だった。いや、本当に。素晴らしい。

トロトゥーラ・デ・ルッジエーロ

トロトゥーラ・デ・ルッジエーロは一一世紀の女性医学者で、不定愁訴や男性には話しにくい諸症状について扱った女性向けの医学書を書いたとまでは言わないが、少なくとも編纂した人物として広く知られている。『*De Passionibus Mulierum Curandarum*（女性の病気について）』という本だ。療法の多くは、実際の病気というよりも不定愁訴の緩和のためのものだが、彼女の療法は長きにわたって活用され、そのアドバイスも真剣に受け止められていた。かなり変わった療法でさえも。

収縮させてみる

処女を偽ることに関して、トロトゥーラはアイデアが豊富で、実際は処女ではないのに処女と結婚したと夫に思いこませる確実な方法を二種類、紹介していた。ひとつ目は膣を収縮させ、触れられたことがないように見せかける方法だ。彼女は試してみるべき素晴らしい手法をいくつか知っていた。ご自宅で試すことは絶対にやめておいたほうがいい。まず第一に、この手法には長時間の献身的な管理と相当量の替えのリネンが必要だからだ。

処女に見せかけるための膣の収縮法

メグサハッカやこの種のホットハーブを煮出した湯に卵の白身を混ぜたものに、新しいリネンの布を浸し、一日に二度から三度、その布を膣に入れる。夜間に排尿した場合は、また布を入れ直す。これを試す前に、同じ湯で膣をしっかり洗っておくことを留意されたし。

なるほど。少しは役立ちそうだが、「この種のホットハーブ」とは何を指すのか、曖昧すぎるではないか。アドバイスする気がないみたいだ。ピンク色の膣に何かを入れたり、何かのハーブを浸した湯で膣を洗ったりするのなら、材料を正確に知っておく必要がある。当て推量は憂慮すべき結果を生むかもしれないし、まさに致命的な結果になるかもしれない。好ましい結果が得られなければ、薬草学の充分な知識に欠けていたと安易に責められるだけで、未来の花嫁にとってはなんの助けにもならない。

このひとつ目の手法に必要なハーブの種類を誰かに尋ねるすべもない女性のために、トロトゥーラはより明確で、材料も準備もほとんど必要ない効果的な手法、しかも結婚式が予定よりも早まりそうだとしても妥当な時間でできる手法を用意していた。

同じように、ナトロンあるいはブラックベリーの粉末を入れてみる。驚くほど収縮するだろう。

ナトロンとは、干上がった塩湖の底から採取できるミネラル塩だ。都市や町では入手できるかもしれないが、近くに湖のない村では

瓶を持った女性。時禱書の余白の挿絵（ウォルターズ美術館所蔵の写本W87、見開き60枚目の裏）

手に入りにくい。社会経済的に地位の低い女性がナトロンを台所に常備している可能性は低いかもしれない一方で、庭に自生しているブラックベリーを無料で入手できる可能性はある。だがここでも具体的な処方指示に欠けているので、ブラックベリーのどの部位を粉末にするのかは明らかでない。葉の部分だろうか？　それとも茎？　乾燥させた実の部分？　可能性は複数ある。道理でこの手法がうまくいかないわけだ。

処女を偽る必要があり、なおかつ多種多様で風変わりな材料を入手できる女性には、もうひとつの手法があった。先述した手法ほど当て推量に頼る必要はないが、はるかに費用のかかる手法だ。

別の手法として、没食子、バラ、ウルシ、セイヨウオオバコ、ヒレハリソウ、アルメニア粘土、ミョウバン、フラー土をそれぞれ一オンスずつ用意する。これらを雨水で煎じたもので性器を温布する。

たとえこれで収縮しないにしても、アルメニア粘土は陰唇を魅力的なバラ色に輝かせてくれるし、バラはいい香りがするし、ヒレハリソウとフラー土は、ミョウバンが起こしうる不快感を和らげてくれるだろう。結局のところ、ごまかすしかないのかもしれない。

出血させる

膣の収縮がうまくいかなかった、あるいは充分に収縮しなかった場合、トロトゥーラ公認のふたつ目の手法を試すことができる。それは、処女が初めて性交するときに期待される出血を起こす手法だ。トロトゥーラは、結婚前夜に花嫁の陰唇にヒルをつけろとアドバイスした。ただし、ヒルが奥にまで入りこまないよう注意とのこと。いったい、どう注意すればいいのか。ヒルを鎖につなげとでも？　ヒルから出た血は……

（前略）小さな血の塊になる。（中略）男性は処女の出血だと騙されるだろう。

これで花嫁の純潔が証明され、めでたしめでたしだ。ただ翌朝、ヒルを入れておいた瓶について説明するのにてこずるかもしれない。強情なヒルを除去するのには、さらにてこずるだろう。トロトゥーラは、性交前にヒルを除去するのかどうかについては言及していないが、多分そうするはずだ。妻の膣から離れたヒルがペニスに付着してしまっては、目も当てられない。

出血を起こすことがほぼ確実だと思われる、さらに憂慮すべき手法は、粉砕したガラスと染料を混ぜてクリーム状にしたものを性交前に膣に挿入するというものだ。この手法には染料などまったく不要ではないかと思う。なぜなら、最も傷つきやすい部位にガラスの粉末などを塗ったら、命すら脅かすほどの血液が流れ出てしまうかもしれないから。問題はどう止血するかだ。夫の気の毒なペニスがどうなるかは考えたくもない。

トロトゥーラによると、この手法は処女に見せかけたい売春婦に好まれたが、お勧めはしないらしい。それは言うまでもないだろう。

処女の苦難

〝相手を拒みさえすれば〟処女でいられるというわけではない。年若き処女は、将来の夫が誰になるのか、相手が年老いていて魅力のない人だったらどうしよう、相手を愛せるようになるかしら、といったことだけを気にしていればよかった。若ければ、通常は、お目付役や大人の保護者のもとで、家庭の切り回し方や家事を習得していた。

年長の処女は、強姦されないように身を守る必要があった。強姦には、無差別に襲われるケースと結婚にこぎつけるためのケースがあった。女性がひとたび処女を奪われると、それを奪った男性が結婚という責任を引き受けることになる。そうなれば、結婚の申し出をすでに断っていた気乗りしていない女性を確保できるかもしれないし、場合によっては、将来の婿としては歓迎できないと感じている両親に結婚を承諾させられるかもしれない。

女性が意中の男性と仕組み、誘拐されて強姦されたと演出するといったことも、前代未聞の話で

装飾頭文字「C」、自分を強姦した相手と結婚することになる恋に夢中な乙女。（ウォルターズ美術館所蔵の写本W133、見開き310枚目の表）

はない。娘が「傷ものにされた」とあっては、両親も結婚を承諾せざるを得ないからだ。いずれのケースも、現代に蔓延する考え方ではないことがありがたい。処女でなくなったとたんに傷ものだなんて、ばかばかしいにもほどがある。ましてや、自分を強姦した男と結婚させられる？　もうお話にならない。

　こうした考えよりも悪いのは、年長の処女は衝動に駆られやすいという考えだ。つまり、欲情的になりがちだと思われていたのだ。女性のほうが男性よりも欲情しやすいというのは周知の事実だったので、このことは現実的な懸念点だったらしい。尿を検査するだけで、その女性が性交を切望しているかどうかが分かったという。

　尿の見た目、におい、味について書かれた非常に有益な書『*Here begins The Seeing Of Urines*（尿を見ることから始めよう）』によると、欲情している女性は、そのときに排泄された尿の状態によって診断できたらしい。同書にはこう書かれている。

　鮮やかな黄金色の尿の女性は、才能がある、あるいは男性との交際を望んでいることを示している。

尿瓶を持った猿。『マックルズフィールド詩篇』の余白の挿絵。1330-1340年頃のイースト・アングリア、おそらくイングランドのノリッジ。MS1-2005
(Getty Images)

これではちょっと解釈の幅が広すぎるではないか。才能がある、あるいは欲情している？　どちらも？　どう判断するかはご自由に。

ひとりで楽しむ

幸いなことに、かよわき女性が抱きうる不適切な肉欲を抑える方法について、笑えるくらいに楽観的な助言を与える中世の医学的文献がたくさんある。たとえば、西暦七〇〇年にカンタベリーの大司教テオドールが書いた『*Paenitentiale Theodori* ／ *Penitential of Theodore*（テオドールの懺悔マニュアル）』は、モノを自分の手でなんとかする男に対して少しばかり眉をひそめている。マスターベーション？　その場合はわずか三週間の償いでよろしい。女性が同じようなことをした場合は？

女性の場合（中略）ひとりで悪習を行えば、同じ期間の償いが必要。

ひとりでする行為と処罰に関しては、女性も男性も平等な立場だ。触るのが好きな女性は、聖職者の男性だけではなく、ほかの女性からも心配されていた。

ではここで、ヒルデガルト・フォン・ビンゲンを紹介しよう。彼女は若いドイツ人女性で、八歳という幼い時期に、教育の機会を与えるという明確な目的で、女性隠者に引き渡された。当時、彼女が処女であったことを願うばかりである。

ベッケルハイムのヒルデガルト・フォン・ビンゲン

ヒルデガルトは一〇九八年にドイツで生まれ、学識ある治療師、音楽家、芸術家、詩人、聖人、幻視者、女性修道院長となった。その著書『*Physica*（医学）』と『*Holistic Healing*（ホリスティック治療）』は自然界の事象や、病気とその対処法を扱い、彼女が生きていた一二世紀に広く普及し、中世時代にわたって流通し続けた。彼女は、あらゆる状況に役立つ助言をしてくれた。そのなかには、女性がどうしようもない欲望を鎮めるための方法も含まれている。マンドレイクを用いる方法である。

治まらない体のほてりにさいなまれている女性は、雄のマンドレイクの根を乳房のあいだとヘソにあてがうとよい（中略）期間は三日三晩。その後、根をふたつに裂き、ひとつを股間の両脇に三日三晩あてがう（中略）ただし、右側にあてがったほうの根を粉砕してショウノウを少しばかり加えることをお忘れなく。それを食べると、ほてりは治まる。

マンドレイクの雄と雌がよく分からなくても、見分け方は簡単だ。セビリアの神学者イシドールスによると、雄のマンドレイクはビートに似た葉をつけるのに対し、雌のマンドレイクはレタスに似た葉をつけ、プラムのような実がなるらしい。マンドレイクが雄か雌か正しい知識もないままにこの処方を試すと、残念な結果に終わるのは確実だ。懐疑的だと言われるかもしれないが、股間にものをあてがうのが、性交のことを考えなくさせる良策だとは思えない。

雄のマンドレイク。
『Hortus Sanitatis（健康の園）』
より「マンドレイク」。
（ウェルカム・コレクション CCBY）

処女ではない女性、あるいは最近

まで処女だった女性は、正当な妻であり、もうすぐ母となることが望まれた。

妻となり母となる

一般的に、女の子は成長し、成熟し、結婚して母になることが社会通念であった。女性は男性よりも欲望が強く、結婚しなければ、性行為が社会的に認められなかった。女性がひとりで欲情することは、あってはならないことだった。その欲望を分かち合える夫が絶対に必要だったのだ。

聖職者はしばしば、結婚に賛成すると同時に反対していた。結婚が必要なのはたしかだが、深い後悔の原因になることもあった。チョバムのトマスはヒルデガルト・フォン・ビンゲンより少しあとの一一六〇年に生まれたとはいえ、彼もまた聖職者で、男女とその親密な関係に関する多くの事柄について広範な著作を残している。彼はソールズベリーの副司祭となったが、当初、結婚についてはうぶで、ちょっと甘すぎる考え方をしていた。

結婚の契約において、男は女に自分の体を与え、女は男に自分の体を与える。魂は別として、この世にこれほど尊いものはない。

とてもロマンティックではないか。これは体罰と性交に関する彼の考えと相反するものだが、その話はあとにしよう。ひとまずトマスは、特に偏見があるようにも思われないし、男女両方の幸福を願っているようだ。その後、彼は著書『*Confessor's Manual*（聴罪司祭の手引書）』で罪について詳しく述べている。また別のトマスの話に移ろう。一二〇一年にベルギーで生まれた聖ドミニコ会の伝道師、カンティンプレのトマスは、のちにフランドル地方のローマ・カトリック教徒となり、その著書で悪徳と美徳について次のように述べている。

このように、結婚という労苦に満ちた生活に従事する者たちが、ほどほどの喜びくらいしか気晴らしがないというのはそのとおりだ。というのも、低俗な格言によると、結婚して一年も経たないうちに後悔しないとしたら、小さな鈴のついた金の鎖を首に巻きつけていることに耐えられる男と呼べるからだ。

どうもありがとう、トマス。やれやれ、ほどほどの喜びとは。結婚を決めた男の未来がいかに暗澹たるものかを〝妻を持つとは鈴つきの金の鎖で束縛されるようなものだ〟と表現するなんて、トマスは男たちにショックを与えないようにだいぶ気を遣ったように感じられる。まあ、足かせと鎖よりはましである。

ローマ教会法も民法も、女子の結婚適齢期を一二歳と定めており、これは思春期の始まりとほぼ一致する。もちろん思春期は個人差があるので、早まることも遅くなることもある。男子の結婚適

装飾頭文字「C」、求婚者に扮装した男に騙されて結婚させられ、
婚姻無効を求める女性。
『グラティアヌス教令集』（ウォルターズ美術館所蔵の写本W133、
見開き263枚目の表）

齢期は一四歳とされた。

大半の結婚は両親によって取り決められ、一度結ばれると解消するのは非常に困難だった。親はしばしば、いやがる娘を結婚させようと強硬手段に出た。女性が悪縁を理由に婚姻無効を勝ち取ることは珍しかったが、裁判所がその訴えを耳にする機会は増える一方だった。策略が絡んでいる、血縁関係がある、男性側が性的不能、深刻な残虐性があるといった場合は婚姻無効になることもあったものの、夫が妻を適度に懲らしめるのは奨励されていた。

アイルランドのキャサリン・マッケスキー

一五世紀のアイルランド人、キャサリン・マッケスキーはそもそも結婚を望んでいなかったため、夫ジョン・キューザックとの婚姻無効を必死で訴えた。一四三六年、キャサリンは証人を連れてきて、自分が家族から激しく何度も殴られて婚約を強要され、婚約期間中はずっと大声で絶望を訴えていたことを証言させた。婚姻を拒否すれば文字どおり殴り殺される可能性があれば誰でもそうするだろう、彼女も祭壇で婚姻に同意した。この結婚は無効となった。

産めば産むほど結婚生活は安定し、女性が年を重ねれば、跡継ぎの存在は二倍の安心感をもたらした。既婚女性は未婚女性よりも社会的地位がかなり高かった。既婚女性には資産も責任もある。確固とした立場だ。婚姻負債とはつまり、結婚には性交がつきものということだ。ホスティエンシス枢機卿は一三世紀の著作で次のように述べている。

> 夫には、妻がほかの男のベッドに行きたがらないように、妻を性的に満足させておく道徳的責任がある。

夫のほうは決して夫婦のベッドから出ていきたがらない、という意味らしい。

結婚はほとんどいつでもどこでも行われていたが、それではどうもよろしくないと教会が判断し、結婚に関して山ほど規則を設けて介入するようになった。結婚できない時期については、ほとんど規則はなかった――結婚できない時期として最も重要なのは、待降節と四旬節の週だ。

結婚できる相手については多くの規則があり、そのほとんどが、近親者に対する制限だった。夫婦が願っていたほど結婚がうまくいっていない場合、どちらかが急に「自分たちは結婚あるいは血縁関係のせいで近親者に該当するから、残念だが婚姻無効にすべきだ」と都合よく思いだすこともあった。裁判例によれば、こういった理由が功を奏することは何度もあったようだが、それを結婚するときに見すごしていたなんて、都合のいい話だ。

ポワトゥーのジョアンナとポワトゥーのエレノア

下層階級や労働者階級の女性は、貴族階級の少女よりもやや遅い年齢で結婚させられた。後者は肉体的に出産が可能な年頃になると、あるいはそれよりも早く、結婚の対象となった。なかには、まだ幼くして結婚する場合もあった。

一三世紀のこと、小さなジョアンナは、ジョン王とポワトゥー一家との和平調停の一環として、四歳で婚約した。のちにエレノア伯爵夫人となる妹は、わずか九歳でイングランドの年下のほうのウィリアム・マーシャル伯爵と結婚していた。

イングランドのメアリー・ド・ブーン

一三六九年生まれの一二歳のメアリー・ド・ブーンのケースも、悲しい話だ。のちの国王ヘンリー四世と一三八〇年に結婚したメアリーは、一三九四年、六人目の子を妊娠中に自宅のピーターバラ城で亡くなった。恐ろしいことに、二二歳だった。二二歳で六回の妊娠！

現代社会で、二二歳の若い女性が六人目を妊娠しているとどんな具合かちょっと考えてみてほしい。多くは結婚さえしていないし、真剣な交際も初めての妊娠もしていないだろう。六人という数字はどうにも納得できない。
結婚自体は一二歳まで行われなかったものの、婚約は七歳から教会によって認められていた。これは双方の合意があることが条件だったが、たいていの子どもは、親が「あなたにとって最善よ」と保証することに従うものなので、婚約の多くは支障なく行われた。婚約を話し合う母娘の会話は記録に残っていないとはいえ、七歳の子どもを思いどおりに動かすにはどうすればいいかなど、どこの親でも知っている。

マージェリーは六歳と九か月。両親は娘が将来裕福になれるように、近所の息子との結婚を取りつけた。マージェリー自身は広大な土地の相続人で、両親とも熱心にこの結婚を成立させようとしている。持参金の額も結婚の日取りも決定。あとは娘の快諾を得るだけだ。

母：マージェリー！　うれしい知らせよ！　あなたの夫が見つかったの！
マージェリー：新しい靴、気に入ったわ！　素敵でしょう？
母：とても素敵ね、マージェリー。でも夫の話をしているのよ！　楽しみだわ！
マージェリー：この靴、いままでで一番気に入ったわ。
母：そうね、可愛いマージェリー。あなたの未来の夫の話をさせて！

マージェリー：わたしが持っているバックルのついた赤い靴の次に、この靴が気に入ったの。
母：マージェリー！　話を聞きなさい。あなたの未来の夫、ジェフリーの話をさせて。
マージェリー：（少し考えて）ポニーを飼ってもいい？
母：ジェフリーはいい子よ、大人びているし。一五歳なんだから！
マージェリー：アンはポニーを飼っているのよ。わたしも飼っていい？
母：ジェフリーと結婚したら、好きなだけポニーを飼えるわよ。
マージェリー：本当？　好きなだけ？
母：ジェフリーはあなたが欲しがるものを全部買ってくれるわ！　素敵な話でしょう？
マージェリー：ポニーを飼いたいの。あと、こんな靴がもっと欲しい。
母：ねえ、いい子だからジェフリーと結婚するわね？
マージェリー：いいよ……（少し考えて）……アンのより素敵なポニーを連れてきてくれるなら。

結婚という法的拘束力のある状況について決断を下し、それにともなう肉体的なアレコレを理解するには、一二歳という年齢は若すぎるように思うが、たしかに若い女性は進んで、しかも承知の上でそのような取り決めをした。不本意な結婚や早すぎる結婚は無効にできた。その事実は、婚姻年齢（通常は花嫁のほうの）が問われたという裁判記録から明らかだ。双方が婚姻年齢を満たし、結婚に同意していれば問題はなかった。すべてが公明正大であるべきで、約束は正しい方法で交わされた。

ヨークのアグネス

男女が肉欲に溺れかけていて、第三者の邪魔が入った場合、結婚が迅速に行われることもあった。結婚の誓いが有効であると見なされるためには、誓いの言葉を正しく唱える必要があった。「汝を妻とする所存です」という言葉は「汝をいまここで妻とします」という意味にはならない。アリスは自宅で娘のアグネスとロバートが人目を忍んで裸になり、よからぬ行為に及ぼうとしているところを発見し、その言葉の違いを見逃さなかった。ヨークの大聖堂管理機関の正式記録には、アリスの早急な介入について記されている。

一三八一年。昇天祭の前の月曜日の夜、証人アリスは自宅のハイルーム［屋敷の上階にある部屋］に入った。そこで、ロバートとアグネスがひとつのベッドに横になっているところを見つけたという。

証人はロバートに尋ねた。「ロバート、ここで何をしているの？」

ロバートは答えた。「ここに来てしまって」

証人は彼に言った。「アグネスの手を取って、婚約しなさい」

ロバートは証人に言った。「朝まで待ってくれませんか」

証人は言った。「ふざけたことを。いまここで誓いなさい」

そこでロバートはアグネスの手を取って言った。「あなたを妻とする所存です」

証人は彼に言った。「言い方はこうです、『わたしはアグネスを妻とし、ここに契りを交わします』」

そこでロバートは証人に指示されたとおり、アグネスの右手を取って言われたままの言葉、つまり「あなたを妻とし云々」を述べて誓った。

アグネスはロバートにどう応じたのかと訊かれた証人は、アグネスが「それで不満はない」と返事をしたと答えた。あとは娘と夫をふたりきりにして立ち去った、と述べて証言を終えた。

ロバートは「朝になったらアグネスと結婚する所存」とだけ言ってすべてを曖昧にしておき、「具体的には何も約束していない」と反論するつもりだったらしい。しかしアリスは彼の意図を見抜き、正しい言葉で、法的拘束力のある婚約を交わすよう主張したのだ。そう。その場で。早急に。

結婚適齢期

結婚に同意できる年齢になると、まったく別次元の危険区域を進むことになる。記録はときに曖昧で、花嫁の正確な年齢を疑われることもあった。

結婚から逃れるひとつの方法は、花嫁が結婚適齢期に達していないのでその結婚は拘束力がないと主張することだった。花婿がこれを言い訳に結婚を逃れようとするのが一般的なケースだが、これに対して、若くても芯の強い花嫁が結婚を維持するために充分な証人を集めようとした事例もある。

ヨークのアリス・ド・ルークリフ

一三八五年一一月、まったく別のアリスが、長期にわたる裁判に巻きこまれた。彼女は法廷で、自分が本当に結婚しており、その結婚を維持したいのだと断固として主張した。この裁判は、彼女がその結婚を成立させられる年齢かどうか、その結婚が性行為によって完了しているがゆえに適切かつ拘束力があるかどうかによって、判決が決まると思われていた。

問題の婚姻当時、アリスはジェルヴァースという後見人の保護下にあったが、彼がアリスの父親だったのかは定かではない。彼女の年齢をめぐる論争は、ヨークの裁判所記録に何ページにもわたって記されている。証人が呼ばれて幼い花嫁の年齢に関する証拠も提出され、その証言が真実であり、彼らの記憶に誤りがないことを確信していると説明がされた。

事実とは関係なく、裁判所は証人の性格や富のレベルを見て横道にそれることが珍しくない。自立した生活を送り、相当の収入を得ている証人のほうが、貧しい証人よりも明らかに信頼でき、記憶力にも優れているとされた。証人の信頼性を見るとき、その生活レベルは書き留めておくべき重要事項だと考えられていたのだ。


ロークリフのアリス・シャープ、未亡人、ナイト爵ブライアン・ド・ルークリフ卿の借家人、四〇シリング相当の財産あり。

アリス、ウィリアム・ド・タンゲの妻、ロークリフ在住、ブライアン・ド・ルークリフ卿の借家人、一マルク相当の財産あり。

ベアトリクス、クリフトンのジョン・ミルナーの妻、財産は九マルク相当。

アグネス・ジ・オールド、クリフトン在住、ブライアン・ド・ルークリフ卿の借家人ではない、本人いわく二二シリング相当の財産あり。

ジョーン・シムキン、ロークリフの女性、身のまわりの衣服や寝具、小さな真鍮の壺以外に財産なし、ブライアン・ド・ルークリフ卿の借家人。

アダム・ゲーネス、ヨーク郊外のセント・メリーゲート在住、アリス側の証人たちを一〇年前から知っていて、全員貧しいと供述。ジョン側の証人を二〇年前から知っていて、アリス側の証人たちよりも裕福と供述。
ジョン・ド・キロム、クリフトン在住、名前の挙がっている証人全員を一六年前から知っている。全員、充分に裕福。

誰の言葉を鵜呑みにしているかは明らかだ。名前の挙がった何人もの女性証人たちは、本件夫婦の関係性に関する互いの証言を裏付けている。一方の男性証人は、〝出廷さえしていない〟し、本件に関係しているほかの証人たちの性格証人にすぎない。どちらの証言を信じるのか？　アダム自身は証人でさえないが、どちら側につくのが自分にとって有利かを承知しているようだ。金持ちにつくほうがいい。

アリス・ド・ルークリフに関して、証人たちは彼女の年齢を問われたという。年齢は、その結婚が有効かどうかの鍵だった。アリスが契約を交わすのに充分な年齢ではなかった場合、婚姻後の経過や、聖書的な意味でジョンがアリスを知っていたか〔性行為があったか〕どうかに関係なく、ジョンはすべてを白紙に戻すことができた。多くの証言によると、アリスは婚約時には一一歳だったが、婚姻時には一二歳になっていたという。

アリスの年齢について、証人エレン・ド・ルークリフ（イーリアス・ド・ルークリフの未亡人）は、次の受難節の最初の日曜日の前の土曜日までに、アリスが一三歳になることは知っている、それより前ではない、と証言した。なぜ知っているかというと、証人は一三年前の聖母マリアの清めの祝日の前夜にキャサリンという名の娘を出産し、その清めの祝日に続く受難節の最初の日曜日の前の土曜日に、当時のジェルヴァース・ド・ルークリフの妻であったエレンが本件のアリスを出産したからである。証人はアリスの出産時に立ち会ったわけではないが、その少し前にアリスの母であるエレンが妊娠しているのを目撃している。

つまり、証人エレンは、自分もほぼ同時期に出産したため、その時期にアリスが生まれたのを知っていたのである。彼女は娘のキャサリンの出生時を記憶にとどめていたため、アリスの出生時も知っていたのだ。

このように、個人的な出来事や教会の行事などと関連づけて誕生日を記憶するのは、中世社会ではよくある方法だった。何曜日だったか、何月だったかを特定するのは難しいかもしれないが、教会は祝祭日や祝日を記録していたので、その数日前あるいは数日後に出来事があったかどうかを知るのは比較的簡単だったのだ。また、将来に証人となる可能性のある人々の記憶を鮮明にするもうひとつの方法は、相手に忘れられにくいプレゼントを誕生日に贈ることだった。

裁判記録は、アリスの年齢や、そもそも彼女が結婚できる年齢に達していたかどうかについて長々と記述してから、結婚が性行為によって成立していたかどうか、それゆえにその結婚が本物で拘束力があったかという論点に移っている。これについても、何ページにもわたって証人たちが証言をしていたが、アリスとその家族ほど結婚の維持を強く望む者はいなかった。女性修道院長はジョーンという人物から打ち明けられた内容を次のように供述している。

結婚が成立し、それゆえに本物の結婚であるかという問題に関して、ヨークの聖メアリーズ修道院の院長ドム・ウィリアム・マレイズは入廷して宣誓し、前記述について質問を受けた（中略）彼いわく、婚姻契約後、ジョンとアリスはこの婚姻と配偶の契約を承認し、裸になってふたりきりでベッドに入った。彼はこのことを両当事者の関係者とジョーン・ロールストンという人物から聞いている。ジョーンは当時アリスと同室で、ふたりと同じ部屋で床についていた。聖ヤコブの祝日の直後の夜、アリスはその部屋にいて、ジョンはアリスを抱いた。アリスもこの証人に、イースターのあとグリムストンとほかの場所でこの話をしている。また、ジョーンもこの証人に、ジョンとアリスが同じベッドに入るのを見て、ふたりが愛し合っている物音を聞いたと話した。アリスは二、三度、激しすぎると言ってジョンのやり方に小声で文句を言っていた、そんなふうにされて傷ついたようだった、とのこと。

結婚が成立したことを示す証拠はかなりあったようだが、結局、裁判の結果がどうなったかは不明だ。結婚の有効性に関するほかの裁判記録でも、このジョンとアリスの場合と似たような事項が記載されている。

児童婚

われわれが知る結婚のほとんどは、王族や貴族の花嫁、あるいはそもそも当初から結婚に強く異議を申し立て、声高に、かつ公然と結婚反対を唱えた人たちの結婚である。よく知られている児童婚は、幼いが相当に裕福だったマーガレット・ボーフォートの結婚だ。

ベッドフォードシャーのマーガレット・ボーフォート

マーガレット・ボーフォートは一四四一年あるいは一四四三年の五月にイングランドで生まれ、何度か結婚している。このことから、彼女の生い立ちと花嫁としての商品価値がうかがえる。一四五〇年、父を亡くした彼女はサフォーク公ウィリアム・ド・ラ・ポールの庇護を受け、ジョン・ポールとの最初の結婚が決まった。

ウィリアムの息子ジョンもちょうど独身で妻を探していたため、好都合だった。小さなマーガレットはまだ七歳くらいで、結婚について発言権などなかった。幸い、夫のほうもまだ七歳で発言権はなかったため、立場はほぼ同じと言えよう。彼も妻など探していなかったのだ。その結婚は彼の父の考えだった。ほかの記録によると、最初の結婚のとき、彼女は三歳にもなっていなかったとする説もある。三年後、結婚は破棄された。夫にとっても妻にとっても結婚は肉体的に成立していなかったので、無効にするのは比較的簡単だった。

さらに二年後、一二歳になって自分で結婚に同意できるようになったとき、マーガレットは二四歳のエドモンド・テューダーと結婚した。エドモンドは少女が夫に望みうるすべてを持っているように思われたが、彼が一二歳の少女にすぎないマーガレットとの結婚をどう感じていたかは記されていない。

式からまもなく戦争が勃発し、エドモンドが疫病で亡くなった。マーガレットは一三歳で未亡人となり、妊娠七か月だった。出産時の彼女は非常に若く、その後再び出産することはなかった。難産で母体にダメージを負った可能性は充分にある。だからと言って、再婚相手としての彼女の市場価値はダメージを負わなかったようだ。

ヘンリー・スタフォード卿との三度目の結婚は、彼がマーガレットの又従兄という近親者だったため破棄されたが、婚姻時には、裕福な家系であるマーガレットに聖職者たちが何も言えなかったので、近親婚でも問題にならなかったらしい。マーガレットは二八歳になる頃には、また未亡人になっていた。それでも市場価値のあった彼女は、トマス・スタンリーと四度目の結婚をした。

四度目の結婚のとき、マーガレットは貞潔の誓いを立て、性行為を徹底的に避けて余生を過ごした。彼女はヘンリー七世の母であり、イングランド王ヘンリー八世の父方の祖母であることで最もよく知られている。何よりもまず女性であり、娘であり、妻であり、母であり、祖母であった。

婚姻負債とは、夫ないし妻が相手に性行為を求める権利があることを意味し、それを拒否すると相手を怒らせるため、結婚すると性行為を避けるのは非常に難しかった。妻が一二歳の若い女性であっても、「ノーとは言わせない」という言葉がまかり通っていたのだ。とはいえ、のちに述べるように、性行為を回避する方法はひとつではなかった。

未亡人の生活

未亡人といえば貞操だ。性交していないはずだった。村や町の人々は、そういったことに目を光らせているので、よい評判を得ることは軽視できない一大事だったのだ。それに、未亡人はほかに気にすべきもっと大事なことがあった。たとえば、不釣り合いだがありがたい求婚者だとか、子どもの世話や資産管理、生計を立てることなど。

知ってのとおり、裕福な未亡人は再婚のターゲットになりがちだ。理由は明らかで、女性は独りで自由気ままにさせるべきではないし、付添人なしで、男性の管理下にない暮らしをさせるべきではなかったからだ。それに未亡人の多くはかなりの資産を持ち、その資産は関心を示す男に所有されたほうが有効活用できたであろう。

パイプロール【イングランド財務府の会計監査記録】登録未亡人

もう夫など探していない未亡人は、結婚からどうやって逃れようかとしばしば頭を悩ませていた。中世初期の一一三〇年のイングランドでは、裕福な未亡人や孤児は財務府のパイプロールに登録され、王が適当と判断した相手と結婚させることができた。同盟関係を確保するのが主な目的で、女性個人の幸せや面倒を見てもらえる環境を提供するといった意図は二の次だった。年若い女性相続人も取引可能な財産と見なされ、生身の人間として見なされることは少なかった。

女性は登録を解除してもらい、資産があれば独身を貫くという選択もできた。大変とはいえ実現可能な取引に思えるが、登録解除費は通常とても高額だったため、大半の女性は所有物を売り払う羽目になり、結局は貧しくなって、養ってくれる夫が必要になるというのが難点だった。うまく考えられた制度である。

リンカーンのルシア・ソローズドシア

一〇七四年五月生まれのルシアは、不屈の精神を持つ女性だった。相続金のある裕福で意志の固い女性でもあった。彼女の人生は、同時代の女性たちの人生をよく表している。つまり成長して結婚し、称号を得て富を増やし、夫に先立たれて再婚するような女性だ。彼女はそうした人生パターンをすでに三度繰り返し、気づいたときには四度目の結婚から逃れようと企てていた。

一一世紀のイングランドでは、適切な代償を払えば独身でいられる機会があった。ルシアのような女性にとって、その代償は高かった。ルシアはめげるものかと必要な資金を集め、自由を勝ち取った。支払った代償は驚きの五〇〇マルク。一二世紀の基準からすれば途方もない額だったが、それでも与えられた優雅な猶予期間はたったの五年間だった。ルシアはさらに一〇〇マルクを支払い、臣下に対して正義を貫いたとあるが、それが具体的に何を意味するかははっきりしない。

いつしかチェスター伯爵夫人となったルシアは、ボリングブローク家のルーシーとして多くの歴史家に知られている。

リンカーンのギブスコット未亡人とオックスフォードのコル未亡人

未亡人はその名誉を守らねばならない一方で、ときおり、その見苦しい行動で法廷に立たされることがあった。訴えの多くは、今日の基準からすれば些細なことに思える。ゴシップに興じたという理由で訴えられるのは、表面的には過剰反応に見えるが、名誉は大切であり、誹謗中傷は女性を破滅させる可能性があることを忘れてはならない。そうは言っても、基本的には悪口を言われた程度で裁判に訴えるのは少々幼稚ではある。

イングランドのリンカーン教区から出た訴えはこうだ。

> ギブスコット未亡人は隣人を中傷する常習犯だ。

……これは、どこにでもいるゴシップおばさんと変わらないように思われる。そして悪口が好きなのは、ギブスコット未亡人だけではなかったようだ。アグネス・ホートンとジョーン・ホワイトスケールというふたりの女性はいがみ合い、両者ともに陰口を叩いたかどで法廷に呼ばれた。手に負えないくらいの悪口合戦だったに違いない。

ブリルのアグネス・ホートンとジョーン・ホワイトスケール
バッキンガムの教会裁判所の記録にある一五〇五年の名誉毀損訴訟では、アグネスとジョーンがともに、悪口によって平和を乱した罪で召喚された。

一五〇五年。ブリル教区のアグネス・ホートンと同教区のジョーン・ホワイトスケール。互いに「汝は卑しき娼婦なり」と罵り合う常習犯として召喚。

明らかに、このふたりの女性は互いをよく思っておらず、出廷に至った事情は想像するしかない。ふたりは既婚者だったのか、どういった事情があったのか、いっさい分からない。ふたりの夫が商売敵だった？　それともふたりは独身で、同じ男に目をつけていたのだろうか？　片方は本物の娼婦で、もう片方がそれをネタに挑発していた？　ふたりとも少しばかり露出しすぎで、出会う男の目をことごとく引こうとしていたのか？

誰にも分からない。過去に個人的なやり取りがあって、それをきっかけに争いが勃発したように思われる。なんの理由もなく罵り合いが始まることは滅多にないのだから。

オックスフォードのコル未亡人

もうひとつ珍しい話をしよう。大変な慈善家で、未婚の妊婦を世話する未亡人がいた。ところがそれは思いやり深い行為とは見なされず、裁判所に苦情として持ちこまれた。オックスフォードのセント・ピーター＝ル＝ベイリー教区に残された記録には次のように記されている。

コル未亡人は妊婦を自宅に迎えて世話をしている。

あっぱれな未亡人ではないか。大半の人に比べてはるかに人道的である。未亡人である女性が、ほかの女性が妊娠という苦境に立たされたときに避難所を提供するほど精神的に強いだなんて。妊婦たちは頼る人もいないのに、文句を言われたあげく、裁判沙汰になったのだ。

恵まれない人たちの世話をするのは慈善行為ではないのだろうか？　コル未亡人がどのように抗弁し、どのような結果になったのかは分からない。罰則や罰金は記録されていないので、多分、厳重注意で釈放されたのだろう。

女性が未亡人の場合は誓い女（vowess）になるという選択肢もあった。これは証人の前で、肉体的に操を守ることを心から神に誓うことを意味した。修道女になったり女子修道院に入ったりする必要はなかった。公の場で貞潔の誓いを立てればよかったので、そのプロセスは比較的簡単だった。必要なのは司教と指輪とマント、そして他界した夫のみ。

もちろん司教が儀式を監督し、未亡人が身につける指輪を祝福した。未亡人の服装は質素で慎み深いものというのは当然だったため、格好について特別な指示はなかった。既婚女性や成人女性は、ほとんどの場所でベールや頭巾を普段着の一部として着用していたため、誓い女になってもそうしていた。

誓い女や修道女になることは、結婚したくない婦人にとっての選択肢となった。
修道女。時禱書の余白の挿絵（ウォルターズ美術館所蔵の写本W87、見開き102枚目の裏）

マーガレット・ボーフォートは、稀なことだが四番目の夫の存命中にこの決断を下し、彼の死の床でその誓いを再確認した。彼女は有力な政治的コネと広大な土地を持つ非常に望ましい花嫁候補だったため、すでに複数回の結婚歴があったが、多分それゆえに、早めに誓いを立て、今後はいっさい結婚しないつもりだと宣言しておきたかったのだろう。彼女を責めるつもりは毛頭ない。

修道女、誓い女、生まれ変わった処女

実際に神の思し召しがあった処女は、教会が認可した女子修道院や同様の施設に入り、外界や未来の夫になりうる男性たちから離れて安全な場所で生活することができた。神に仕える女性は、処女と同じように社会的地位を享受していた。彼女たちは未婚であるから、既婚女性よりも軽んじられていたと思うかもしれないが、そうではない。修道女はどの点から見ても、精神的な結婚をしており、それは肉体的結婚と同じく本物の結婚と見なされた。彼女たちは地上にいる男性ではなく天の存在、すなわち神の支配下にあった。つきつめると、神は彼女たちの天にまします花婿であり、神への誓いは真剣かつ拘束力のあるものだったのだ。

実際には、修道女たちは修道院長と呼ばれる女性の支配下にあり、修道院長は修道院の運営を監督し、そこで生活する女性たちの精神的な健康と幸福を見守った。修道院長は常に完全な貞潔を要求したが、どの程度それを守っていたかは人それぞれだった。

女性が性行為をともなう妻として生き、後年になって修道院に入った場合、本物の処女ではなくなっているが、処女として、つまりキリストの妻として生まれ変わった処女として見なされることがあった。この奇妙な理屈をもってすれば、神に仕える女性は未婚女性のカテゴリーに入るため、貞潔な処女と見なされるのである。この理屈は復活させてほしいものだ。

生まれ変わった処女。わたしも仲間入りしたい。

売春婦

意外な話ではないが、最もお盛んな女性といえば売春婦であった。売春婦については、あとでじっくり考察したい。

多くの男性がじっくり考察したことだろう。

だらしない女性と未婚の母

誰なら性交をしてもよく、誰ならいけないかについて厳格な社会的規範があったにもかかわらず、結婚前の非道徳的な性交はたしかに行われていた。いや、本当に。処女ではない未婚女性――たとえば愛人や売春婦、貞操観念のない女性などは、村の女性たちの悪意ある噂話の標的になるだけではなく、そのあきれた人生選択を理由に、あらゆる女性からあからさまに軽蔑されることになった。そういった女性は、婚外妊娠のリスクを冒そうとしていたのだ。醜聞になる、無責任な話だ。

婚外妊娠は災難である。生まれてきた赤ん坊は成人になっても、法的結婚のもとに生まれてきた子なら得られる遺産を受け取ることができない。相続なし。資産なし。持参金も称号も得られない。一般人の非嫡出子にはまったくなんの権利もなく、だからこそ貞操観念のない未婚女性は軽蔑されたのだ。貞操観念がないこと自体も眉をひそめられたが、軽蔑された理由はむしろ、結婚前に性的関係を結ぶことによって、生まれてくる子の資産を確保する努力を怠ったからである。その結果、彼女自身も老後になんの保証も得られないわけだから、許しがたいことだった。

女性が婚外妊娠した場合、選択肢は限られていた。結婚して法的に認めてもらうか、捨て子にして個人または宗教施設に託すか、あるいは密かに処分して、自分の不名誉を隠してしまうかだ。

捨て子

望まなかった赤ん坊を教会に託す習慣は、〝児童奉献〟として知られていた。一三世紀初頭のイタリアで初めて、捨てられた赤ん坊を受け入れる専門病院が建てられた一方、教会は存在するようになって以来ずっと、幼い子どもたちを受け入れてきた。

非常に幸運な女性の場合は、子どもの父親から金銭や住居という形で援助を受けることもあった。結婚は望めないが、少なくとも頭上には屋根があり、食卓には食べものがあり、子どもは生活必需品に困ることはなかった。さらに、子どもは教育を受け、結婚相手を見つけられる可能性もあったのだ。

ハクスリーのアグネス・ウォレス

シェップシェッドのある教区の聖職者は、男らしく責任を引き受けて非嫡出子の少なくともひとりを養ったが、ほかにも大勢の隠し子がいたようだ。そのほかの子どもたちについての詳細は分かっていない。イングランドのリンカーンの教会裁判所の記録には、こう記されているだけだ。

一五一九年。ジョン・アスタリーは、未婚女性アグネス・ウォレスを妊娠させ、クリスマス前にハクスリーで女児が誕生したと告白した。教区の十分の一税［教会が農民から徴収した税］から支払われる報酬でその子を養育していたという。さらには別の未婚女性マーガレット・スウィナートンを妊娠させ、彼女とのあいだに三人の子があると告白した。マーガレットはすでに亡くなっている。また、当時は独身で現在は既婚の女性ジョーン・チャドウィックとのあいだにも子どもがひとりいる。ジョーンはダンステイブルに住んでいる。（中略）ジョンは現在アグネスがどこに住んでいるかは知らない。司教総代理はジョンの告白を受け、以後、女性に身のまわりの世話をさせることなく、自制して暮らすようジョンに命じた。

子どもが五人もいるのに、その母親たちの誰とも結婚しないとは！　ジョンもまた、家政婦たちに対して非常に個人的で親密な方法により主の愛を広めた聖職者のひとりだったのだ。身のまわりの世話をしてくれる男性を雇うこと、あるいは自分で家事をすることを検討したほうがいいだろう。それが皆にとって最善ではないだろうか。

アグネスよりも恵まれなかった新米の母親の場合は、ほかの未婚の母親と同様に選択肢は少なかった。赤ん坊を養う余裕がなかった場合、あるいは働いて育てるのが現実的ではなかった場合、残った選択肢はさらに狭まる。

遺棄

女性が望まぬ子を妊娠した場合、誰かに託すか、雨風にさらすか、遺棄することがあった。捨てた時点で赤ん坊は生きており、誰かに拾われて育てられることもあるため、殺人にはならない。もちろん、捨てられた子は野生動物に見つかって殺される可能性のほうが高かった。

中世イングランドの裁判所記録には、こうした行為が行われていたことを示す記述が複数残っているが、母親の状態や感情はほとんど記されていない。

サーフリートの赤ん坊リークの母親

一五一九年に未婚の母親にまつわる悲しい事件が起こったことが、リンカーン教区の調査で発覚した、と裁判所記録に残されている。母親の年齢も妊娠の経緯も不明だが、赤ん坊が母親に育てられなかったことだけは分かっている。記録にはこうある。

サーフリート。赤ん坊の男の子がトマス・リークの家の玄関で追い払われたが、母親はトマ

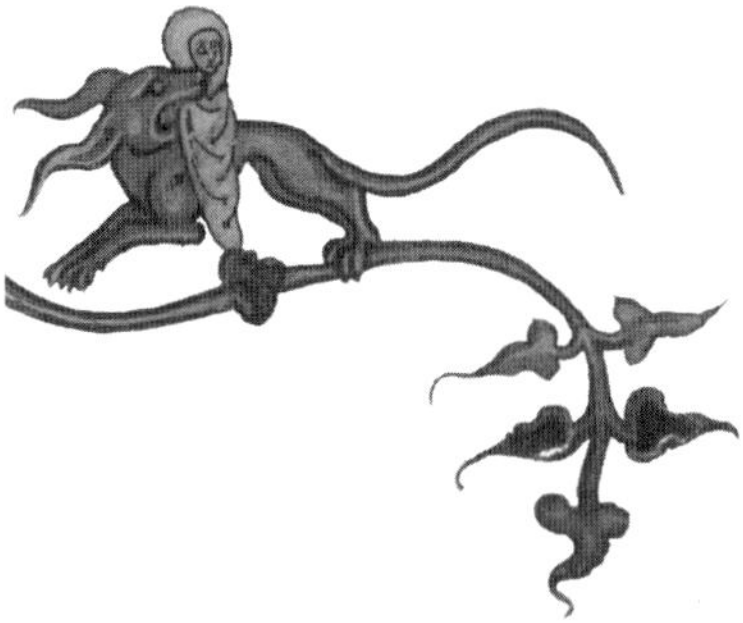

野生動物に連れ去られる赤ん坊。破損した時禱書の余白の挿絵（ウォルターズ美術館所蔵の写本W87、見開き34枚目の表）

ス・リークがこの赤ん坊の父親だと主張した。しかしトマスはそれを否定したため、赤ん坊はよそにやられ、不当な扱いを受けて亡くなった。

よそにやられたということは、赤ん坊は母親のもとに残されなかったのだろう。理由は分からない。赤ん坊がどこにやられたかも記載されていない。われわれが知る限り、一般的に乳児院が赤ん坊を虐待することはなかった。分かっているのは、その赤ん坊が充分な世話をされずに死亡したことだけだ。そして母親がグリーフ・カウンセリングといったトラウマケアをまったく受けなかったことは間違いない。

ケステヴェンのマーガレット・ハールブルク

ケステヴェン在住、サットン・イン・ザ・マーシュの当局に出頭したマーガレットのことを考えてほしい。同教区の記録によると、マーガレットは赤ん坊リークの母親よりもずっとひどい目に遭っている。

一五一九年。サットン・イン・ザ・マーシュ。同地のチャプレン〔教会以外の施設や私宅の礼拝堂で活動する聖職者〕であったジョン・ワイマーク卿はマーガレット・ハールブルクを妊娠させ……（記録破損）……彼女は出産した。ワイマーク卿は赤ん坊を海に投げて死なせた。マーガレットは現在、ケステヴェンに住んでいる。

この気の毒なマーガレットがいまどこに住んでいるかを知る必要があるのか、わたしには分からない。ワイマーク卿はチャプレンの職を解かれたようだが、それは多分すべての関係者にとって最善策だったはずだ。彼はどこかの時点で赤ん坊を手に入れた。出産時にジョンとマーガレットが海辺にいたわけではないだろう。ジョンはマーガレットから受け取った赤ん坊を海に連れていき、その生命を終わらせたと推測される。裏切られた彼女はどれほど失望したことだろう。

神に仕える立場の人間にあるまじき所業だ。それ以上詳しい記載がないので、ジョンが赤ん坊を殺した罪で起訴されたかどうかも、彼の居住地も分からない。

ブロッサムヴィルのアリス・モーティン

父親に養育させることを検討せず、赤ん坊を雨風のなかに放置した女性たちもいる。一四九七年のバッキンガムの教会裁判所の記録によると、ブロッサムヴィルのニュートンで次のような出来事があった。

　アリス・モーティンは同地の聖職者の家で出産したが、父親は不明。アリスは出産直後にその子を沼地に隠したという。赤ん坊は飢え死にしたらしい。

　そもそも父親が「不明」の場合、わたしならその聖職者を少し怪しむだろう。未婚女性が、神父や牧師、あるいはそれに類する男性の家で家政婦をしていたところ妊娠した、という記録はかなり多く残っている。偶然だろうか？　そうは思わない。

　アリスの年齢は言及されていないものの、何歳であろうと、ほかに選択肢がないという理由で乳児を沼地に連れていき、そこに置き去りにするのは、簡単な決断ではなかったに違いない。繰り返すが、そうするのが賢明な行動だと裏でそそのかした張本人はその聖職者ではないかと疑ってしまう。少なくとも、赤ん坊が通りがかりの人に発見されて保護される可能性は低いとはいえ、なかったわけではない。

　最後に、予期も望みもしていなかった子どもをどうするか迫られた場合、より残酷な選択肢は嬰児殺しである。生きている人間を死に至らせるのは重罪であり、軽々しくできることではない。遺棄、児童奉献、殺人は――母親自身の道徳的過ちは別として――どの選択肢であっても、出産時には信頼できる第三者の助けを必要とするので、すぐにではなくても、手を貸した人物が後悔のあまり罪を告白し、事態が発覚するリスクがある。

嬰児殺し

望まれない赤ん坊を物理的に処分する習慣は、中世では未知のものではなかった。もちろん、それは厳しく罰せられた。ほとんどの場合、嬰児殺しは大人の殺害と同列に扱われたが、裁判所記録に残っている一四世紀のヨーロッパで起こった事件は、そうではなかった。

ある無名の女性

ある無名の女性が生まれたての赤ん坊を河で溺れさせようとして逮捕された。事件は二四名の陪審員によって審理されたが、陪審員は全員男性だった。彼らは最終的に無罪判決を出し、次のように述べた。

この女性はいかなる手段によっても罰せられるべきではない。理由は、彼女は男児を出産し、その男児に対する権利を有していたからである。誰でも自分のものに対して、したいようにする自由があるため、この女性は赤ん坊を殺すことも死なせることもできるわけである。

赤ん坊の性別が特に言及されたのが興味深い。赤ん坊が女の子だったら、何か違っていたのだろうか？　男児は跡継ぎであり、子孫としてより価値があるのだから、残すべきは男児であり、溺死させるとしたら、男児より重要ではない女児のほうにならないのだろうか？　よく分からない。今日では、赤ん坊の性別に関係なく、故意の殺人そのものに刑罰が科される。教会や、厳しい処罰を適用する文明化されたイングランドでは本来ならありえない判決だ。

イートンのアリス・ライディング

イングランド女性のアリス・ライディングは、一五一七年に自分の赤ん坊を殺害して遺棄した。妊娠中ずっと妊娠を否定していた。後述するように、他人に怪しまれることなく妊娠を最後まで隠し通すのは簡単ではない。

一五一七年。リンカーン教区のイートンに住むジョン・ライディングの娘で未婚のアリス・ライディングが出頭し、当時ジェフリー・レン師に仕えるチャプレンであったトマス・デニスとのあいだに男児を妊娠し、先月のある日曜日にイートンにある父親の家で出産し、その直後、つまり出産から四時間以内に赤ん坊の口を手でふさいで窒息死させたことを自供した。彼女は赤ん坊を殺害後、父親の果樹園の肥溜めに埋めた。

出産の際、助産婦はおらず、妊娠していることは誰にも知らされていなかったが、ウィンザーやイートンに住む女性たちのなかには、アリスが妊娠しているのではないかと疑う者もいた。しかしアリスはいつも、腹に何か異常があるのだと言って妊娠を否定していた。出産後の火曜日、ウィンザーやイートンの女性たちや率直な妻たちがアリスを連れだし、腹と乳房を調べたところ、彼女が経産婦であることを確信した。そこでアリスはすべてを告白し、彼女たちに死んだ赤ん坊を埋めた場所を教えた。

裁判所記録には起こった出来事だけが淡々と記載され、そこに直接関わった人たちの感情はまったく伝わってこない。アリスはまず、妊娠を最後まで秘密にし、味わっていたであろう悪阻や疲労、そしてサイズの合わなくなった服に対処し、自分の苦境を隠し通した。その結果、ひとりきりで悲嘆に暮れることになったのだ。

男の子を誰の助けも借りずに自力で出産したアリスが、最後の一歩を踏み出す前の四時間でどのような感情を抱えていたかは想像するしかない。彼女には、赤ん坊を誰かに託して育ててもらうという道も、どこかで拾ったと言って教会に預ける道も選べなかったようだ。

アリスの年齢も不明だが、未婚で実家暮らしだったということは、そこまで高齢でもなかったはずだ。このチャプレンは大胆にも、この手のターゲットになりがちな下級使用人の少女ではなく、自分の雇い主の娘に手を出したのだ。

ポロントンのエリザベス・ネルソン

ほとんどの場合、女性は身ごもっていることを隠し通せず、遅かれ早かれ発覚して恥をかく。教会の慈悲にすがるという選択肢もあったが、あまりよい選択肢ではなかった。

教会に保護を求めた場合、四〇日間だけは民法の裁きを逃れられることが保証されていた。期限が過ぎれば、その者は必要なら強制的に、定められた法の裁きを受けさせられるのが珍しくなかった。イングランドのビヴァリー教区の保護者登録簿には、一五一一年にエリザベスが逃亡中、早くも選択肢が尽きた様子が記載されている。

イングランド王ヘンリー八世の治世、三月一二日。ヨーク地方ポロントンの未婚女性エリザベス・ネルソンは、ハルでわが子を殺害したという重罪を理由に、ビヴァリー教区の聖ヨハネ教会に保護を求め、入所を認められて宣誓した。

多くの場合、保護を求めてくるのは、夜陰に乗じて逃亡し、国とは言わないまでも、その地から去ってきた者だ。四〇日の期限が過ぎたあと、エリザベスがどうなったかは不明で、彼女が未婚だったこと、妊娠していたこと、嬰児殺しの罪に問われていたことだけが分かっている。彼女がトラウマを抱え、罪を悔いていたなら、尼になって赦しを乞う祈りを捧げることに残りの人生を費やしたかもしれない。裁判所記録だけではすべてを知ることができないのだ。

汚水溜めとほかの処分方法

挿絵入り写本の教訓話もまた、不義密通を警告しており、そのひとつはフルカラーで密通を描いている。ときは一三二七年にさかのぼる。ハーグに保管されている『*Miracles De Notre Dame*（ノートルダムの奇跡）』は、不幸にもおじの目に留まり、妊娠させられた女性の物語を描いている。挿絵の左には抱擁をいやがる女性、右には抱擁の結果、つまりトイレに捨てられる私生児が描かれている。

これは実際のトイレを描いた非常に珍しい絵で、同じくらい珍しい行為も描かれている。警告するための絵なのだろうか、それとも実際に起こった話なのだろうか？　調べようがない。

イングランドのヨークで汚水溜めの発掘を専門とする考古学者による研究結果を紹介しよう。彼らの論文や調査によると、発掘物のなかには残飯や種子、そのほか汚水溜めに見つかりがちなものに加え、人骨も発見されている。このテーマを扱ったアラン・R・ホール／ハリー・K・ケンワードの共著作のひとつに、「下水、汚水溜め、肥溜め：英国ヨークの二〇〇〇年にわたる廃棄物処理に関する証拠調査」という章がある。

統合チームで取り組んだところ、肉眼で確認できる植物の残骸（果実や種子、葉や苔の断片など）、昆虫、そのほかの肉眼で見える無脊椎動物、顕微鏡でしか見えない腸内寄生虫の卵など

おじとのあいだに3人の子を身ごもった女性。
(ハーグの王立図書館所蔵、71 A 24、見開き176枚目の表)

に加え、人間を含むあらゆる種類の脊髄動物の残骸を調査することができた。

これらの情報は考古学的な発掘物から収集調査されたもので、数十の遺跡と数百のサンプルを対象としている。遺棄された際、人間たちが全員死んでいたのかどうかは分からない。中世のある記録によると、焼かれたあと遺棄されて数日が経ったと思われる遺体が汚水溜めから発見され、成人女性のものと判明して運びだされたことが分かっている。犯人の女性ふたりが捕まって処罰を受けたが、赤ん坊や性交とはなんの関係もない事件だった。

いやがる相手

不本意な性交をする羽目になることもある。家に押し入られる、あるいは旅の道中で強姦されるといったことは、中世の女性にも起こりうる不幸な現実だった。危険な道と酔った男は、時代を問わず最悪な組み合わせで、ひとりでいる女性にとっては悲惨な結末をもたらすことがある。

女性が死に至った強姦事件の加害者に必ず有罪判決が下るとは限らない。陪審員の大半が「彼はそんなことをするような男ではない」と味方をする傾向があるからだ。繰り返そう。ある男が女性を強姦して殺し、起訴され、裁判にかけられても、自分の行いが招いた結果を〝受け入れなくてもすむ〟場合があるのだ。

ノートンのエレン・ケイトメイデン

エレンの話は、一三六三年、ヨークシャー治安判事裁判所の記録に残されている。ある男が訴えられたものの、正当な判決が下されなかったという。

モルトンのエリアス・ワーナーが、聖十字架発見の祝日のあとの月曜日に、モルトンのエレン・ケイトメイデンをモルトンに隣接するノートンで強姦するという重罪を犯し、抵抗する彼女を押し倒して暴行したため、彼女は三日以内に死亡したと、陪審員たちは起訴した。エリアスは保安官に連れられ、判事の前に立った。同じく、この日のために選定され、手続きをして宣誓した陪審員たちは、前述のエリアスは前述の重罪に問われるべきではないとして（中略）その結果、エリアスは無罪放免された。

「もみ消す」とはまさしくこのことだ。一方、裁判所記録には、エリアスは単なる強姦容疑ではなく、被害者を死に至らしめるほど残忍な重罪犯として起訴されたとあるが、陪審団の男たちが「彼は多分やっていない」と述べたため、エリアスは罪を免れたという。亡くなったエレンは自ら立ちあがって証言することはできなかった。エリアスはなんの処罰も受けずに釈放された。

誰かが告発して裁判に持ちこまれる事件がある一方で、まったく問題にされない事件が多くあることを忘れてはならないし、前述のような結末を聞けば、その理由も推して知るべしだ。多くの女性が、自分には正義が果たされない可能性が高いと悟り、時間と労力を無駄にすまいとした。

自らのために立ちあがろうとした女性にその後、何が起こりうるかは知られていない。自分を強姦した犯人を法廷に引きずりだし、ほかの男たちの前に突き出したあと、自由の身となった犯人が、彼女自身も暮らすコミュニティに戻ることになれば、よくない結果を招くかもしれない。女に思い知らせてやろう、自分の立場を分からせてやろう、という感情は、告発を思いとどまらせる。たとえその告発が真実だとしても。

ポックリントンのアグネス・ド・ウィルトン、ポックリントンのジョーン・スマイス、ポックリントンのエレン・ド・ウェルバーン

同じく一三六三年のヨークシャー治安判事裁判所の記録によると、ジョン・ド・ワーターが三件

の不法侵入と強姦の罪で起訴された。三人の女性は、同じ日の法廷で、同じ陪審員の前に立った。そろって正義が果たされるだろうか?

一件目は独身女性アグネス・ド・ウィルトンに対する事件だった。

ポックリントンの仕立て屋ジョン・ド・ワーターが、聖霊降臨祭のあとの月曜日に(中略)ポックリントンのアグネス・ド・ウィルトン宅に夜間侵入し、そこで前記アグネスを暴行し、強姦するという重罪を犯したと、陪審員たちは起訴した。

二件目は既婚女性ジョーン・スマイスに対する事件だった。彼女はジョン・スマイスの妻である。

前記ジョン・ド・ワーターが洗礼者聖ヨハネの祝日のあとの月曜日に(中略)夜間にポックリントンのジョン・スマイス宅の扉と窓を力ずくで壊し、前記ジョン・スマイスの妻ジョーンを暴行し、負傷させ、強姦するという重罪を犯して治安を乱したと、陪審員たちは起訴した。

三件目は同じくポックリントンのエレン・ド・ウェルバーンに対する事件だった。

前記ジョン・ド・ワーターがクリスマス前の月曜日に(中略)ポックリントンのジョン・ド・

ウェルバーンの娘エレンを強姦するという重罪を犯したと、陪審員たちは起訴した。

それぞれ別の月曜日にそれぞれ別の事件を起こしたにもかかわらず、被告人ジョン・ド・ワーターは陪審員によって釈放された。彼らの結論は次のとおりである。

本件のために選定され、手続きをして宣誓した陪審員たちは、宣誓の上、前記のジョンは前記の重罪を犯しておらず（中略）したがって、前記のジョンの釈放を言い渡した。

この三人の女性は名乗りをあげてジョンを告発したが、名乗りをあげなかった女性もいるだろうか？　その可能性は高い。ジョンはさらなる処罰を恐れることなく、今後もきっと放免されるだろうと自信満々で、やりたい放題できる自由を得た一方で、訴えた女性たちは彼にまた遭遇する恐怖に怯えながら暮らすことになったのだ。

アグネスとジョーンとエレンは、ジョンがそれぞれの家に押し入ったことを思うと、自宅ですら安心できなくなった。三件の襲撃はすべて月曜日の夜に起こった。悲しいことに、一三六三年、ヨークシャーの女性たちにとって、月曜日は家にいるのも家を空けるのも心落ち着かない日となった。

〝協力的な〟被害者

踏んだり蹴ったりの話だが、合意のない性行為で訴えられた男たちはしばしば、「相手の女性が実は売春婦だった」、あるいは「女性が〝抵抗した〟と嘘をついている」と表明するだけで、被害者に対する反駁に成功することがあった。そうして男は刑罰をないに等しいくらいに軽くすると同時に、女性の評判を台無しにするのだ。法律に関する限り、女性は「強姦を望んでいなかった」と言うことはできても、本当は望んでいたことを、男のほうは知っていたという話にされてしまう。

被害者の女性が処女の場合のみ、強姦も深刻に捉えられるが、これもまた証明が必要だった。この時点で、女性の評判が非の打ちどころがないほど完璧であることが不可欠だった。慎みのない行動を取った疑いや、恋愛に奔放であることをうかがわせる噂があるだけで、被告人が自分の言い分を裏付けるのには充分だった。彼女は明らかに売春婦でしょう。誰もがそう言っていますから、と。

女性の社会的地位が高ければ高いほど、処女の強姦事件は深刻さを増す。有利な縁談も、結婚前に処女を奪われたとあっては台無しになるのだ。

ポックリントンのアグネス・ウェブスター

イングランドの裁判所には、このような記録が無数に残っている。そして強姦はイングランド人だけに限られているわけではない。次の訴訟では、おかしなことに重罪行為がほかの問題と同列に扱われているようだ。

チャプレンのトマス・ド・ワーターは聖霊降臨祭のあとの月曜日に（中略）ポックリントンで同地のウィリアム・ウェブスターの妻アグネスを、夫の抵抗も主の平和ものともせずに強姦し、同ウィリアムの家財道具や四〇ペンスに相当する動産を破壊、破損した、と告発された。

この事件には多くの事柄が絡んでおり、裁判所はどこに焦点を当てていいのか分からなかったようだ。アグネスが強姦されたというのに、ほかに懸念事項があったらしい。

＊　ウィリアムは妻を襲った相手に抵抗した。
＊　主の平和が乱された。
＊　家財道具が破壊された。
＊　四〇ペンスに相当する動産も破損した。

アグネスが強姦されたことについては事実認定も起訴もされなかったが、〝動産が破損した〟のだ！　動産という言葉は誘拐事件で使われる場合、通常は誘拐時に身につけていた衣服や宝石を指す。だからこの事件で破損した動産も、ベルトのバックルやブローチといったアクセサリーや衣服のことを指している可能性がある。どうやら、それらはアグネスが強姦されたことと同じくらい気がかりだったようだ。

アグネスの夫がすべてに抵抗したのは救いだが、妻を襲った犯人と積極的に戦ったのか、そこまで必死ではなかったのかは記録に残っていない。妻が襲われているのに犯人に反撃しない夫など、ほぼいないだろう。犯人の体格が自分より立派だった場合、夫は反撃したとしても即座に返り討ちに遭って意識を失い、床に伸びてしまうかもしれない。

この事件もまた、ポックリントンで祝日のあとの月曜日に起こった。どういうことだろう。

ウィルトシャーのジョーン

一三一三年から一三一四年にかけてイングランドで起きたほかの訴訟事件では、男性が強姦で起訴される事件が一四二件あった。そのうちの二三件が裁判にかけられたが、告訴した女性が勝訴したのは一件だけだった。ジョーンは一三一三年に提訴したものの、女性が原告の場合でよくあるように、ジョーンも最悪の結末を迎えた。原告女性は名前をさらされて恥ずかしい思いもするのに、問題の被告人は保護されて、名前はイニシャルしか世に出ない。これでは少し不公平ではないだろうか。『*The Yearbook of Edward II*（エドワード二世年鑑）第五巻』には、この事件の複雑さが余すところなく記録されている。

ジョーンはEを強姦罪で訴えた。出廷していたEは、彼女はEに雇われてから一三年目にして肉体関係を持ったことを非難しているのであり、強姦されたとは言っていないと証言した。（中略）判事は不正確な証言をしたジョーンに牢獄行きを命じ、Eは彼女の訴えに関して不服を申し立てることができるが、法廷で真実を述べなければならない、とした。保安官、彼を捕らえよ。

判事：そして被告は、三〇歳にして子を抱えている女中ジョーンを強姦した、と述べている。この女性は子の父親は誰かと問われ、Eだと答えている。両者の合意がなければ子は生まれないのだから、こんなことはありえないわけで、よって（Eは）無罪とする。

要するに、ジョーンはEと関係を持つまで（彼女が同意したかどうかは不明だが、おそらく同意していないだろう）、聖書的な意味で男を知らなかったようだ。この出来事から彼女は妊娠し、そこから人生が転落していった。

当時の妊娠に関する医学的考えによると、子どもができるためには、男と女の双方が絶頂に達して精子を放出する必要があり、それは双方の希望がなければ起こらなかった。よって妊娠は、不本意な性交を否定するものだったのだ。今日の法廷でもその考えが通用するところを見てみたいものだ。今日の妊娠は、性行為があったことの確たる証拠なのだから。

それでもめげずに、少なくとも法廷で加害者の責任を追及しようとした女性もいたが、たとえその訴えが真実で、強姦が実際に起こったことだとしても、彼女たちは通常、残念な結果を迎える羽目になった。

オックスフォードシャーのローズ・サヴェッジ

ここに紹介するオックスフォードシャーのイングランド人女性ローズ・サヴェッジはジョン・ド・クリフォードという男に強姦されたと訴えた。どうやら町の人々は皆、その訴えが真実であると知っていたようだが、不幸なことに、ローズは提出書類に不備があったとして裁判所から罰金を科せられた。一二八二年当時、女性の識字レベルは個人差が大きかったとはいえ、全体的に、女性は書類作成を誰かに手伝ってもらっていた可能性があり、その誰かが男性だった場合、不備がある書類を意図的に作成したのかもしれない。なぜなら、多くの男性は、自分たちに立ち向かってくる女性が嫌いだったからだ。

一二八二年のオックスフォードシャーの裁判所には性差別がはびこっていた。書類の不備？　それがもっともな理由になるとでも？　本気で言っているの？

ヘント（ベルギー）のカールキン・ヴァン・ラーン

別の裁判所では、不謹慎な男が女性を肉体的に自由にしようとした可能性を認めても、だいぶ不可解な判決が下る場合があった。一四世紀のヘントで起こった事件の判決は、この傾向をよく表している。

気の強いカールキン・ヴァン・ラーンという女性が襲撃者をナイフで負傷させたらしい。犯人の男が彼女の許可なく近づいてきて、性的暴行を加えようとしたからだという。思慮深くも、裁判では彼女に身を守る権利があったと認められたが、町の女性が男性の尻をつかんで名誉を傷つけることは決して許されない、と急いで付け加えられた。

武器を隠し持つのは構わないが、女性諸君はくれぐれも男性に手を上げたりしないこと、というわけだ。承知いたしました。

ロンドンのエレノア・ド・マートン

実際の事件とはまったく関係のない理由で男性が勝訴するという、さらに不可解な事例もあった。ちょっと驚くではないか。一三四八年から一三五〇年にかけての「ロンドン開封勅許状」には、こんな不可解な勝訴が記されている。

エレノア・ド・マートンの強姦容疑で起訴されたニコラス・ボルトンは、あらゆる無法行為と同様、最近のカレーでの紛争における功績を鑑み、赦免する。

どうやら、カレーで起こったことはカレー内にとどまらず、ほかの場所でも報われるらしい。そのように見受けられる。気の毒なエレノアにとっては特にひどい話だ。なにしろ、ニコラスが強姦したかどうかは議論されることもなく、彼がほかの場所でやったことがただ賞賛され、お咎めなしの〝無罪放免〟となるのだから。

第二章　性交について学ぶには

性交のアドバイス

さて、中世の女性は性交についての良識ある、たしかなアドバイスをどこで得ていたのだろう？現代には『クレオ』『コスモポリタン』といった女性誌がある――性的なアドバイスを載せたエッチな袋とじを完備した雑誌だ。なぜエッチだと分かるかと言えば、いけない内容をにおわせるために袋とじにしてあるからだ。開封するときでさえ、いけない気分になるではないか。ページを破る行為はいけないことだ。お決まりの話である。そこには何か秘密めいた性的なことを学べるという期待感がある。

何か疑問に思ったときはグーグル検索という手もある。周知のとおり、インターネットはそんな情報を探していないときでさえ、性的なお役立ち情報を教えてくれる。たとえば、小さな子どものために仮装パーティを準備している親がユニコーンマンを検索してトラウマになる、なんてことも珍しくない。色鮮やかな画像が数々ヒットするが、虹色のお馬さんになりたい七歳以下の子どもにはふさわしくないのだ。迷惑メールフォルダは、性交テクニックを磨くためのオプションや、「あなたと会って永遠の絆を結びたがっている」異性についてのお節介なアドバイスで定期的にいっぱいになる。そんな具合にインターネットはとても有益だ。

現代社会では、性欲を高めるための情報、妊娠や避妊に関する男女両方のための助言、積極的な交際相手を見つけるための方法など、ありとあらゆるアドバイスが見つかる。理想の男性があなたを待っていますよ。理想の男性が見つかるまで、「いますぐに遊べる男」はいかが？　などなど。

中世の女性にはこういった便利なものはなかった。では彼女たちは、どこにアドバイスを求めていたのだろう？

装飾頭文字「F」、聖職者の任命。『ボープレ聖歌集　第三巻』（ウォルターズ美術館所蔵の写本W761、見開き207枚目の裏）

母親が性交に関する助言をしていたのか、あるいはこの話題については沈黙を守っていたのか、はたまた、男性のアレの大きさがアソコを突くのに適しているかどうかと、友人同士でクスクス笑いながらおしゃべりしていたかは、われわれには分からない。彼女たちの話ですよ、わたしの話ではなく。分かっているのは、ある集団がこの話題全般をどう感じていたかということで、彼らは快く思っていなかった。
彼らとは、聖職者の方々である。

教会の介入

われわれにとっては幸いなことに、教会は性に関して女性たちに多くを語っていた。なぜそれを知っているかというと、教会はわれわれのために時間と労力を割いて、長年にわたり注意深くそれを書き残していたからだ。貞潔なはずの男性たちが性交について助言していたなんて嘘でしょうと思われるかもしれないが、率直に言って、その助言にはとても現実的で示唆に富むものもあった。男女の関係。欲望。性交。結婚。彼らはそれらについて考え、その考えを広めるために膨大な時間を費やした。

どれどれ、どんな考えだったか見てみよう。

まずは女性の代表から

性の二面性は、聖職者に多大なる複雑な心境をもたらした。彼らからすると、女性には実のところ二種類しかなく、彼らはその二種類の女性を憎むと同時に愛していた。女性は誠に忌むべき存在である一方、極めて崇高な存在でもあった。女性と関係するのはぜひとも避けるべきだったのに、それは神の計画の一環でもあったのだ。

難儀な話である。

幸い、この二種類の女性には有名な代表的存在がいて、彼女たちは「ああ、なんと愛すべき女性なのか」と「ああ、なんと憎むべき女性なのか」と思わせる両極端な領域を見事に体現していた。信心深くない人でも、どのふたりを話題にしているかは分かるだろう。イヴとマリアだ。女性というものは、マリアを上回ることもなければ、イヴを下回ることもないのである。

エデンの園のイヴ

イヴは全人類の堕落の原因となった究極の誘惑者であり、はっきり言って、教会は彼女のことを相当迷惑に思っていた。聖職者たちは、彼女がいかにひどい女であるかを正確に書いて示すために何時間も、それはもう何時間も費やした。彼女が件の木からあの果実を採って分かち合ったことを、「ちょっと考えが甘かったね」と大目に見る者もいなければ、「極端な罰を受けるよりはむしろ、許されるべきだった」と考える者もいなかった。

聖書のどのバージョンを読むかによって異なるが、イヴはアダムの二番目の妻である。イヴはアダムの肋骨から作られた一方、最初の妻リリスは彼と同じく土から作られ、少しばかり強情なことが判明したため、園を去って二度と戻ろうとしなかった。彼女を連れ戻すために遣わされた大天使たちでさえ、その試みには失敗したが、彼女と性交をしてたくさんの娘をもうけた。まあ、物語ではそう言われている。

アダムはリリスの振る舞いに怒り、別の伴侶を、とりわけ聞き分けのよい伴侶を作ってくれと神に要求した。そこで神はアダムの肋骨から伴侶を作った。イヴはリリスと同じくらい残念な伴侶だった。イヴはアダムの望みどおり彼の伴侶となるべく連れ添ったが、聞くところによると、彼女は知恵の木の果実が好きすぎて、自分の分け前以上を食べてしまった――彼女の分け前とはゼロを意味するのだが。そうしてイヴは罰を受け、ふたりして速やかに園を出ることになり、永遠に子どもを産み続けるという苦行を約束された。

出産の苦しみに加え、欲望の罪もイヴのおかげなのだから、少なくともその点については、彼女に感謝してもいいだろう。それまで欲望というものは存在せず、アダムのペニスは体のほかの部位と同じように罪なく機能していた。手足にどう機能しろと命じる必要はないのと同様に、ペニスも自動的に反応するだけだ。ところが、イヴのせいでアダムに淫らな考えが芽生え、ペニスは意志を持つようになったのだ。女性に責任を押しつけたいにしても、少しばかり無理のある話だが。

中世の写本彩色師たちは、このエデンの園のアダムとイヴの素晴らしい場面を描くとき、ふたりのあいだの木によくヘビを登場させた。そんな絵をたくさん目にしたことがあると思うが、鍵となる要素は同じだ。

＊アダムとイヴは描いた？——オーケー。
＊ふたりのあいだに木を描いた？——オーケー。
＊ヘビは？——オーケー。
＊ふたりとも、ちゃんと裸？——オーケー。

でも、ちょっと待って。ヘビをもう一度よく見てほしい。何かがおかしい。そこにいるのは普通のヘビだと思うかもしれないが、中世初期の宗教画を見ると、エデンの園のヘビには頭が描かれていることが非常に多い。人間の頭が。人間の女性の頭。なんと失礼な。

女性の頭をしたヘビは髪が整っているが、イヴの髪は乱れている。
アダムとイヴの誘惑。14世紀初頭、フランスの時禱書の挿絵（ウォルターズ美術館所蔵の写本　W90、見開き20枚目の表）

面白いことに、女性の頭をしたヘビはヘアネットをかぶり、一三世紀から一四世紀にかけての貴婦人に好まれたフィレット（飾り帯）つきのバーベット（頭飾り）を着けている。一方のイヴはふしだら女みたいに髪が乱れている。このようにして、初期の芸術家たちは、エデンの園のヘビでさえ、イヴに比べたらましな女だと言っているのだ。辛辣である。教会は大半の女性をイヴと同類と見ていた。罪深いが、必要な存在。悲しいかな、生殖にはほかの選択肢がないから必要であるにすぎない。

アレクサンドリアのクレメンスは、その三部作の第二巻『*Pedagogue*（訓導者）』で女性全般をこき下ろした。

あらゆる女性は、自分が女性だということを考えて恥ずかしさに打ち震えるべきである。

クレメンスは、我慢強く話を聞いてくれる相手を片っ端からつかまえて、男性であろうと女性であろうとこの持論を聞かせた。そのような背景から、中世初期の女性が一般的に自己卑下していたのは驚くに値しない。愛を歌った吟遊詩人や宮廷恋愛が評価されるようになって状況は少し変わったが、そもそもの話、女性と言えば必要悪だったのだ。

フランスのクリスティーヌ・ド・ピザン

教会からはそんな態度を取られ、それを支持する数々の文献に追い打ちをかけられたとあっては、女性が自身を蔑み、自らの価値を過小評価するようになっても不思議ではない。その好例が、一三六四年九月にヴェネツィアで生まれたクリスティーヌである。彼女は子どもがまだ幼いうちに未亡人となり、クリスティーヌ・ド・ピザンというフランス名でよく知られている。

のちに女性のあるべき姿の象徴となったクリスティーヌは、当初、自己評価が非常に低かった。自分も女性であるのに、女性とは卑しく忌まわしい生きものだと考えていた。というのも、女性を低く評価する多くの学識ある男性たちが間違っているはずがない、と考えていたからだ。だってそうではないか？　彼女は絶望してこう書いた。

そしてついに、わたしは神が下劣な生きものを創造したのだと思い、なぜそのような立派な職人が、このような忌まわしきものを創造されたのだろうと不思議に思った。しかも彼らが言うには、この忌まわしき存在はあらゆる諸悪の器であると同時に、隠れ家、住処でもあるのだ。こんなことを考えていると、胸の内に大きな不幸と悲しみが湧きあがってきた。なぜなら自分自身が、そして女性という性そのものが、本質的には怪物のようなものだと思えて憎らしかったからだ。

この文章を書いた直後、クリスティーヌは突如ヴィジョン（幻視）を見た。魅力的な服に豪奢な冠を着けた三人の女性が目の前に現れ、女性の素晴らしさ、美徳について賞賛してくれたのだ。彼女たちは「美徳」を擬人化した存在で、「理性」「清廉」「正義」を表していた。クリスティーヌは雷に打たれたような経験をし、それからすぐに自分と子どもたちを養うために作家としての道を歩み始めた。

彼女の著作『*The Book of the City of Ladies*（女の都）』は、女性としての美徳と、女性としての自分を磨く方法について論じ、あらゆる女性たちのあいだで絶大なるヒット作となった。女性はもはや忌むべき存在ではなく、むしろ慈悲と優しさと慈愛といった美徳を備える、穏やかで思いやりと愛情あふれる存在として見なされなければならない。賛美されることはあっても、軽蔑されるべきではないのだ。

ナザレの聖母マリア

その一方で、聖母マリアは最も聖なる女性であり、われらが主の崇高な母であると見なされ、数多の商品にモチーフとして取り入れられたのはもちろん、膨大な量の愛と賛美と祈りを単独で生み出してきたと考えられている。

彼女は賞賛され、模範とされるべき女性性の金字塔だった。

マリアは夫であるヨセフと貞淑な結婚をし、実際に男性と性交して自分を汚すこと

聖母マリア。
1450〜1460年、カンブリアの時禱書の挿絵（ウォルターズ美術館所蔵の写本W240、見開き122枚目の裏）

なく、処女を守ったまま出産して母親となった。いや本当に。これで彼女は手の届かぬ存在となり、ほかの女性には到達不可能な地位と、教会が与えうる最大の愛を得たのである。

完全に汚れなき人。星を五つあげよう。お勧めします。

これにより教会は、女性を蔑んだり賛美したりと非常に節操がない立場に置かれることになった。教会は一般的な女性の善良さについては矛盾する意見を持っていたが、男性には結婚して跡継ぎをもうける必要性があることも認めていた。産めよ増やせよという方針はあるにしても、女性は快楽のために性交すべきではないと教会は強く感じていたのである。女性は性交を楽しんではいけない。「少しくらいは」も不可。たいていの場合、女性は罪深く、男性はできるだけ、特に寝室では女性を避けるべきだとされていた。一一世紀、ペトルス・ダミアニ枢機卿は著書『*Book of Gomorrah*（ゴモラの書）』にこう書いている。

> 女性はサタンの餌であり（中略）男性の魂にとっては毒である！

彼は童貞だったに違いない。

性交について書くには

中世の女性読者のために、性的なテーマで書かれた作品が数多くあった。『薔薇物語』や『ランスロットとグィネヴィアの物語』といったロマンティックな詩や物語は、エロティックな関係をほのめかしていた。

禁じられた宮廷恋愛の物語は、恋人がしたがっている言葉にできない行為、悲しいかな実現不可能な行為を、ページから静かに語りかけてくる。ギヨーム・ド・ロリスの著書『薔薇物語』、フランス語の正しい書名で呼ぶところの『*Le Rman de la Rose*』における登場人物は、性格特性を擬人化したものになっている。欲望を具現化した人物。同じく老齢、嫉妬、愛を具現化した人物たち。彼らの体格も、それぞれの美徳あるいは欠点と一致している。

この物語で使われる言葉は、性的な事柄に関する中世の絶妙な婉曲表現であふれている。これは、そうした書物に限られたことではない。愛に独自の言語があるのだ。言葉も。表現も。たとえば男性の両脚のあいだにある特別なモノを指す言葉など、いまも昔も変わらないものもある。ずっと使われていたそれらの言葉はすべていまも通用する。アレとか。竿とか。何を言っているか分かるでしょう？　ほかにも、まだまだある。

ではここで、耳新しい言葉を学んでみよう。今度、会話が盛りあがったときに、これらの言葉をさりげなくちりばめてみてはどうだろう。

＊槍でリングを突く――これは槍試合用語とは限らない。ヒントをあげよう。女性にはリング

があって、男性には槍がありますよね。ズボンのなかに。
*小さな薔薇をめがけて――ご存じのあの部位に向かって、ということ。『薔薇物語』より。
*巻き毛に水をやる――これは女性の毛を指していて、男性がそこを湿らせる。でもちょっと不思議ですよね、毛を剃るのが好ましい概念だったのは、芸術を見たら明らかなのに。
*薔薇を摘む――初めての人。説明の必要はないでしょう。「処女を奪う」と同義語。これも『薔薇物語』より。
*花びらを広げる――薔薇には花びらがある、と説明すれば充分でしょう。『薔薇物語』より。
*美しいもの――「バースの女房の話」（『カンタベリー物語』）より、文字どおり貴重なもの。ありがとう、著者のジェフリー・チョーサー。
*クェイント（女性器）――チョーサーが言うところの膣。かなり古風《クェイント》な呼び方ですよね。
*クォニアム（女性器）――これもチョーサーが言うところの膣。言われないと分からないでしょう?
*穴――チョーサーも想像力が欠けてきましたね。
*緑のドレスを贈る――女性の服の背中側に草の染みがつくこと。この表現が初めて登場したのは、一三五一年にノッティンガム裁判所で強姦事件が扱われたときのこと。ラテン語では「induentes eam roham viridem」で、「女性に緑のドレスを贈る」という意味になる。とっても

気前のいい男性が愛する女性に服をプレゼントした、と思った？　違うから。そういう意味ではない。

＊羊毛――女性の陰毛。ボッカッチョの『グリセルダ物語』より。
＊毛皮――女性の陰毛。これもボッカッチョが起源。
＊秘密の部位――多くの裁判で用いられる、男女の性器を指す言葉。
＊陰部――女性の外性器。トロトゥーラをはじめとし、使用者多数。

セクシーな絵

いつの時代もそうだが、言葉だけではもの足りない。セクシーな気分を求めるなら、視覚に頼るのが最適だし、それは中世の人々もご多分に漏れずだ。芸術表現には、ベッドのなかで子作り中の男女や、いまにも始めようとしている体勢で抱きあう男女といった標準的なイメージから、ドラゴンとベッドをともにする裸の女性という一風変わったイメージ、隠された意味を持つ捉えにくいイメージまで、多岐にわたる。

まずは、それから始めよう。

えっ、カーテン？

実際に性行為を見せることなく、性的な状況が起きていることを示すにはどうすればいいか？簡単だ。中世の写本にはイメージの活用が普及していて、いくつかの同じテーマが繰り返し登場する。天幕やベッドの絵の多くは、カーテンや天蓋が中央で開く光景を、鑑賞者が正面で捉える構図になっている。ベッドのカーテンは間違いなく実際のカーテンなのだが、それが二手に分かれて、左右均等にまとめられている様子は、まもなく同じように開かれることになる、件の女性の陰唇を象徴しているのだ。セクシーと言えばセクシーだし、ただのカーテンと言えばただのカーテンとも言える。

それだけで性的な意味をほのめかすことができるのか確信できない場合は、二手に分かれたカーテンの割れ目とも呼べる部分を貫くがごとく、天幕の柱や印象的な大型ロウソクが配置されていることが多い点に注目してみてほしい。いまにも始まろうとしているピストン運動を少々あからさまに暗示している。『モルガン聖書』写本M638の41枚目の裏「ダビデとバテシバの寝室」に、その好例が描かれている。この写本は『マチェヨフスキ聖書』という名でも知られ、一二四〇年頃にパリで制作された。それはもう大きなロウソクなのだ。

一度でもそれを写本で目にしたら、ずっと気になってしまうはず。いえいえ、お礼には及びません。

アレクサンドロス大王の誕生。（ウォルターズ美術館所蔵の写本W307、見開き132枚目の裏）

神話上の野獣との性交

中世の写本でさらに不可解な光景は、冠をかぶった貴婦人がドラゴンを愛おしそうに抱きしめているベッドシーンで、それを夫が不安そうに扉の外から、あるいは窓から覗いている。そんな絵が結構多いのだ。とても愉快ではないか。ただ、それらの絵は獣姦や寓話や神話を暗にほのめかしているわけではない。

ギリシャ神話の愛好家たちは、動物と交尾する女性のイメージを見慣れている。その動物は変装したゼウスを表しており、彼は乙女を口説き、誘惑している。妻から隠れるために変装し、雄牛などほかの動物になることもある。

だが中世の絵はそういうものではなく、何かほかのものに変身した男を描いているわけでもない。そこにいるのは通常、尖った歯と角を持つひょろっとした黒い人物として描かれる悪魔か、あるいはドラゴンなのだ。そう、本物のドラゴン。そして絵は実話だとされている。いや本当に。

ドラゴンとの性交の絵には、アレクサンドロス大王の母オリュンピアスがドラゴンに妊娠させられ、それをアレクサンドロスの実父ピリッポス二世が窓から覗いている様子が描かれている。どうやらアレクサンドロスはゼウスが自分の父親だと思っていたようだが、それは母親からそう聞かされたからだと言われている。これらの絵は、ふたりのあいだに生まれた子はドラゴンの心臓と血を受け継ぐことになると示している。つまり、その子は単なる人間を超えた存在になるのだ。明らかに〝ママの特別な坊や〟だったアレクサンドロスは、成長しても自分の出生物語を疑問に思う大人にはならなかったようだ。ぼくのパパはドラゴンなの？ へえ、そうなんだ。この絵は、『アレクサンドロス大王の受胎』あるいは「*Les faize d'Alexandre*（ブルージュ在クイントゥス・クルティウス・ルフス著『アレクサンドロス大王伝』の翻訳）」で見ることができるので、興味のある方はどうぞ。男前のドラゴンなので、わたしなら努力してみる。

架空の性交

もちろん、性交相手が男性の場合、女性は「性交なんてしていない」とうそぶくかもしれない。「あれは不思議な夢だったんだわ」と言い張る必要があったのか、「一種の魔法にかけられた」あるいは「悪魔に襲われた」と主張する必要に迫られたのだろう。そうでしょうとも。だって説得力のある話ですよね？

カンブリアのジャンヌ・ポティエール

一四九一年、ジャンヌは性交したことをちょっと斬新なやり方で説明した。「悪魔が現れ、自分の意志に反して姦淫を強要された」と主張し、よって「あれは本物の性交ではない」と言い放ったのだ。ジャンヌはカンブリアの修道女で、相手はインキュバス（男性の夢魔）の姿をし、偶然にも究極のハンサム青年だったらしいが、本当かどうかはちょっと疑わしい。ジャンヌが真剣に主張したところによると、彼は四四四回も性交を強要し、その後、修道院のシスターたちを紹介しろと迫り、彼女たちを庭中あちこち追いかけまわし、最後には彼の誘惑から逃れようとしたシスターたちが木に登るほど追いつめたそうだ。

ジャンヌが愛の営みの合間に、そのセクシーな青年が襲ってきた回数を数えていたことに、わたしは感心した。そのあいだ、彼女はこのことを誰にも言おうとは思わなかったようだ。彼はとびきり素敵なインキュバスだったに違いない。

ふしだらな女性たち

女性とはもちろん欲望にまみれたふしだらな存在なので、文字どおりの意味でも比喩的な意味で

修道女にペニスを提供する男。
1301～1400年、ギヨーム・ド・ロリス／ジャン・ド・マン著『薔薇物語』（フランス国立図書館所蔵の写本25526、見開き106枚目の裏）

も、数々の好ましくない方法で描かれていた。

一四世紀のフランス版『薔薇物語』では、余白の挿絵に〝ペニスの木〟に実るペニスを籠に摘んでいる数人の修道女が描かれている。修道女がいかに欲情的かを示そうとしているのだ。違う場面では不服そうな表情をした男性聖職者がペニスを差し出し、別の場面では修道女たちが互いを手伝っている。

また別の写本は、女性を少しばかり失礼な方法で描いている。一三四〇年から一三四五年に書かれた『グラティアヌス教令集』には、イタリアのバルトロメオ・ダ・ブレシアの素晴らしい註釈が添えられている。その挿絵は「*Lyon BM Ms 5128 folio 100r*」で調べるとオンラインで見ることができるので、どうぞご覧あれ。そこには翼のある巨大ペニスに乗った裸の女性が描かれ、またがるのが好きな好色女性をあからさまに表現している。ジークムント・フロイトでなくても分かるだろう。

これではもの足りないというなら、装飾品が卑猥なものとなった例を紹介しよう。巡礼バッジはもともと、錫の割合がそれぞれ異なるピューター（白目）で鋳造された装飾品で、聖地で安く売られていた。トマス・ベケット［イングランドの聖職者、カンタベリー大司教を務めた］の死や神の子羊などの神聖なテーマや、聖カタリナと車輪［カタリナは車輪に手足をくくりつけられて転がされるという拷問を命じられた］など、聖人や聖遺物などをモチーフにしたものがあった。

聖なる出来事を思いださせるこの慎み深いバッジは、大衆文化によって、一連の卑猥で世俗的なバッジに変えられ、一四世紀に究極のウィットに富んだ商品として大流行した。それらは目を覆いたくなるようなデザインだった。女性器の外陰部やペニスがほかのペニスに崇拝されているさま、空飛ぶペニス、鈴のついたペニス、冠をかぶった女性の外陰部が足のついたペニスに運ばれるさまなどなど。

こうしたバッジは大ヒットし、今日でも探せば、職人が複製したものが見つかる。それらは中世の女性を興奮させ、その思考を性交に向かわせたのだ。

巡礼バッジの卑猥な複製品。冠をかぶった外陰部が、お仕置き用の鞭と石弓を持って馬に乗っている。

教会公認で管理する

しょせん男は変わらないので、どれだけ頑張って厳しく諭したところで、女性に近づいて性交するのを止めることはできない。そう悟った男性聖職者たちは、どちらにしろ性交が行われるなら、せめて教会のルールに従ってもらおうと考えた。とはいえ、説教で有益な提案をしてもうまくいかなかった。さらに踏みこむ必要があったのだ。

聖職者たちはそれを実行した。

第三章　性交——間違ったやり方

教会は不承不承ながら、神の計画の一環として、子孫を増やすためには女性が必要だと認めた。教区での出産は、洗礼式や誕生感謝の祈り（出産後、女性を社会と教会に再び迎えるお祝い）、教会への金銭的な寄付などといった特別な貢献を意味し、いつでも歓迎された。しかし、女性は性的な関係を楽しんではいけない。性交は子孫繁栄のために耐えるべきものだったのだ。

性交を完全に禁止することはできないので、いつどこでしていいか、制限が設けられた。それまでは、カップルはいつでもどこでも気が向いたときに欲情していたが、それではいけない、ということになったらしい。子作りは仕事であり、ほかの優れた仕事と同様に、管理されるべきなのだ。

そのようなわけで、たとえ法律上の夫が相手であっても、特定の時間帯に性交することが禁じられた。その時間帯を見てみよう。

性交禁止のタイミング

水曜日と金曜日は性交を禁じられていたが、これといって特別な理由は思い当たらない。両日とも信じられないほど無作為に選ばれた感があるし、通常の宗教的教えに反する日でもなさそうだ。断食日ではあるものの、やはり日曜日ほど特別な日ではない。ひょっとすると教会ホールで行われる〝金曜日の持ち寄り食事会〟とかぶるからかもしれないけれど、その真意は決して分からない。

土曜日に寝室でいちゃつくのも禁止されていた。たいていの人は翌日が休みで好きなだけ夜ふかしできたのに、残念な話である。日曜日の禁欲は当然だ。どんな理由があろうとも、日曜日に性交しては絶対にいけない。ヴォルムス（ドイツ）の司教ブルヒャルトは、神聖ローマ帝国内で禁を破れば、四日間はパンと水のみという罰則を科した。人は日曜日には配偶者ではなく、もっぱら神と過ごすべきなのだ。

すでに週四日の禁止。一年で五二週だ。二〇八日は、夫も妻も「今日はだめ」と言わざるをえなかったわけだが、これはまだ序の口である。

教会によると、聖人の祝祭日は特別なので、敬意を払って、つまり衣服をまとって清らかな気持ちで過ごす必要があった。その祝祭日はなんと一年で六〇日あった。さらに祝祭日には時間と機会を得られるので、思う存分に欲望を解放するという罪を犯す可能性が生まれるため、断固として阻止する必要があった。

四旬節の四〇日間は敬虔な思索にふけるべきであり、夜の精力的な活動に費やしてはいけない。同じく待降節の二〇日間も。もちろん聖霊降臨祭の二〇日間も同様と見なされたので、絶対に性交禁止である。年によっては一〇日間に及ぶイースターの週も忘れてはならない。

ここに挙げた祝祭日の一部は、通常の性交禁止日である水曜日と金曜日と土曜日と日曜日にかぶっていたが、それにしてもカレンダーに記される「親密ないちゃいちゃご法度日」はかなり多かった。

いまあなたが何を考えているかは分かる。「すごい数だな」と思っているのでしょう。例外日を除いても、一年でおよそ二四〇日。でも冗談抜きで、まだまだあるのだ。

貞節を守るべき特別な日

先に挙げた日に、さらに八日が加わる。女性は、夫が聖体を拝領する日の八日前から性交を控えなければいけなかった。聖体拝領の日がそんなに頻繁になければいいのに、と思ってしまう。妊娠を望む女性や、〝ただ快楽をむさぼりたい〟女性にとって、性交できる日がどんどん少なくなっているからだ。まあ、女性は楽しむために性交する必要はないのだが。女性の年齢や食生活にもよるが、一年で平均して四〇日から六〇日ある月経中も性交は禁止だった。

そうそう、女性が妊娠中の場合も親密な時間は過ごせないので、さらに九か月プラスだ。

授乳中は禁止。
聖母子。時禱書の挿絵（ウォルターズ美術館所蔵の写本W428、見開き211枚目の裏）

当然、授乳期間の性交も禁止。母乳の出が悪くなったり、赤ん坊がまだ母親の栄養に頼っているうちに身ごもったりしてはいけないからだ。貧しければ、授乳期間が長引くこともある。少なくとも一年半は妥当と見なされたが、貧困家庭では二年に及ぶこともあった。貴族階級の女性はしばしば乳母を雇ったため、裸になってロマンティックな時間を過ごす機会に恵まれた一方、乳母を務める女性はそういう機会を奪われた。

よろしければ、これらの日をカレンダーに記していただきたい。

性交禁止の場所

カップルがふたりきりでリネンのシーツにくるまってもいい〝日〟を制限するだけで、聖職者たちが満足するわけがない。もちろん、性交禁止の場所に関しても、同じくらい厳しい指示が出された。性交してはいけない場所とは？　禁止区域はどこだったのだろう？

常識的に考えて、公共の場はどこでも禁止されているはずだが、万が一があってはいけないので、明確に規定しておく必要があった。カップルが把握していないとまずいので。どうやら、この注意は聞かせるだけではなく、いつでも参照できるように、念のため書き留めておく必要があったらしい。教会は、日中に教会の塀の内側で性交することを禁じた。また万一、女性が全裸だった場合でも、いわゆる正常位［正常位＝*missionary position* は直訳すると「宣教師の体勢」］しか許されていなかった。読者はきっとこう考えるだろう。「かなり面白い禁止事項だな。ほかにないくらい。そもそも、こんな注意が必要だろうか？」

最後に挙げた禁止事項について考えてみよう。

教会の塀の内側は性交禁止？　なぜそんなことをわざわざ断る必要があったのか？　説教があまりにもスリリングなせいで、集まった信徒たちは性的興奮をかきたてられ、家に帰ってこっそり欲望を解放するのを待ちきれないほどだったとか？　人々が教会で説教を聴いているということは、日曜日でなかったとしても、聖人の祝祭日である可能性が高いのだから、大切なパートナーと親密な時間を過ごすことはどのみち禁じられていたはずだ。これらのルールのどれかを破れば、四〇日間パンと水だけで過ごすことを強いられる。教会の塀の内側は禁止。了解した。

じゃあ……教会の正面玄関に続く階段でするのは許される？　写字室に続く屋根のある歩道は？　修道院長の住居の脇にある植物標本館はどうだろう？　答えよりも疑問ばかりが浮かんでくる。

シャーンフォードのエイミー・マーティンマス

リンカーン教区の教会裁判所記録に記された一五一六年九月の裁判で、エイミーという女性の複数の悪行が明らかになっている。彼女はよからぬ相手と、よからぬタイミング、よからぬ場所で罪を犯し、その軽率な行動の代償を支払わなければならなかった。ヨークの教会で次のような法廷が行われたという。

リディントンにある自らの荘園の礼拝堂で判決を下す司教は、レスターにあるシャーンフォードのエイミー・マーティンマスに対し、アッピンガムの教区司祭館で、司祭であるトマス・ウェストモーランドと肉体関係を持ったことを認めたうえで、自ら出頭するように命じた。

彼女の処罰は慎重に発表された。

（前略）次の水曜日、被告は頭と足と足首には何も着けず、火をつけたロウソクを手にして肌着だけでアッピンガムの市場を衆人環視のなかで歩き回ること。次の日曜日は二週連続で、アッピンガム教会の群衆の前で同様の処罰を受けること。三週目の日曜日は、リディントンで同様の処罰を受けること。

素足でリネンの白い肌着だけでは低体温症になりかねないので、冬ではなかったことを祈るばかりだ。自然の力の前では、厚手のリネンであってもほぼ無用の長物である。公然と辱めるという処罰はエイミーにはそこそこ適切な気もするが、司祭トマスは処罰なしだった。お小言を頂戴したくらいか、ひょっとしたら内緒でハイタッチをしていたかもしれない。この判決はまた、エイミーが自分の精神的指導者である司祭の被害者ではなかったことをほのめかしている。ほかの裁判記録などでは、関与した男性たちが家政婦や教区民の弱みにつけこんだことを示唆しているにもかかわらず。

もちろん教会内での性交禁止ルールは、明らかに庶民だけを対象にしていたのだ。

アルプス出身の女性

一二二一年にパルマで生まれたフランシスコ会修道士サリンベーネ・ディ・アダモは、地元の貴族の家庭で働いた時期があり、その家族の一五歳の姪が、奔放な聖職者の欲情的な行動の餌食にならないように、教訓的な物語を書くことを任されていた。残念ながらその姪の名前は分からないが、書き残すに値するほど重要ではなかったようだ。サリンベーネは、人々が一般的にどれほど好色かを示す例として、教訓的な、そして実話らしい物語を知っていたものの、そのなかでもまた、女性たちの名前を出す必要はないと感じていた。多分プライバシーを守るためだろう。彼は懺悔に来たある女性を知っていたが、名前には言及せず、アルプス出身とだけ明かした。その物語は次のとおりである。

ある女性が司祭に、自分の住んでいるアルプスの人里離れた場所で見知らぬ男に乱暴されたと告白した。乱暴の詳細を詮索した司祭は興奮して女性を告解室から引きずりだし、自分も強姦した。どうやら最初の乱暴を語る彼女の涙と苦悶は、なんの抑止力にもならなかったようだ。それでも彼女はふたり目、三人目の司祭を訪れたが、彼らもまた最初の司祭と同じ振る舞いをした。女性はめげずに四人目の司祭を探して告白した。その司祭は、女性がナイフを持っていることに気づき、彼女の罪を赦した。彼女はこの司祭も自分に非道な振る舞いをすればナイフで自殺するつもりだったのだ。

この女性が最初に告白した司祭の餌食になったあと、自分の罪を告白して赦されたいと願いながら抱えていた心細さは計り知れない。さらにふたり目の司祭。三人目に立ち向かったのは、手を差し伸べてくれる、善良な神の使いがどこかにいるはずだという信仰の証である。三度目の告白の試みが失敗に終わったあと、自らの命を絶つ準備までした彼女の絶望は多くを語っている。自殺は決して楽な道ではないのだから。

パイを作った女

サリンベーネがさらに語った話も実話と思われるが、その物語は聖職者の男性たちでさえ、いかに信用できないかを描いている。そして、やはり名前を伏せられた女性がうまく立ち回る。その女性が罪を告白すると、司祭がその場で誘いをかけてきた。彼女は誘いを断り、いまここでするよりも都合のよい時間と場所がありますと応じた。司祭はその言葉を聞いて大いに気をよくして、近いうちに女性の家で会おうとすぐさま約束を取りつけた。

彼女は事前にワイン一本と手製のパイを司祭に贈った。司祭は司教に気に入られようと思い、贈られてきたワインとパイを上司に横流ししたところ、非常に不運な結果を招いた。なぜなら、女性は空のワインボトルに自分の尿を入れ、パイには排泄物を詰めていたことが判明したからである。司祭は顔を真っ赤にして、女性の贈り物を愉快で屈託のないいたずらだとごまかそうとした。ところが、司教に説明を求められた女性は、

ご馳走を楽しむ男。
『詩篇』より「埋葬ミサの儀式」
（ウォルターズ美術館所蔵の写本W117、見開き3枚目の表）

何が起こったかを率直に話した。彼女は処罰されなかった。一方の司祭は、教皇アレクサンドル四世の詰問に遭い、不興を買った。

暗黒時代

日中の性交を制限することには、ある程度の実用的意味がある。女性は日中、料理や掃除や裁縫や糸紡ぎなどの家事に精を出すか、畑仕事や雑多な家畜の世話など屋外の仕事をしなければいけないからだ。

窓は小さく、室内の明かりも乏しく高価でもあったため、日中の生産的な時間を最大限に活用する必要があった。子作りの機会になりそうな情事に日中の時間を費やすのは貴重な時間の浪費であり、家庭管理に費やしたほうがいいわけだ。

妊娠中の性交禁止は最もうなずけるルールだが、非常に不公平なルールだ。女性の妊娠が何かをしてはいけない理由になることは滅多になかった。労働者階級の女性の家庭では家事を続けないといけないし、薬草の手入れ、鶏の餌やり、乳搾りなどの作業もある。つまり、妊娠していても日常生活は変わらないのだ。性行為だけわざわざ制限するのは少し不公平に思われる。

妊娠中の性交の利点は、すでに妊娠しているからさらに妊娠する不安がないという点で、だからこそ、その行為は非難されたのだろう。ともかく、胎動があって妊娠が確認されてから性交をした場合の処罰は、二〇日間パンと水だけで過ごすことだった。ほかの処罰に比べたら軽いように思えるが、胎児にとっては栄養満点とは言いがたい。悪阻に苦しむ母親にとっては、パンと水くらいしか受けつけないかもしれないので、まあ妥当な罰かもしれない。

毎月ある不適切な期間

教会に言わせれば、毎月の月経期間は絶対に、夫と裸になって性交するには適さないタイミングである。月経中の性交は罪であり、一〇日間パンと水のみの生活を送るという比較的軽い処罰を受ける。リンディスファーンのごく初期の写本では、四〇日間のほうが妥当だと主張されているが、中世後期になる頃には一〇日間が普通になっていた。

現代女性の多くは、月のその時期に性的なことをするのに不賛成である。なんと言うか、少し不快あるいは面倒と思われるのだ。二一世紀の女性の多くは、月経中はランジェリー姿でパートナーに迫るよりも、湯たんぽとチョコレートを用意して自宅でのんびり夜を過ごすことを選ぶ。また、気にしない人もいる。人によって違うので、自分に合った選択をすればよい。

高圧的で、おそらく禁欲主義であろう修道服を着た男に性交を禁止されるのは、どうも話が違う。

尊者ベーダの肖像。
『説話集』（ウォルターズ美術館所蔵の
写本W148、見開き3枚目の裏）

紀元七〇〇年頃に書かれた尊者ベーダの告解規定書では、いわゆる病人である月経中の女性と性的な関係を結ぶことを戒めているだけではなく、ほかの行為よりも厳しい罰則がある。彼はかなり厳しい四〇日間の処罰を言い渡した。聖書がレビ記でこうした問題についてかなり明確に述べていると感じていたのだ。

月経中の女と交わり、その裸をさらけだす場合、男は女の血の泉をあらわにすることになり、女もまた自分の血の泉をあらわにすることになるので、両者とも同胞から締めだされることとする。

月経中の性交に関して最も恥ずべきは、著述家たちがそれを恥ずべきことだと主張し続けた点だ。

まあ、不潔かもしれないとはいえ、恥ずべきことではない。「血の泉」という言い方も素晴らしい。月経が重い人にとっては適切な表現に感じられるかもしれないが、実際の出血量を考えると「泉」は大げさすぎるだろう。

中世の女性たちが実際に行為のときに不潔さを気にしていたかどうかは定かではないが、中世の医療従事者たちは、月経血は毒性が高く、精子を損傷する可能性がかなり高いと信じていた。現代科学が主張するところによると、月経中の性交は、ハンセン病やてんかん、それよりも重篤なものを含め、数々の恐ろしい疾病を抱えた子どもを産む可能性があるという。

性交のやり方

性交の正しいやり方としては、正常位だけが認められていた。正常位ってなんだろう、どんな体位かしらと首をかしげる人のために、写本は役立つ挿絵を入れていた。

最も有名な健康の手引書『*Tacuinum Sanitatus*（健康全書）』は挿絵入り書物のなかでは最も実用的である。一四世紀から一五世紀にかけて流通した同書は、現在でも数冊が現存している。『健康全書』はほぼ全ページにフルカラーの挿絵を入れて、人の健康に影響を与える食品や自然の要素をたくさん紹介している。そのなかには、北風、嘔吐、ダンス、そしてもちろん性交といった要素も含まれる。

性交のページには、ベッドにいる男女、特に薄っぺらなベッドカバーにくるまった男女がフルカラーで描かれているため、失敗のない適切な子作りのためには男女がどういった脚のポジションを取ればいいか、読者にちゃんと分かるようになっている。これがいわゆる正常位だ。

それ以外は推奨されず、ほかの体位はすべて、さまざまな正当な理由により、程度の差はあれ罪深いとされた。獣のように後ろからするのはだめだった。女性が上になるのは？　もちろんだめだ。そのほかも、すべてアウト。正常位だけしか許されない。説教壇に立つ者がそう言っているのだから。だめな理由は、医学が人間の生殖器官について真実だとすることに基づいていた。女が上になれば、子種が正しい方向に進まず、受胎が妨げられ、性交自体が完全に時間の無駄になってしまうかもしれない。妻と後背位、つまりバックスタイルで交わるのは、野獣を真似ることになるので罪深いし、翌日から一〇日間パンと水で過ごす羽目になるので後悔をともなう。一般的に、子作りのチャンスが減る体位はすべて罪深いとされた。

マグヌスは生殖に関する医学的なことや、そのほか多くのテーマについても著作が多く、次のように指示している。

> 男女は横向きに寝て交わるべきではない。子種が子宮の片側に注がれ、結果、無駄になり、生殖が妨げられるからである。

しかも……

立って交わるのもいけない。上方に発射した子種が下に落ちていくからである。

……正常位に少し飽きてきたけれど、自分ではほかの体位を思いつかなかった人にとっては、かなり参考になるだろう。正常位が推奨され、教会の認める交わり方であるにもかかわらず、中世の文学には、してはいけない体位の挿絵もたくさんある。

特に地獄や煉獄などの絵には、地獄へ堕ちる原因となる数多くの性行為や体位が描かれている。絵とともに、性行為やそれに必要な体の部位について実に素晴らしい言語描写や婉曲表現が見受けられる。そこに使われている言葉の多くは、現代では野蛮と見なされるだけではなく、露骨なまでに不快であり、なかには「C」で始まる単語も含まれている（*cunt*）。この単語は当時、普通名詞であり、腕や脚や顔といったほかの部位名と同じ

立って交わろうとしている男と修道女。1301〜1400年、ギヨーム・ド・ロリス／ジャン・ド・マン著『薔薇物語』（フランス国立図書館所蔵の写本25526、見開き106枚の裏）

くらい一般的な言葉だった。

性交のための格好

寝室でセクシーな時間を過ごすために魅力的な格好をするのは、現代女性の多くにとって重要なことだ。中世の女性にとっても同じで、彼女たちが性交のために魅力的で相手をその気にさせるような格好をしていたのも驚くに値しない。

もちろん、そうでしょうとも。そうしない理由がないではないか？

多くの現代人は、中世の女性というと貞操帯やコルセットを思い浮かべる。セクシーな響きがあるでしょう？　エロティックだし、少しばかりフェティシズムを想起させる。問題は、そうした衣類は中世初期には発明されておらず、チューダー朝後期、ルネサンス初期になってようやく登場したという点だ。貞操帯にいたっては、さらにあとになってから作られた。

「でも、わたしが読んだ本にはコルセットって書いてあったのに！」という声が聞こえてきそうだ。コルセットが本に載っているのは間違いない。たしかに当時の記録には登場するが、残念ながら、そのアイテムは現代のわれわれがコルセットと呼んでいるものと同じではない。説明しよう。歴史というのは厄介なもので、何かの〝名称〟が長期にわたって使用されてきたとしても、その名称が指す〝内容〟が変わり、もともとの意味ではなくなる、という場合が珍しくないのだ。

こうして、コルセットは中世のものでもあり、中世のものではない、という現象が起こる。

コルセットとは

一四世紀のイングランドおよびヨーロッパにおける衣類に関する記録では、たしかにコルセットについて言及されている。エドワード黒太子の衣装についての記録には、コルセットとその布地の量、装飾の種類、誰のために作られたかが記されている。かなりの情報量だ。コルセットはあって当然のものだったため、どんな見た目かといった詳細は〝記録されていない〟。

われわれはシャツや長靴下がどんなものかを理解している。コルセットもまた、中世の人にとっては特別な説明など不要だった。既知の衣服であり、広く認知されていたからだ。しかし、どのような素材で作られ、誰が着用していたのかを調べてみると、今日われわれがコルセットと呼んでいるような衣服でないことが分かる。われわれは何を知っているというのだろう?

コルセットは特別な日に着用する上着だった。通常は華美な装飾が施され、使用されていた布の量から察するに、体にフィットするタイプのものではなく、長い裾《トレーン》がついているものもあった。実際のところ、コルセットには複数の種類があり、ダンス用のものもあったのだ。コルセットが若い王子のために作られていたという事実は、それはセクシーな下着ではないのかもしれないという大きな注意喚起になるはずだ。

コルセットが真珠や金糸で華々しく装飾されていたという事実はまた、人目を引くように、そして周囲に経済力を印象づけるためにデザインされていたことを示唆している。そのような衣服は必ず上着として着用されていた。人目につかないところに金をかけて派手にするなんて、無意味な浪費である。ところが、現代人の多くは、王子が特別な日にそれを着用したという記述を読んで、若い男の子がコルセットと呼ばれる、現代でもおなじみの窮屈な下着を着用していたと解釈すべきだと考えたのだ。

そうでないことはたしかだ。ほかの言語でも、「コルセット・フェンドゥ」は、今日のわれわれが「サイドレス・サーコート」と呼んでいるものを指している。一四世紀に着用されていたコルセットが、トレーンの有無にかかわらず、広めのアームホールのある外衣であった可能性は充分にある。

最も重要なのは、われわれがコルセットと呼んでいる下着が初めて文献に登場したとき、それは「ボディ」あるいは「一対のボディス」と呼ばれ、のちに「ステイ」と呼ばれるようになったことだ。その後、「コルセット」が、今日われわれが知るところの、紐で締めつけて胸元を強調する窮屈な衣服を意味する一般用語となった。

だから、コルセットと言えば？　違います、あなたがいま考えているようなものではないのです。

裸のつきあい

教会が、裸で関係を結んではいけないという明確な意見を表明していたことはすでに知っている。でも、それはどういう意味なのだろう？　裸と性交なんて切っても切り離せないではないか！

中世の女性がコルセットを着用できなかったとしても、なぜ彼女たちは裸ではいけなかったのだろう？

なぜかって？　それはとても簡単だ。医学的には、女性の体の熱はほとんどが頭から失われると考えられていた。激しい情熱が放たれる性交中、女性はあまりにも大量の熱をあまりにも急激に失うかもしれない。そうなると災難に見舞われる。つまり、いくつもの病気が突然発症するかもしれない。注意喚起が必要だ。全裸はなんとしてでも避けなさい、と。

中世の女性は、性交にふさわしい格好をしなければいけなかった。大部分は裸でいいけれど、全裸はいけないということだ。特に頭は。

聖母マリアの出産。
『エバハルト・フォン・グライフェンクロウの祈禱書』
（ウォルターズ美術館所蔵の写本W174、見開き204枚目の裏）

女性は健康であり続けるために、シーツの下で夫と激しく戯れる際は、頭巾のようなものを被らなければいけなかった。ベールでも、ターバンでも、ヘアネットでも構わないなんて、かなり滑稽なルールだ。ともかく、形ばかりでも努力を見せれば、性交をしても安全と見なされるのだから。

このようなわけで、男と女がベッドをともにしている写本の挿絵では、まともな女性であれば、ほぼ間違いなく、何か頭を覆うものを着用していることに気づく。
淑女の皆さん、帽子を被ったままでオーケーですよ！

第四章　暴露します――教会の告解室から学べること

性交を取り締まる

明らかに、寝室での行為にこれほど多くの制限――自分の夫と、日没後に、全裸は避けて、認められた日に、などなど――がある以上、これらの規則を維持するなんらかの対応が必要だった。規則というのは、守られているかを定期的にチェックしない限り、まったく役に立たないのだから。

どう考えても、無私無欲の誰かが名乗りをあげてその責任を引き受ける必要があった。でも誰が？いったい誰が、この感謝されもしないタスクに取り組み、目に余る反抗や道徳心の欠如に対処するというのだろう？　本当に、誰が？

ここでもまた、教会が手を差し伸べようと待ち構えていた。なんに対してであれ、規則を守らせる準備は整っていたのだ。

告解室

幸運にも、教会という世界は文字で書き残すことを非常に重んじた。多くの宗教的文献が引き継がれ、長年にわたって丁寧に複写され、修道院から修道院へ、図書館から図書館へ、教会から教会へと律儀に受け継がれて現存している。これは贖罪規定書というもので、司祭が告解室で信徒の罪について尋ね、適切な処罰を決めるために用いた手引書である。信徒は罪を認めて反省するだけでよかった。ときには告白を促されることも必要だった。

司祭が不運な教区民への質問に使用した写本や文献は、非常に古くから存在している。教区司祭の私物のなかに残っているものもある。装飾のない簡素な文字で書かれた文献には、ボロボロになっているものもある。きっと何度も参照され、使い古されたのだろう。

『聖歌集』より「司教」（ウォルターズ美術館所蔵の写本W547、見開き220枚目の裏）

そうした文献のなかには、教会の告解室の司祭のための指示書もある。想像するに、性交に制約があった時代、質問は必要以上にあからさまで、教会の告解室は男女双方にとって非常に個人的な体験をする場となっていった。

個人の事情に立ち入りすぎ、と言いたくなるくらいだったかもしれない。しかも、以前は夢にも思わなかったような罪深い行動を信徒に思いつかせないように、質問するときの正しいやり方についても議論された。つまり、信徒にいろいろな考えを吹きこみたくなかったのだ。

ブルヒャルトの矯正者

司祭は、女性にとって最も親密な行為について最もデリケートな質問をすることができたし、実際に訊いていた。一一世紀、ドイツの聴罪司祭マニュアル『*Le Corector sive Medicus*（英語では『矯正者・医師』と訳されている）』が、非常に綿密なヴォルムスのブルヒャルトによって著された。彼は性行為に対する多大なる関心を熱心に書き連ねた。

ブルヒャルトが生まれたのは九五〇年から九六五年頃とされ、カトリック教会で司教という高位にのぼりつめた。単独で二〇冊もの本を著し、男女に関する重要な事柄や魂の問題といった宗教的テーマを扱った。

ブルヒャルトは中間子でありながら、大人の気を引くのが上手だった。ローマのサン・ピエトロ大聖堂の外には彼の銅像が立っている。その数多くある著書のなかには素晴らしい『聴罪司祭マニュアル』もあるので、少し見てみよう。

長々と連なる質問リストは男性の不自然な習慣についてのものだが、驚くべき量の質問が特に女性に向けられている。第一九巻第五章には、なんと一九四の性的な質問が並んでいる。司祭たちは自らを慰めることなく、すべての質問を読み通せたのだろうか？　甚だ疑問である。

この刺激的な不品行リストから、わたしが個人的に気に入った、ヴォルムスのブルヒャルト版「告解室での質問」をいくつか紹介しよう。これらの質問のプライバシー侵害レベルはさまざまで、実際にありそうな行為から、完全なる変態行為まで挙げられている。

読み進めながら、どうぞ心のなかで答えてみてください。

味覚テスト

まず、性交のやり方に関する罪のなかで最も理解しやすいものから見てみるが、この質問は特に女性に向けられている。

あなたは不道徳な行為によって夫の愛を燃えあがらせるために、彼の精液を味わったことがありますか？　ある場合は、七年間、決められた断食日に贖罪を果たさなければいけません。

七年間！　七年間ですよ！　結婚相手とのオーラルセックスというありふれた行為のために、途方もない時間を費やすことになるとは。たしかに不道徳かもしれないが、何人もの夫がこの忌まわしい習慣を奨励しているだろうし、ブルヒャルトはそれを自分の胸にしまっておけばいいのにと思う。舐めるのが好きな女性のおかげで、夫の愛が実際に〝燃えあがる〟というのは、完全に妥当な推測ではある。

でも、舐めたくない女性はどうだろう？　夫はどうやって、いやがる妻を説得するのだろう？

ようやく性交が許される日が来た。聖人の祝祭日でもないので、絶好のチャンス……ジョンとクリスティーナはふたりきりで親密に過ごしていた……セクシーな気分になってくる……

ジョン：ああ、クリスティーナ。きみのキスは最高だ……

クリスティーナ：ああ、ジョン！　あなたの願いや欲望がどんなものでも、妻の義務として叶えてあげるわ。

ジョン：愛しい妻よ、ひとつだけ。

クリスティーナ：あなたの従順なる妻として、なんでもするわ！

ジョンが彼女の耳元でささやく。

クリスティーナ：（ショックを受けて）ジョン！　いけないわ！　ちょうど今朝、修道士のエドワードがそれはいけないって言っていたもの！
ジョン：本当にそう言っていたかい？　それはいい、の聞き間違いじゃないかい？
クリスティーナ：たしかに「いけない」って言っていたわ。
ジョン：本当に、本当にたしかかい？
クリスティーナ：ええ、はっきりとそう言ったわ。わたしはあなたの種を味わってはいけないのよ。禁じられているんだから！
ジョン：でも、ぼくは夫だよ？　どうしても？　ぼくのためでも？
クリスティーナ：絶対にいけないわ！　地獄の業火に焼かれてしまうもの！　わたしは味わってはいけないの、あなたの……

コオロギの鳴き声。

ジョン：じゃあ、飲みこむだけならどうだい？

ブルヒャルトめ、あなたのおかげで、すべて台無し。
それでも、この質問は妥当であり、正直に答えた者が断食と祈りの処罰を受ける可能性はある。

一方で、これから紹介する質問は、妻が夫の意に反して性的欲望をかきたてようとする、およそありえないような方法に言及しているのだ。

このことから、ヴォルムスのブルヒャルトが、夫婦関係において欲望をかきたてるのはあくまで〝妻のほう〟であり、夫はその気にさせられる必要があると感じていたことがうかがえる。二一世紀の男性たちを対象にした簡単な調査によると、当時の考えが正しいとは思えないとのことだった。

一方のブルヒャルトは、意に反して性交を迫られている気乗りしない夫には、自分の妻に対する欲望をかきたてられる必要があるし、外出したらしたで、誘いをかけてくるほかの好色な女たちから距離を置く必要がある、と感じていたようだ。女性はいかがわしい誘惑者だから、ということらしい。

かまどでパンを焼く

この愉快な男ブルヒャルトのもとに、刺激的な性生活を送っているゆえにいろいろなアイデアを教えてくれる信徒が大勢いたか、彼自身がかなり豊かな想像力の持ち主だったのだろう。次の質問をするとき、期待に胸を膨らませていたかもしれない。

> あなたは一部の女性が習慣的にしていることを試したことがありますか？　彼女たちは服を脱いで、裸の体に蜂蜜を塗りたくるのです。その状態のまま、床に敷いたシーツに小麦を撒いて

生地用の桶でパン生地を練る。
14世紀初頭、フランダースの時禱書の挿絵（ウォルターズ美術館所蔵の写本W88、見開き15枚目の表）

上を転がり回ります。そうして、粘つく体に付着した小麦を丁寧に集め、粉挽き器に入れて太陽と反対方向に回し、小麦粉にしてパンを焼きます。それを夫に食べさせると、彼は弱って死んでしまう。これを試したことがあるのなら、四〇日間パンと水のみで贖罪を果たさなければいけません。

蜂蜜を塗りたくるのは、静かな夜を過ごすにはよさそうだが、一週間分の蜂蜜を一気に使いきることになりそうだ。一気に、というか一裸体で。

それに、体に付着した小麦を集めるには、手の届きにくい隙間に入った小麦まで集めてくれる親切な友人が必要ではないだろうか。しかも、そんなことまでして夫を弱らせ、死なせてしまう？　夫がパン作りの過程を知ったら、興奮のあまり死んでしまう可能性のほうが高い。まあ、よほどのグルテンアレルギーなら話は別だが。

パンを食べさせて配偶者を死に追いやった代償が四〇日間の処罰だなんてかなり寛大だと思われるし、妻の側が愛のない結婚生活を強いられていて、なおかつ蜂蜜をたっぷり調達できるなら、やってみる価値は充分にあるかもしれない。もっと現実的なことを言えば、蜂蜜を塗るのを手伝ってくれる親しい友人が非常に協力的でなければならない。

ブルヒャルトはパンにかなり固執しているのが分かる（焼いた食品をことさら悪者にしている）。というのも、女性が希望を叶えるためにパンの助けを借りる際、小麦を体に張りつけるどころではすまない話も登場するのだ。

あなたは一部の女性が習慣的にしていることを試したことがありますか？　彼女たちは床にうつ伏せになって、尻を露出し、誰かに頼んで尻の上でパンを作ってもらうのです。それを焼いて夫に食べさせます。目的は、夫の愛を激しく燃えあがらせるためです。これを試したことがあるのなら、二年間、決められた断食日に贖罪を果たさなければいけません。

女性が特別な相手に性的欲望を抱いているなら、たしかにこの方法を検討すべきである。先の例と同じく、この方法も女性ひとりではできない。少なくとも女性ふたりが必要で、ひとりはあらかじめ手順を心得ていなければならない。

アリスとマージェリーはその日の水を汲みに行き、村の井戸でおしゃべりをしていた。マージェリーは、最近夫が気もそぞろなので、寝室で何か刺激的なことをしたほうがいいかしらと悩みを打ち明けた。

アリス：刺激的《スパイス》なこと？　でもスパイスは高価だわ。スパイスよりもパンを試してみた？
マージェリー：ええと……なんのこと？
アリス：パンよ。パンを試してみた？
マージェリー：まあ、パンは毎日食べさせているけど。
アリス：そういう種類のパンじゃないわよ。うってつけのパンの作り方を教えてあげるわ。
マージェリー：本当？　あなたって最高の友人ね！　どうやって作るの？
アリス：まずね、裸でうつ伏せになってお尻を露出するの。それから……
マージェリー：待って、どういうこと？
アリス：……そうしたら、わたしがあなたのお尻の上で生地をこねるわ。そのあとで焼けばいいのよ！
マージェリー：そうすれば、夫がもっとわたしを欲するようになるの？
アリス：修道士のエドワードに告解室でこの質問をされたの。効果があるって分かっているからでしょう。

マージェリー：そう……彼ならそういうことに通じているはずよね！

アリス：もし効き目がなかったとしても、わたしたちの距離は縮まるわけだし。

マージェリー：まあ、アリスったら！

アリス：うまくいかなかったら、ほかにも蜂蜜パンのレシピを知っているわ。

ここではっきりさせておこう。蜂蜜パンで殺人未遂の場合、四〇日の処罰。でもお尻パンで情熱をかきたてようとした罪は丸二年の断食と懺悔？　あまりに恣意的ではないか。パン作りは省略し、裸になる過程で夫を呼ぶだけでいいのでは？　違う？

魚で釣る

食べものと性交の話題はもっと過激なものも登場する。ヴォルムスのブルヒャルトのペンにかかれば、こんな珠玉の質問も飛びだす。一七二番目の質問で、女性が食べものでやりそうなことにもう一歩踏みこみ、真剣にこう尋ねている。

一部の女性がよくしていることを、あなたもしたことがありますか？　彼女たちは生きている魚を膣に入れ、死ぬまでそのままにしておくのです。その魚を処理して焼き、夫に食べさせて妻への愛を燃えあがらせます。これを試したことがあるのなら、二年間、指定日に贖罪を果た

装飾頭文字「M」、お告げの祭日。
『ボープレ聖歌集　第一巻』
（ウォルターズ美術館所蔵の写本W759、
見開き108枚目の表）

さなければいけません。

なんですって？　〝一部の女性〟がよくしている？　どこの女性のこと？　真剣な話、いったいどこの女性がそんな行為に慣れているというのだろう？

このような質問をされたからといって、愛に飢える女性が実際にそれを試してみようとは思わないだろうし、ましてやそれを試したと認めることもなさそうだ。女性器が魚臭いというジョークが頻繁に使われることから、魚を挿入するのが妥当と考えられていた理由は理解できるかもしれない。残念なことに、特定の種類の魚が必要なのか、水中で泳ぐ生物ならなんでもありなのかは言及されていない。

木曜日の午後、アリスは魚市場で翌日の夕食のための買いものをしていた。

魚屋：何かお探しですか？
アリス：明日の夕食のおかずが欲しいの。
魚屋：何かお気に召すものはありますか？
アリス：ええと、たくさんあるけど、ちょっと特別なものが欲しいの。
魚屋：ニシンはどうですか？　新鮮ですよ！
アリス：それはちょっと……小さすぎるわ。
魚屋：カレイはどうです？　カマスは？
アリス：うーん。違うわね……。
魚屋：シイラは？
アリス：まあ、無理よ！
魚屋：じゃあ……ウナギはどうでしょう？
アリス：まあ、ウナギですって！　素敵！　新鮮なの？
魚屋：新鮮ですとも、まだ生きていますから！
アリス：もらうわ！

破損した時禱書の余白の挿絵
（ウォルターズ美術館所蔵の写本W 87、見開き20枚目の裏）

中世の食生活に関する多くの文献によると、河、池、海にいる生物はすべて魚と見なされ、魚の日である金曜日には食べられていたらしい。だからこれらは検討材料になる。いや、挿入材料と言うべきか。分かりやすく。

検討材料

最後に、ヴォルムスのブルヒャルトの質問で一番のお気に入りを紹介しよう。この質問は、彼が自分はどういう女性を相手にしていると考えていたのかを、よく表している。

> あなたは一部の女性が習慣的にしていることを試したことがありますか？　彼女たちは経血を食べものや飲みものに混ぜて男性に飲み食いさせ、もっと愛してもらおうと仕向けるのです。これを試したことがあるのなら、五年間、指定された断食日に贖罪を果たさなければいけません。

冗談じゃない。

『マスターシェフ』［料理バラエティ番組］でこんな食材を扱う放送回は見たくもない。五年間の贖罪とは。五年間。多くの疑問が浮かんでくる。どんな食べものに混ぜるのか？　効果的な結果を得るためには、どのくらいの経血が必要なのか？　最も重要な疑問は、仮に女性が経血を集められるくらい出血したのだとしたら、その夜は性交をするどころではないのでは？　後味についてはどうだろう？　中世の料理書には、血の味を隠すためにはどんな薬草が必要か書かれているものは一冊もない！

マーガレットは台所で夕食の準備に忙しい。夫のエドワードは食卓に着いてひもじそうに待っている。

エドワード：うん、いい香りがするな。夕食はなんだい？

マーガレット：パイよ！　あなたのために特別に作ったの。

エドワード：いいね！　きみのパイは大好物なんだ！

マーガレット：そうでしょうね。

エドワードがひと口かじる。

マーガレット：おいしいでしょう？　どんどん召しあがれ、ダーリン！

エドワード：きみは食べないのかい？

マーガレット：わたしは……えーと……お腹が空いてないの。そう、空いてないのよ。さっきチーズをたくさん食べたから。

エドワード：そうかい。うーん……うまいね。

エドワードがもうひと口かじる。

エドワード：なんか……いつもと少し……違う気がするな……マーガレット、何を入れた？

エドワードが〝赤〟ワインを注ぐ。

マーガレット：あら、特に何も！　わたしのスペシャルソースだけよ！　食べて、食べて！

もうひとつ疑問なのは、なぜブルヒャルトはこの質問をしたのだろう？　いったい何人の女性からこのとびきり怪しい習慣を聞いて、質問リストに加えようと思ったのだろう？　この質問がリストに加わった経緯は？　ただの憶測だが、「あらまあ！　いったい誰からお聞きになったのですか？」と答えた女性はいなかった、と自信を持って断言できる。

真面目な話、最後の質問はなぜリストに載ったのだろう？　聖餐式でワインを飲みすぎて勢いづいた修道士たちが話し合ったとか？　教養のある人間がしらふで考えた質問とは到底思えない！

有識者、修道士、聖職者たちが集まって毎週恒例の会議と報告会が開かれる。飲みものや軽食が配られるが、ほとんどが飲みものだ。

修道士エドワード：皆さん、セント・マルコ教区の週次スタッフミーティングへようこそ。いろいろな問題が山積みですが、まずは一杯やりましょう。

エドワードがさらにワインを注ぐ。

エドワード：さあ、皆さんよろしいですか？　乾杯！　今週は、新しい告解室に置く質問集を最終決定します。ご提案はありますか？

修道士エイドリアン：尻に欲情することについては？

エドワード：それはもう決めましたよ、ありがとう。

修道士クリストス：偶像礼拝については？

エドワード：それも決まっている、ありがとう。

修道士ブルヒャルト：経血を食べものに混ぜることは？

エドワード：それももう……えっ……なんだって？

ブルヒャルト：あのですね、先週の告解で、女性が経血を食べものに入れて調理し、夫に食べさせたと言っていたんですよ。そうすれば夫が彼女をもっと求めるようになるらしい。この質問はリストにもう載せましたかな？　まだ載せてないと思うが。載せたほうがよいでしょう。

コオロギの鳴き声。

エドワード：ブラザー・ブルヒャルト、それは彼女だけの話ではない、とお考えなのですね？

修道士ダミアン：女性は〝サタンが仕掛けた罠〟ですからね、ブラザー・エドワード。多分、全員やっているんでしょう。

コオロギの鳴き声。

エドワード：……なるほど……

エドワードがリストに書き留める。

さあ、告解室で作り話をして聖職者をからかっている人は手を上げてください。

リンディスファーンの聖エクバートのご意見

寝室で起こっているかもしれないアレコレを考えて時間を過ごしていたのは、ブルヒャルトだけではない。リンディスファーンの司教、聖エクバートもこのテーマについて多くを書き残している。彼もまた、体液が食べものに混ぜられている可能性があると感じていたが、女性の体液だけなのか、それとも関係者全員の体液なのかで迷っていた。女性が夫の精子を食べものに混ぜている可能性もあると考えていたのだ。それを食べれば、精子の持ち主に対する女性の欲望が高まるのではないか、と強い懸念を抱いていた。この習慣の罰則は三年のあいだ指定日に断食と祈りを行うことだったので、経血を食べものに混ぜた場合の罰則より二年も短い。処罰には値するものの、男性の体液のほうが不快感が少ないということか。

教会がこの類の質問を、出血サービスとも言えるくらい大量に尋ねる必要性を感じていたという事実は、男性との性交でない場合も含め、非難の対象となる現実および想像上の性的習慣についてある程度教えてくれる。

第五章　肉体関係

健康と性交

さて、女性にとって悪い話ばかりではない。

中世の医学的信念によると、性交は成人女性が健康を維持するための必須条件だった。任意ではない。必須なのだ。適切な量の愛情を受けなければ、女性は絶対に、多岐にわたる健康問題に苦しむことになるという。残念ながら、この理論は二一世紀には廃れてしまったが、性交によって自然にドーパミンが分泌されると健康上の利点があることは、われわれも承知している。幸福感はその利点のひとつだ。

女性として健康のために性交が必要だという中世の信念を理解するために、当時の医学が内性器について何を語っていたかを簡単に見ておこう。ペルガモンのガレノスは、西暦二一五年頃のローマ帝国では専門家とされ、医学的なことなら何から何まで幅広く書いていた。なんでも知っていると思っていたらしい。

まず、男性の(生殖器)が内側に向き、直腸と膀胱のあいだに伸びていると考えてほしい。そうなれば、陰嚢が必然的に子宮の代わりとなり、睾丸はその外側で左右に位置することになる。

ガレノスは基本的に、女性器が外側ではなく内側にあるだけで、あとは男性器に酷似していると思っていたらしい。ぶら下がっている男性器と内側にしまわれた女性器は同じだ、と。陰嚢と睾丸は卵巣に相当するのだ、と。実に筋が通っているではないか。

彼の著作には説得力があったので、この説を含め、持論の多くは正しいと中世後期になっても広く認められていた。後世の医学書にも変わらず取り入れられた。これらの説がひとたび定着すると、払拭するのは非常に困難だった。

さまよえる子宮

古代ギリシャに端を発し、廃れることのなかった最も素晴らしい医学理論のひとつに、「さまよえる子宮」というものがある。ガレノス自身は同説の支持者ではなかったが、ギリシャの医師アレタイーオスはこれを固く信じていた。そもそも、このような説がどのように提唱されたのか、まして学識ある男性たちのあいだで議論され、疑問を挟むくらいには探究心旺盛な人たちにも共有されたのか、想像するのは難しい。かなりの議論があったはずだ。

問題の核心は、子宮がほかの臓器と同じように固定された臓器で、所定の位置にずっととどまっているのか否か、それとも子宮はもっと活発で、女性の体内をさまよって骨盤エリアに戻ってくるまでのあいだに、毒素を集めて病気を引き起こすのか否か、という点で意見が一致しなかったことだ。子宮が戻ってきて初めて月経開始ということか。

ほかの臓器は放浪などしないので、子宮は特別な配慮が必要と考えられた。子宮は体内を無秩序にさまよっているあいだ、数えきれないほどの病気を引き起こすかもしれないからだ。頭痛は、子宮が頭にはまりこんだせい。息切れは、子宮が肋骨の下に居座っているせい。といった具合に。

さて、もし女性の子宮が一か月のあいだ体内をさまようのだとしたら、月経が来るように適切な場所に固定する必要がある。でも、どのようにして？　よくぞ訊いてくれた。答えは〝性交〟である。性交によって、子宮は正しい位置に戻るのだ。女性は健康のためにそれが必要だった。

万歳！

四体液

中世においては主流で、よく知られていた先進的な医学思想である四体液学派によると、女性は色情狂とは言わないまでも、性欲が強すぎることで有名だった。

四体液と四元素が人間の身体的健康のあらゆる側面で関係していると唱えたのは、ペルガモンのガレノス著『*Doctrine of Humours*（四体液説）』で、これは中世時代になっても広く支持されていた。四体液とは血液、粘液、黄胆汁、黒胆汁であり、四元素とは温、冷、湿、乾である。これら四体液と四元素の組み合わせが健康や病気の直接的原因であり、それに応じて治療が施された。ガレノスは、女性は〝冷〟、男性は〝温〟に該当し、両方の状態の均衡を保つには、決定的な行動が必要だと信じていた。

冷え性の女性

女性は体が〝冷えている〟と、疲れ目、頭痛、膣の乾燥など、多くのつらい不調に悩まされる。どうやら「今夜はだめよ、頭痛がするの」と断られた場合、むしろ性行為をすることで改善されるはずで、現代医学においてはそれについて実際に少しばかり信憑性があるとしている。

性交中に分泌されるエンドルフィンは頭痛をかなり緩和させるが、そもそも頭痛のせいで性欲が湧かないのであれば意味がない。今日では女性を「*frigid*（冷たい）」と形容する場合、性交に対して消極的または興味がない、氷のように冷淡という意味になるのは皮肉なことである。中世においては性交を切望していることを意味したのだから。

性欲が強すぎる女性

性欲の強い女性は、もっと恐ろしい医学的不調に直面していた。マグヌスは著書『*De Secretis Mulierum*（女性の秘密）』にて、適度の性交をしていない女性の子宮にホクロができることがあると説明している。

子宮口が小さいために性行為ができない若い女性の多くに、次のようなことが起こる。夜、ベッドで仰向けに寝ているとき、過剰な欲望、情欲が湧き起こり、自身の種子が放出されるのだ。この汚れた物質がヘソ付近の体内にとどまると、大きな肉塊に成長して腹部が膨らみ始め、妊娠したと勘違いする。医師が「子宮のホクロ」と呼ぶこの類の腫瘍は、医学的処置によって治療できる。

腹部の癌に苦しむ女性が大勢いたことが発端かどうかは不明ながら、このような考えが生まれた。なんであれ、この問題についてかなり考察されていたことは間違いないだろう。だがおそらく原因はセックスレスではないと思う。あくまでも、わたしの考えであってマグヌスの考えではないが。

セックスレスの女性

ホクロだけではすまされない。性交不足の女性は体内に体液が蓄積し、発狂、痙攣、失神、子宮の詰まり、ヒステリーなどを引き起こす危険性があった。もちろん適切な日と適切な時間に限るが、適量の適切な性交が必要だったようだ。女性は精神的にも肉体的にも幸福であるためには定期的な性交が不可欠だった。子宮が適切に固定されていなければ、あらゆる災難が降りかかるかもしれないし、誰もそんなことは望まない。「さまよえる子宮」の弊害を無視するとしても、女性は充分に厄介な存在だったのだ。

性的不能

こういった事情から、夫の性的不能は深刻に受け止められていた。とても深刻に。あまりに深刻なため、女性は男性が寝室で不能であることを理由に離婚するか、結婚を解消することもできた。

このルールは現代に復活させるべきだと思う。女性の皆さん、賛成ならちょっと手を上げてみて。やっぱりね。

チロルのマーガレット・マウルタシュ

一四世紀から一五世紀にかけて、女性が夫の寝室での不出来を理由に婚姻無効を申し立てた裁判事例はかなり多い。一三一八年にオーストリアで生まれたマーガレット・マウルタシュもそのひとりだ。失望したマーガレットことチロル伯爵夫人は、一三四〇年にボヘミア王である不出来な夫ヘンリーとの婚姻無効を申し立てた。

彼女の訴えは認められ、お気に入りの男性とつきあう自由を晴れて手に入れた。その男性とは、ブランデンブルクのルイである。

いまなら、特に好きでもなかった夫を公然と非難して婚姻無効を勝ち取るのは魅力的な考えだ。たとえば、将来有望で上昇志向の強い女性が年老いて魅力のない男と結婚してしまった場合、夫が寝室での営みを怠るせいで自分の健康が損なわれていると非難して婚姻無効を勝ち取り、近所に住む妻に先立たれたばかりの地主と一緒になるかもしれない。

あくまで、自分の健康を維持するために。

中世の離婚は、世俗裁判所でも宗教裁判所でも重大な問題だったため、訴えられた夫が虚偽の主張に反論できるような一種のテストがあったと思いたい。なにしろ彼の資産や評判に大きく関わるのだから。だが、主に資産が問題だ。一般的に女性のほうが法廷ではちょっと不利な立場に置かれることを考えると、夫と妻の言い分が違うとなれば著しく不公平なことになりうる。女性側としては、もちろん証拠が必要ではないだろうか？

たとえば、一種のテストをするとか？

ああ、よかった。不能とされる夫が妻に対して婚姻義務を充分に果たせるかどうかを確かめるテストがたしかにあったらしい。いいえ、冗談ではない。イングランドのカンタベリーでは一二九二年に、ヨーク郡では一四三三年に、このような理由で女性が夫に不利な証言をし、勝訴した裁判が記録されているのだ。

寝室での審理

わたしが特に気に入っているのは、そうした問題が裁判にかけられただけではなく、名前や日付、誰がいつ何を言ったかなどが丁寧に記録されていることだ。当時ソールズベリー大聖堂の副司祭だったチョバムのトマスという人物が、夫が絶対に不能であるかを判断する方法を考案し、審理の通常手段として活用されるようになった。

まずは男性の生殖器の検査から始まるが、検査をするのが医療専門家なのか裁判所の人間なのかは不明。医療専門家であることを望む。手袋もつけておいてほしい。この検査に合格するための基準も正確には語られていないものの、次の段階に進む前に合格する必要があることだけは分かっている。

次の段階とは、寝室での審理である。トマスはその手順を指示している。

装飾頭文字「Q」。不能の夫を残して別の男と再婚したが、不能が治ったと聞いて戻ってきた妻の事例を聞く教会法学者。『グラティアヌス教令集』（ウォルターズ美術館所蔵の写本W133、見開き277枚目の裏）

飲食をすませた男女がひとつのベッドで一緒に寝かされ、複数の賢女が幾晩にもわたってベッドに呼び出される。男性のモノがいつも役立たずで、まるで死んだように萎えているのが確認されたら、その夫婦は引き離されるほうがよい。

観衆がいると燃える、という男でない限り、大勢の前でする不安は深刻な懸念事項になるだろうし、仮にそれまでは不能でなかったとしても、どんなにメンタルの強い男でさえこのテストを受ける時点でくじけるだろう。こうして、寝室での審理は始まる前から失敗に終わる運命だったのである。
それでは、テストがどんな具合に進むの

か見てみよう。準備はできている？　オーケー。夫と妻がいて、訴えが起こっている。食べものと飲みものと寝室の用意はできた。あとは賢女あるいは既婚婦人を複数名。さあ、始めよう。

必要とされる賢女の数は五人から一〇人で、ロンドンのような都会では、おそらく見ず知らずの女性ばかりだろう。控えめに言っても、かなり不安になる。小さな村では、その賢女のなかに夫側の親戚がいる可能性もある。祖母だとか。マーガレットおばさんだとか。火曜日に妻が卵を買っている隣のおばさんの可能性もある。いずれにせよ、夫が抱えているかもしれない性的不能問題を改善できる状況とは決して言えない。

ほかにプロの女性が呼ばれることもあった。理由は明らかだ。世界最古の職業に就いている女性たちは、興奮させる技術に最も長けているはずだ。前立腺が果たすべき機能を知る者がいるとすれば、それは日常的に大量の前立腺と向き合っている女性たちなのだ。

寝室での審理でワクワクする点は、賢女たちが沈黙の観察者ではなかったことだ。そう、そうなのだ。彼女たちは言葉で励まし、助言を与えることを許されていた。

頑張って、ジョン！　男であることを証明しなさい！

……応援団が好きな人にとってはありがたい話だが、好きでない人にとってはトラウマになる。ご存じのように、現代最高の応援団は声援だけでなく身振りでも応援する。中世時代もそうだった。

身振り。まさにそうだ。

賢女たちは、問題の紳士に手を出すことが許されていた。触れるだけでなく、そのしおれた部位を撫でたり、自分のスカートをまくり上げたり、自分の乳房を見せたりするなど、多くの種類の望まれていない……多分、望まれていないだろう親密な手出しが許可されていたのだ。これらが伝聞や噂でないことはたしかだ。なぜなら、裁判記録にすべて記されているから。誰が何を言ったか。誰が何を触ったか、などなど。

その応援が役立ったかは知らないが。

ヨークのアリス・ラッセル

アリス・ラッセルは一四〇六年生まれで、不幸にも満足のいかない結婚生活に囚われていた。文字どおり。ジョンが優しくて愛情深い夫ではなかったのか、あるいはアリスが自分と同じ年頃の誰かに関心を寄せていたのかもしれない。どちらにせよ、アリスは受けるべき量の愛情を受けておらず、それに甘んじるつもりもなかった。

ヨーク教会裁判所におけるジョン・スキャセロック（四〇歳）対その妻アリス（二六歳）の裁判記録は、夫妻が飲食を終え、熱心な女性応援団が待ち構える密室で審理が行われた際、気の毒なジョンに何が起こったかを詳細に示している。

その記録のハイライトをいくつか紹介しよう。

＊　日付は一四三二年七月、事例はラテン語で記録されている。

＊　夫妻に加え、次に記す証人も同席した。それぞれの年齢が記されている。

＊　ジョーン・セマー（四〇）、イザベル・ハーウッド（三〇）、ジョーン・バンク（二六）、ジョーン・ローレンス（三六）、イザベル・グライムソープ（四〇）、ジョーン・タンストール（三六）、マーガレット・ベル（五〇）

＊　審理はヨークのフィッシャーゲートにあるジョン・バルマーの家で行われた。

＊　ジョンはペチコート（あるいはスカートのようなもの）一枚にされた。

＊　ジョンの長靴下とズボンは膝まで脱がされた。

＊　ジョンは暖炉の火で温まり、皆で飲み食いした。

＊　ジョーンはジョンに乳房を見せ、彼にキスをし、暖炉で温めた手で彼のペニスと睾丸を撫でた。

＊　ジョーンは服をヘソのあたりまでたくし上げ、下腹部にジョンの手を入れさせ、「恥を知って男らしさを示しなさい」と言い（中略）「そこにあなたを興奮させるものがあるかどうか確かめ（中略）自分が男であることを証明しなさい」と言った。

＊　ジョーンは、ジョンのペニスは指四本分の長さしかなく（中略）「中身のない、空っぽの皮のようだった」と記録した。

＊妻のアリスはジョンとの肉体関係がなく、子どもを産みたくてたまらないと証言した。
＊イザベルは、ジョンがペニスで妻を喜ばせることができないのなら、おこがましくも妻を娶る資格などないと言った。
＊マーガレットは、みんなで順番にジョンのペニスと睾丸を愛撫したと断言した。
＊ジョーンは、女性のひとりが藁のベッドに横たわり、胸元をあらわにして服をヘソまでたくし上げ、ジョンに「男らしさを示して、わたしを喜ばせなさい」と語りかけたと言った。
＊「わたしは四〇歳だが、女性たちのなかで最も魅力的だ」と自認するイザベルは、みんなでジョンの上に馬乗りになり、それぞれのむき出しの腹部にペニスを当てたと言った。
＊裁判所での協議の結果、アリスの結婚は夫の性的不能を理由に解消された。

ジョン・バルマーが何者か、裁判とどんな関係があるのかは不明で、彼の家の二階で審理が行われたことだけが分かっている。ことを始める前に、被告人が暖炉の火で暖を取ることができたのは幸いで、応援団の女性のひとりが手を温めていたのもよかった。冷たい部屋のなか、凍えた指で性器に触れてもうまくいくわけがない。複数いるジョーンのうち、少なくともひとりは彼に有利な結果をもたらす本物のチャンスを与えたようだ。記録では、妻アリスがその場にいたのかいなかったのかは言及されていないが、応援団の女性たちは大いに触ったり、声をかけたりしたらしい。率直に言って、ジョンに勝ち目はなかった。

10人の処女聖人。
プレモントレ修道会にまつわる時禱書（ウォルターズ美術館所蔵の写本W215、
見開き68枚目の裏）

カンタベリーのド・フォンテ夫人
ウォルター・ド・フォンテも、一二九二年に寝室で行われた審理でうまくことを運べなかった。カンタベリーに住むウォルターは、一二人の女性たちと対面しなければならなかった。彼女たちは信頼に値し、評判がよく、誠実な生活を送っていると記載されていた。ここで言う「評判がよく、誠実な生活を送っている」とは、彼女たちがプロの風俗嬢ではなく、地域社会でよい地位にある既婚女性であることを示している。
この一二人の女性は証人としての義務をストイックに果たし、その後、「当該ウォルターの性器は役立たずで、少しも男らしくなかった」と法廷にて嬉々として報告した。彼の匿名の妻も結婚から解放された。
余談だが、当時の法廷記録者に思いを馳せてほしい。ペンと羊皮紙を前に、報告された行為あるいは行為の欠如を文字に起こそうと身構えているのである。意外ではないが、この種の裁判記録はすべて、夫が射精できず、妻が希望していた離婚あるいは婚姻解消を勝ち取ったことを示している。

愛する人の見た目

夫のズボンのなかで何が起こっているべきかが分かったところで、次は中世の女性の下のほうの毛繕いという、もっと楽しい話題に移ろう。女性の陰部の内側で何が起こっているか、われわれは知っている……というか知っているつもりだが、その外側はどうなっているかを知っているだろうか？　中世の女性は処理していたのか、それとも自然のままにしていたのか？　知っている？　知りたい？　当然、知りたいはず。知りたくないわけがない。

グリセルダ

アンダーヘアを残すことを選んだ女性については、ほとんど分かっていない。グリセルダの物語はもともと、一三五〇年頃にジョヴァンニ・ボッカッチョによって書かれた人気作で、その後何度も改作された。冷酷な夫と、抑圧された従順で忍耐強い妻の物語である。ある改作版で、夫のグアルティエーリは、「シュミーズ一枚で家から追い出されると、上等な服を調達するために自分の〝毛織物（*wool*）や毛皮（*pelt*）〟をほかの男にこすりつけて温めるような女性」について語っている。ここで言及されている「*wool*」や「*pelt*」が陰毛を指していることは間違いない。このことから、少なくとも一部の女性は毛を残していたことが分かる。

粉屋の話に登場する細君

ジェフリー・チョーサーの『粉屋の話』に登場する細君は、下の毛を処理していなかったことがはっきりしている。物語のなかで、アブサロンという男が大工の妻アリスーンにキスを迫る。彼女は承諾するが、夜の薄闇に紛れて口ではなく〝穴〟を差し出す。混乱するアブサロン。女性に顎ひげなどないことは知っているものの、唇に毛が触れたのだ。少なくとも大工の妻は下の毛を剃りも抜きもしていなかったわけである。

チョーサーがこうした情報を物語に盛りこみ、女性のアンダーヘアがフサフサだと描写しているということは、それが珍しいことでも嫌悪されることでもなかった可能性が高い。大工の妻は高貴な女性でも育ちのよい女性でもなかったが、一般女性の代表のような存在だった。

毛の処理

中世では、どの部位の体毛でも、育ちのよい女性にはたいてい敬遠されていたようだ。当時の芸術作品で女性の陰部が描かれている場合、毛はいっさい生えていない。

このことは、少なくともひとつの記述によって実証されている。エラスムスが著書『痴愚神礼讃』にて、年若い恋人を手に入れる老女について語っているのだ。

今日では、墓に片足を突っこんだ老いぼれじいさんでも、みずみずしく若い娘と結婚できる。持参金のない娘だとしても（中略）しかし何よりも、墓場から這い出てきた骸骨みたいな半分死にかけの老女が、いまだに「人生は楽しい！」とつぶやいているのは、見ていて格別である。年老いてもなお、大金で雇った若きパオーンを誘惑して発情しているのだ。彼女たちは毎日、化粧を塗りたくり、陰毛をピンセットで抜き、垂れさがった乳房をあらわにして、か細い声であえぎながら欲望をかきたてようとする。

これが書かれたのは一五〇九年だが、その時点では、わざと陰毛をなくすのが女性としては普通だったことが示されている。その習わしが農民階級の女性たちにも及んでいたかどうかは不明で、ヨーロッパ全土に普及していたかどうかは推測するしかない。

銅合金製や銀製の小さなピンセットを中世の洗面用具のひとつとして紹介している本が数多くある。考古学者の発見もこれを裏付けているが、このピンセットでどこの何を抜いていたのかは知るすべがない。トロトゥーラ・デ・ルッジエーロが一一世紀に著した『*De Ornatu Mulierum/On*

14世紀に作られた銅合金製の中世のピンセット。
（ギルバート・コレクション）

Women's Cosmetics（女性の化粧について）』には、女性のための脱毛法についてアドバイスがされている。

永久脱毛するためには、アリの卵、赤い石黄、セイヨウキヅタのゴムを、酢とともに混ぜ合わせ、脱毛したい部分にこすりつけましょう。

アリの卵と酢！　楽しそうではないか？　赤い石黄を入手するのは少し難しいかもしれない。なぜトロトゥーラがそのように風変わりな材料を加えることにこだわったのかは謎だ。たしかに効き目はあるかもしれないが、一般女性にはおそらく入手できない。石黄はオレンジがかった黄色のヒ素硫化鉱物で、家の周辺には転がっていないだろうし、ちょっと高価そうだ。火山の噴気孔や温泉、熱水鉱脈などで見つかる。

トルコに古くから伝わる、脱毛に効き目があるらしい方法は、「ルズマ」と呼ばれる練り物だ。一五三二年の秘伝書にはこの方法が掲載され、体のあらゆる部位を脱毛するのに効き目があると保証されている。

一パイントの匕素と八分の一パイントの生石灰の溶液を煮る。浴室か暖かい部屋で、脱毛したい部位に薬を塗る。熱く感じたら、皮膚が剥がれないように湯で手早く洗い流す。

気をつけないと皮膚も剥がれ落ちる。女性の皆さん、自宅で試さないでくださいね。

女性が自分の好みに応じて適度にムダ毛処理をしている、あるいはしていないと仮定して、夫と交わる前の女性の性器付近の清潔さについて考えてみよう。今日の女性はたいていの場合、性交前に軽くシャワーを浴びたがる。中世の女性はどうだったのだろう？　そんなこと、誰が知っている？

ダビデ王が見ていたバテシバの入浴。
1500年頃のブルージュ、時禱書の挿絵
（ウォルターズ美術館所蔵の写本W428、
見開き132枚目の裏）

どうやら、何人かは知っていたようだ。

一一七八年頃に生まれた、ウォルヴァーハンプトン教区の司教代理ヘンリー・ド・マンデヴィルは、性交前の清潔さについて考えがあり、〝外陰部〟の内側と外側を洗うことを勧めていた。彼の考えによると、そこが清潔でなければ、相手の男性に年齢がばれる可能性があるという。なんですって？　年齢がばれる？　彼は、年を重ねた女性は甘い香りに欠けると勘ぐっていたのだろうか、それとも最近まで処女だった女性は独特の香りがあるとほのめかしていたのだろうか？　処女がその香りによって一角獣を引き寄せるというのが本当なら、彼の説にも謎の理屈があるのかもしれない。彼が自分の助言の理由を胸に秘めていたことを願うばかりだ。

もちろん、トロトゥーラはアリ関係の脱毛方法以外のことも考えていた。女性器で〝何が起きているか〟は分かっていなかったとしても、〝何が起きるべきか〟は分かっていたのだ。女性の皆さん、メモの用意を。これは参考になるし、ちょっと長いから。

女性は性交前に、乾いた毛織物を巻いた指で外陰部の内側を清めるべし。清めたら、完全に清潔な布で性器の内外を注意深く拭く。次に両脚を大きく開き、体液を内部から排出させる。そして布を挿入して両脚をきつく閉じ、内部を充分に乾燥させる。その後、先に述べた粉を咀嚼したもので手と乳房をこすり、陰毛と陰部とその周辺一帯に薔薇水を振りかけ、たとえ顔に多少難があっても相手が忘れてしまうくらいきれいにしておく。こうして準備を整えたら、男性に近づいてもよろしい。

さて、あなたはどうか知らないが、これはわたしが聞いたなかで最も興味深い性交前のアドバイスである（前回そう感じたのは、『カーマ・スートラ』に書かれた、心から魅了された男性の心を射止めるには床タイルを張る達人になること、という記述を読んだときだ)。このようなアドバイスに従わなかったから、わたしは独身なのかもしれない。なにしろ、まるでオイル交換みたいに、自分の体内から体液を出しきったこともなければ、咀嚼した粉で胸をこすったこともないのだから。明らかに、わたしの男性へのアプローチ方法は改善の余地があるのかもしれない。

あなたがこれらの方法を試していないのなら、自分自身を見つめ直し、求愛テクニックを再考してみるのもいいだろう。

第六章　性欲を高める食べものとその食べ方

夫の性的能力はあるけれど性的意欲があまりない、と感じている女性は、夫の性欲を高めるために薬草療法や精がつく食材を試してみるのも手だ。今日われわれが思い浮かべる性欲を高める食べものと言えば、チョコレートにディップしたイチゴ、牡蠣、高麗人参やイチョウやホーニーゴートウィードなどの性欲促進を謳うハーブ・サプリメントだろう。

一方、避けたほうがいい食べものもある。今日では一般的に、ガーリックパンは双方が食べている場合を除き、ちょっとやる気が萎える食べものだと考えられている。うなずいている人がいるだろう。

媚薬

消極的な恋人や、生殖部位が役に立たない恋人の欲望をかきたてることは、現代でも重要な問題であるが、中世の女性にとってもそうだった。女性に必要なのは、相手の腹を満足させる場面で一工夫することだ。

男性のハートをつかみたければ胃袋をつかめ、とはよく言ったものだが、男性の股間も同じ方法で思いどおりにできるかもしれない。おいしい手料理や焼き菓子を振る舞えば、男性に好意的に思ってもらえることは間違いない。よい媚薬ほど手っ取り早く欲望を燃えあがらせるものはないとはいえ、中世の女性もこの方法を試していたのだろうか？　もちろん。最もお勧めの媚薬は、食べものや薬草という形で摂取する性欲強壮剤だった。これらは内服することもできれば、外用することもでき、両方を試すこともできた。

興味をそそられるでしょう？

告解室で訊かれる質問で、膣に入れておいた魚を焼いて食べさせると愛を燃えあがらせる可能性があることはすでに学んだ。その方法ですぐに効果がなければ、別の媚薬が有効かもしれない。トロトゥーラの手引書には女性の性生活を改善する提案がされていたが、ヒルデガルト・フォン・ビンゲンの本も負けてはいない。このふたりは当時の女性たちの頼れる存在だったに違いない。

教会は妙薬やまじないや媚薬などを認可していなかったと誤解している人もいるかもしれない。場合によってはそのとおりである。しかし幸いなことに、教会はもっと科学的に考える場合もあった。どうやら論理的に考えて、神は地上に青果物を実らせたのだから、それらが人類を助けるために利用されるのは神の意図だったというわけである。その人類には女性も含まれる。青果物は一種の自然な魔法だった。正しい畏敬の念と適切な祈りとともに薬草が使用される場合、神はそれをお認めになるだろう。もし効果がなければ、それは神の思し召しであり、神の計画の一部。神の自然の恵みと魔術は紙一重だったのである。だから、注意を払いましょう。

女性のためのハーブ

女性が性欲を高めるために薬草を必要とするだなんて、笑止千万な考えだった。

男性のためのハーブ

薬草はどこでも調達できた。ほとんどの村にはコテージ・ガーデンがあり、田舎娘が都会娘より有利なのはこの点である。都会の庭には限られたものしか植えられていなかったが、新鮮な空気と堆肥に恵まれた田舎の庭には、より多くの種類の植物を育てる余裕があった。

性欲を高めるおいしい刺激剤として手軽に食事に加えることができる一般的な薬草をいくつか見てみよう。ヒルデガルトはまずアルニカについて述べている。

アルニカ：温性で、毒々しい熱を持っている。新鮮なアルニカが肌に触れると、その後に同じ薬草に触れた人への愛欲が燃えあがる。熱狂的なほど愛にのぼせあがって愚か者となる。

なるほど、それは期待できそうだ！　愛欲に燃えて！　のぼせあがる！　ナイス！　きっと性交に持っていけるはずだ。アルニカを意中の人に振りかけて、あとは幸運を祈るだけ！　アルニカを入手できない、あるいは期待していた効果を得られない場合、ヒルデガルトはマセルを勧めている。

マセル：無益で有害な熱を持ち、その幹と樹液と葉は健康に有害であり、性欲をかきたてるので危険である。実の部分を食べると病気になる。それを燃やした火と煙は健康に悪い。

厳密に言うと、マセルは薬草ではなく木の一種であり、果物でも食べものでもない。吸ってもいけないし、実を食べてもいけない。了解しました。幹と樹液と葉をどうすればいいのか指示があれば、欲望をかきたてるのに役立つのだが、不思議なことになんの説明もない。

ほかの薬草も、『*Tacuinum Sanitatus*（健康全書）』のように広く流通している健康マニュアル本に紹介されていて、それらの本では薬草を摂取する際の危険性の有無やその対処法についても言及されている。次の方法はウィーン版からの引用である。

一般的なナスタチウム（eruca et nasturtium）

性質：温一湿一。

最適条件：最も風味のよいもの。

効能：精子増加と性欲強化。
危険性：片頭痛を引き起こす。
危険性の中和：キクヂシャと酢のサラダ。

ナスタチウムは性欲を高めるだけでなく、精子を増加させるのにも役立つらしい――妊娠を望んでいる場合は重要な点である。自宅の庭にたくさん生えているかもしれないし、台所の日当たり良好な窓辺でも鉢植えで育つだろう。とはいえ、自宅で試すのはやめよう。

女性の性欲を高める食べもの

すでに述べたが、女性は性欲を高める必要などない。すでに欲望にまみれているのだから。ぼんやりしないで、ついてきてください。

男性の性欲を高める食べもの

中世の女性には、さまざまな病気や、性欲不足などに対して試せる食べもののアドバイスがたくさんあった。そのほとんどは、摂取に最適なタイミングや、好ましくない副作用とその回避方法など、かなり具体的な説明が添え

ナスタチウムは精子を増加し、性交を促すのに非常に有益だった。

られていた。

薬草の手引書

中世では最も有名で、最も版を重ねた薬草本のひとつに『*Tacuinum Sanitatus*（健康全書）』がある。薬草、植物、食べもの、衣服の性質と効能を扱った健康書だ。各ページに鮮やかな色彩で大きな挿絵が描かれ、その下に名称と効能が記されている。逐語的に写された版もあるが、『*The Four Seasons of the House of Cerruti*（チェルッティ家の四季）』として知られるウィーン版『健康全書』には、バナナのように本国では食べられていない食べものの記載もあり、それらが当時どのように考えられていたかも丁寧に記されている。現存するのは一四世紀から一五世紀初頭にかけての五部で、その内容は人生におけるあらゆる重要事項の権威として広く受け入れられていた。同書には性交の図解もあり、やり方が分からない人のために正常位が描かれ、その健康上の利点も記されている。

牡蠣は間違いなくお勧めの食べものではなかった。水底の岩に生息する牡蠣はやや非衛生的である。河や海で見られるほかの生物は、水底の上方や水中の高いところを泳ぐため、汚染度は低かった。牡蠣は媚薬として勧められることはおろか、食べものとしても勧められていなかった。幸いなことに、この本にはほかにお勧めのものが記載されている。

次に挙げるのは、食べもので性交を促すための有益な提案である。

われわれはバナナ（musse）を、文献や、キプロスや聖地から来た商人たちの話でしか知らない。一方のシチリア人はバナナのことを熟知している。葉は扇形で、硬い葉脈と夏には乾燥する薄い葉身がある。バナナは熟すと皮が黄色くなり、果肉は白くなる。最初は味気なく感じられるが、だんだんとおいしい風味が広がり、食べ飽きることはないという。胃にもたれ、唯一の美点は性的に興奮させる効果があることである。

興奮？　バナナで？　そんなバカな！

この場合、バナナは明らかに一般的な主婦が入手できる食べものではなかった。もっと家庭菜園にありそうなものに目を向ける必要がある。リーキ（西洋ネギ）とか？　それならあるかしら？

ハウスリーク（ヤネバンダイソウ）…冷性で、濃厚なので食べても有益ではない。生殖器が健康な男性が食べると、欲望が燃えあがり、狂ったようになるだろう。

欲望が燃えあがる。なるほど、そうこないとね！

都心のアパートなどに住んでいると庭はあまりないだろうが、次に買いものに行くときは、このことを覚えておくといいだろう。ボディペイント用のチョコレートなんかは棚に戻して、生鮮食品売り場に一直線。買いもののカートに大量のリーキを積んでも不審に思われないように気をつけて。

リーキ。最高！

希望に胸を膨らませた中世の女性は、ほかに何を試すだろう？　リーキをあまり信用できない人は、次の提案も気が進まないかもしれない。玉ねぎだ。玉ねぎは性交を促すらしい。どうやら。リーキと玉ねぎ。強烈な組み合わせだ。中世の女性は、その素晴らしいアドバイスを授かった自分の幸運をものすごく喜んだに違いない。だって玉ねぎって、性欲を高める効果がありそうでしょう？　では、玉ねぎについて見てみよう。

玉ねぎ（cepe）
性質：温四湿三。
最適条件：水分が多くジューシーで白いもの。
効能：利尿効果があり、性交を促す。
危険性：頭痛を引き起こす。
危険性の中和：酢と牛乳で中和できる。

これを見ると、リーキと玉ねぎのスープは周りに迷惑をかけそうなほどの口臭に悩まされそうだが、楽しい時間を過ごせることは確実みたいだ。玉ねぎはもちろん白くてジューシーなものがベストとはいえ、それが入手できない場合はどんなものでもよいだろう。効能は落ちるかもしれないが。

頭痛に悩まされる場合もあるようだが、それを気にして実践をあきらめ、ひどい口臭を撒き散らさなくてすむようにする方便だったのかもしれない。牛乳と酢が頭痛に効くというのは非常に有益な情報ながら、その使用法が記載されていないので役に立たない。

酢で玉ねぎを調理し、ともに牛乳を飲むのだろうか？　それとも玉ねぎを牛乳で煮て、酢のドレッシングをかける？　全部を煮て、スープ状にする？　生で玉ねぎを食べて、酢を一気飲みし、牛乳で流す？　先に牛乳を飲んで、次に食べる酢玉ねぎのために胃を整え、最善を祈る？　こう考えると、リーキがまともに思えてくる？　そうでしょうとも。

バナナのような異国の食べものを入手できない人や、玉ねぎの口臭が気になる人は、鶏小屋で代わりのものが見つかるかもしれない。卵だ。卵の性欲増強の効果を試してみよう。同じ健康書に載っている卵の特徴は次のとおり。

鶏の卵（ou a galinearum）
性質：白身は冷・湿で、黄身は温・湿。
最適条件：新鮮で大きなもの。
効能：性交を著しく促す。
危険性：消化を遅らせ、そばかすの原因になる。
危険性の中和：黄身のみを食べること。

正直なところ！　どうやって決めたのだろう？　消化不良を和らげ、性交を増やし、そばかすを減らすために、黄身だけを食べろと？　この広く普及している医学書には、荒唐無稽な推測ではなく、実証された方法が記載されるはずだ。いったい、どれだけの人が黄身だけを食べ、どれだけの人が卵全体を食べたのだろう？　その結果、そばかすが減った人の割合は？　ぜひ知りたい。卵と牛乳と玉ねぎとリーキを全部混ぜて、超おいしいオムレツとかスクランブルエッグを作ったらどうだろう？

玉ねぎで口臭がきつくなり、卵で腹部にガスが溜まるなんて、セクシーどころではない。強烈《ガスティ》ではあるが、欲情的《ラスティ》ではない。最後に検討してもよい食材は栗だ。滋養に富み、性交にも効果的らしい。またもやだが、栗も頭痛を引き起こす危険があるそうだ。おなじみの頭痛を。

女性のための肉

いや、だからね。最後にもう一度だけ繰り返そう。女性は興奮させる必要なし。女性は抑圧された性的狂気の温床であり、ただただ性交を待ち構えている。だから肉などいらないのだ。

もう目くばせし合っての笑いは禁じます。

男性のための肉

薬草、果実、野菜が男性の下腹部に好結果を与えてくれない場合、中世の女性は相手によだれを出させる何か別のものを試そうと思うかもしれない……肉だ！　ヒルデガルトの『*Physica*（自然学）』には、気乗りしない男性に食べさせれば、寝室での情熱的な時間を取り戻すことが期待できる肉の種類が列挙されている。一番分かりやすいのは熊だ。女性は絶対に相手に熊肉を食べさせるべきである。

ヒルデガルトによると、熊肉には次のような効果があるとのこと。

熊肉：食べた者の欲望に火がつく。

余白に描かれた熊。
クレーフェ公アドルフの時禱書より「懺悔するダビデ王」の挿絵（ウォルターズ美術館所蔵の写本W439、見開き204枚目の裏）

実際に熊を手に入れただけでも、気乗りしない男性からは、賞賛にある程度欲望が交じった目で見つめられるのではないだろうか。この説はドイツ人女性、しかも修道女が唱えたということを考えてみてほしい。彼女がこのアドバイスを得た経緯は不可解である。住んでいた町に熊が横行していたとか、市場に熊肉があふれていたとか、熊が最新流行のダイエット食だったとかは考えにくい。

中世のドイツの料理本『*Ein Buch von guter Spice*（お勧めスパイスの本）』は、一三四五年から一三五四年にかけての最古のレシピ本として知られている。この本は熊肉にまったく触れていない。驚くべきことに、いや、当然ながら、中世の本格的なレシピ一〇〇以上を現代にまとめたジェームズ・マテラー著『*A Boke of Gode Cookery*（おいしい調理法の本）』にも熊肉は載っていない。

熊肉が町の惣菜屋で手に入らない場合、正直なところ入手は無理だと思うが、女性は気乗りしない男性を口説くために、豚肉《ポーク》を試してみるべきだ。ポークは少なくとも最近では性的なダジャレに使われる。当時はどうだったか分からないが、女性は次のような効果を期待して夫と性交《ポーク》を試してみてもいいかもしれない。

豚肉：車輪を転がすほどの力で人を欲情させ、一方でその人を穢す。

車輪を転がすほどの力？　ちょっと考えてみなくては。どんな車輪だろう？　大きさは？　その力はちゃんと測定したのだろうか？　車輪の加速度はどのくらいで、測定に支障がないように平面で測ったのだろうか？

豚肉については、それを食べることで人はどれほど穢れるというのだろうか？　疑問は山ほどある。ここに挙げた少し風変わりな食材のいくつかは、今日では手に入りにくい場合もあるので、牡蠣で間に合わせてもいいかもしれない。あるいはチョコレートとか。

ここで湧き起こる疑問は、これらのレシピが本当に効果があったのかということだ。どうだろう？

友人に訊いてみなくては。

第七章　妊娠する方法

子作り

中世の家庭にとって、跡継ぎを作ることは重大な仕事であり、新婦は家名や事業や土地の所有を維持するために、男児の跡継ぎを産むことが期待されていた。婚姻が正式なもの、法的拘束力のあるものと認められるためには、性行為がきちんと行われなければならず、通常は証人が立ち会った。

当然ながら、男児の跡継ぎを産むための子作りに最適な時期や、最良の跡継ぎについて、さらには妊娠を保証あるいは手助けするためのレシピなど、多くのアドバイスが書き残された――なかには奇妙なアドバイスもあった。全体

聖母子。14世紀初頭のドイツ、『説教集』（ウォルターズ美術館所蔵の写本W148、見開き63枚目の表）

として、母親になることを望む女性が妊娠の確率を上げる方法があるのに、偶然に任せるのはよしとされなかった。

妊娠

中世の医学は、ある部分ではそれなりに進んでいたが、そうでもない部分もあった。基本的にどのように妊娠するかについては、古代ギリシャ・ローマ時代から――マグヌスの書とされる『*De Secretis Mulierum*（女性の秘密）』が一三世紀のヨーロッパで流通するはるか以前から――知られていた。

『女性の秘密』には、赤ん坊がどのように形成されるかを含め、女性の身体の仕組みについて数多く記載されている。妊娠は、双方が同意のうえ、精子と卵子の両方が放出されたときに起こる。精子は性交によって卵子と結合しなければならない。精子と卵子は女性のなかで混じり合って、次のような現象が起こるという。

（前略）子宮は四方を財布のように閉じ、そこから何も落ちることができなくなる。その後、女性は月経が止まる。

このように、詳細については怪しい点もあるが、基本的に妊娠がどのように起こるのかは理解されていた。精子が女性の体内に入って卵子と結合し、胎児が落ちてしまわないように子宮が密閉されるらしい。まあ、そんなところだ。

素晴らしい。

妊娠を実現させる最高のチャンスを中世の女性に与える方法を深堀りする前に、ほかのことを考えなければならない。たとえば、日程を考慮する必要があった。時間帯も。妊娠を希望する相手も。月経周期のタイミングも。逢い引きの場所も。試してみたい体位も。魅力的な頭飾りも選ばなくてはならない。そして、性交には双方の同意が必要だった。

同意のない性行為が妊娠につながらないことは周知の事実だったため、強姦を証明するのは極めて困難だった。つまり、女性が不本意な性交の結果、妊娠した場合、妊娠したのだから実際には女性が乗り気だったはずで、それなのに「性交を強要された」と嘘をついているだけだという証明になってしまう。まさにそうなのだ。

これらの条件を考慮したとしても、あるいはその場の勢いで無謀な性交を強行するために条件を完全に無視したとしても、まだまだ考慮すべきことがある。特に、特定の性別の子どもを望んでいる場合は。そのことも偶然に任せるわけにはいかなかった。

性別を決定する方法

『*De Passionibus Mulierum Curandarum*（女性の病気について）』を著したわれらが女医のトロトゥーラ・デ・ルッジエーロは、妊娠に役立つ、ときには変わったアドバイスをたくさん残している。妊娠に関する考えをさらに一歩進め、特定の性別の子どもを産むための具体的なレシピを提供していた。どうしても男児の跡継ぎが必要で、男児を産めなければお払い箱になりそうな女性にとっては非常に有用なレシピであった。

男児を妊娠するために

トロトゥーラは男児を妊娠するために次のようなアドバイスをした。

> 男児を妊娠したい場合、夫に野ウサギの子宮と膣を取ってこさせ、それを乾燥させて粉末にし、ワインと混ぜて飲ませましょう。

おえっ。野ウサギの子宮をどこで調達するかは言及されていないが、ウサギ料理を作る際に廃棄する部分としか思えない。ワインはよいアイデアだ。量は明記されていないものの、粉末にした子宮の風味を消すためだとすれば、この日のために買えるだけのワインを用意したほうがいいだろう。

妻が男児を妊娠するために、夫のほうが材料を準備して飲むという点に感銘を受けた。いいぞ、トロトゥーラ。

女児を妊娠するために

赤ん坊と言えば、女児は当然の選択ではなかった。兄弟姉妹がいれば相続問題は厄介になるだろうし、適当な結婚を望むならそれなりの持参金も必要になるからだ。それでも、これから母親になる女性が女児の妊娠を望むのであれば、トロトゥーラは次のアドバイスをした。

妻が野ウサギの睾丸を用意し、乾燥させて粉末にしたものをワインに混ぜて飲み、月経が終わったら夫と床をともにすれば、女児を妊娠するだろう。

砂糖やスパイスなど、素敵な材料を期待していた人はこのレシピを見て少しがっかりするかもしれない。睾丸は少しも甘くないし、少しもスパイシーではない。男児を産むには夫が野ウサギの子宮を用意して飲み、女児を産むには妻が野ウサギの睾丸を用意して飲むのは、ちょっと興味深い。そうする特別な理由は記載されていない。異性に引き寄せられるということ？

不妊

そもそも問題なく妊娠できるのであれば、性別にこだわるのもいいだろう。妊娠できない女性のために、トロトゥーラはこれまた非常に性的な臓物を使う療法をいくつか勧めている。次の素晴らしい療法は、夫と妻のどちらに原因があるかによって、夫に飲ませることも妻に飲ませることもできる。

雌豚が一匹だけ産んだ子豚の肝臓と睾丸を取り、乾燥させて粉末にし、不妊症の夫に飲ませれば妊娠に至るし、不妊症の女性に飲ませれば妊娠する。

ううむ。睾丸を口にしたあとの口臭が気になる。この療法は少し特殊すぎる、あるいは子豚の血統またはサイズが不明であると思う人のために、不妊症の女性向けの似たような療法もある。さらなる臓物が必要だ。トロトゥーラは、これらの材料を提供してくれる肉屋から袖の下をもらっていたのだろうか。

女性が妊娠を望んでいる場合、去勢していない雄豚あるいはイノシシの睾丸を取り、乾燥させて粉末にする。月経が終わったら、女性はこの粉末をワインと一緒に飲む。そして夫と一緒に住めば妊娠する。

トロトゥーラは〝去勢していない〟雄豚の睾丸を使用、と限定しているが、わたしの知る限り、去勢した雄豚には睾丸がないのだから、そこにこだわるのは無意味な気がする。去勢後に睾丸が再生するわけでもあるまいし。粉末はワインに入れることになっており、少量のワインとは記載されていないので、そこはよかったと思う。夫にいやがられるであろう睾丸の口臭を消すのに、ワインは役立つはずだ。

トロトゥーラの勢いは止まらない。女性の皆さん、もうひとつどうぞ。この療法には素敵なロバ〔「ass」は「ロバ」のほかに「お尻」「性交」「愚か者」などの意味がある〕が必要である。

別の方法として、湿った羊毛をロバのミルクに浸し、それを女性のヘソの上で結び、性交するまで着けておく。

鮮度を失ったミルクって興奮を誘うでしょう？　なんてことを言った授乳中の母親はいない。

さて、妻が指定された動物から採取した睾丸を適切に調理して充分に摂取したと仮定し、それでも妊娠しないとしたら？　おそらく原因は妻ではなく、夫にあると考えられる。夫が不妊症で、性行為はうまくいっているにもかかわらず、精子が放出されないのだとしたら、信用できる情報を持ち合わせているヒルデガルトの出番だ。ええ、もちろん彼女には策がある。ないわけがないでしょう?

男性が快楽を感じて興奮し、精子が放出される直前まで達したものの、どういうわけか体内にとどまり、それが原因で体調を崩し始めたら、ルー(ヘンルーダ)とそれより少量のヨモギを用意して熊の脂肪を多めに加え、すりつぶしたものを、火のそばで、腎臓と腰から股間にかけて強くこすりつける。

熊の脂肪? 熊の脂肪! 熊の脂肪を腰から股間にかけて強くこすりつけるとは! 股間のあたりを強くこすることは、間違いなく精子の放出を促すだろうが、熊の脂肪に関しては少し心もとない。熊の脂肪が役に立たないとしても、ヨモギはノミを多少遠ざけてくれるだろうから、その点はよいと思う。

別の理由で男性が問題を抱えているのであれば、次に紹介する療法のどちらかを女性が試せば、よりよい精液が得られて確実な妊娠につながるかもしれない。では、庭に戻ろう。欲望を誘発するハウスリークのことを覚えているだろうか? 幸運なことに、ハウスリークは男性の欲望を燃えあがらせるだけではないらしい。まあ、ヒルデガルトは貞淑な女性なのだから、次のアドバイスは個人的な経験ではなく、伝聞に頼っていたのだと思う。内容はこうだ。

ハウスリーク：男性が老齢のために精液不足である場合、ハウスリークをヤギの乳に浸して充分にエキスが溶け出すようにし、食べやすくするため、その乳に卵をいくつか加えて調理したものを三〜五日間食べさせると、精液が生殖能力を増し、子孫繁栄がもたらされる。この食べ方は、女性の不妊には効かない。

役立つかどうかは別として、オムレツやスクランブルエッグのレシピに近いので、ほかの多くの療法と比べてはるかにおいしそうだ。睾丸とか子宮とかのレシピと違って、これなら男性に食べてもらえるかもしれない。

夫を誘惑できる可能性を秘めた次なる精液パワーアップ法は薬草を使う。卵が苦手な男性にはハシバミはどうだろうか？　これにもヤギが必要だ。いや、冗談ではない。

ハシバミ：ハシバミの木は温性傾向よりも冷性傾向が強く、薬向きではない。淫らなものの象徴。精液の質が均一でないせいで子どもができない男性は、太粒のハシバミの実（ヘーゼルナッツ）とその三分の一の量のヤナギタデ、その四分の一の量のヒルガオを用意し、胡椒と、繁殖できる年齢の若い雄ヤギの肝臓と一緒に煮る。その後、脂身の多い豚の生肉を少々加え、その煮汁にパンを浸して食べる。これを頻繁に摂取すると子孫が繁栄する。ただし神の正しい裁きによって禁じられていない限り。

このハシバミのレシピを見ると、卵とリーキの組み合わせがおいしそうに思えてくる。妊娠のためのこれらの素晴らしいレシピは成功しそうではあるが、通常は〝神の御心にかなえば〟というお決まりの免責事項が適用される。ワインの種類が間違っていたとか、指示どおりの雌豚から生まれた子豚ではなかった、などという理由で効果がなかったわけではないかもしれない。まったくばかげている。

不妊との闘い

女性が本当に不妊の場合、望みはあったのだろうか？　それは愚問では？　だって希望はいつだってある。希望と祈り。それでだめなら、われらが名コンビ、トロトゥーラとヒルデガルトがいるではないか。まず、相手のせいだと罵り合う前に、男女のどちらが不妊症なのかをはっきりさせなければならない。妻が原因ではないかもしれない。夫だろうか？　どうやって分かる？　幸い、これも簡単なテストがある。必要なのは鍋ふたつと大量のフスマだけ。レシピは次のとおり。

鍋をふたつ用意し、片方にはフスマと男性の尿を入れ、もう片方にはフスマと女性の尿を入れて、そのまま九日から一〇日ほど放置する。不妊の原因が女性にあるのなら、女性の尿を入れた鍋にたくさんの蠕虫が湧き、フスマがにおってくる。それが男性の尿を入れた鍋なら、不妊の原因は男性だ。この現象がどちらの鍋にも起こらなければ、どちらも不妊症ではないということなので、妊娠できるように薬の恩恵に頼るとよい。

わたしの思い違いかもしれないが、フスマの完全な無駄遣いではないだろうか。

妊娠したかどうかの確認

妊娠したかどうか確信が持てず、まだ胎児が小さすぎて胎動もない場合、中世の女性は医師に相談して尿検査で妊娠を確認することがあった。

中世時代、泌尿器学は盛んで、尿分析研究に膨大な時間が費やされていた。『*Here begins The Seeing Of Urines*（尿を見ることから始めよう）』は、さまざまな病状の直接的結果として起こりうる前兆や兆候について書かれた文献である。

医師は尿の色や透明度をチェックし、病気の場合は味を調べることもあった。そして医学書を参考に診断を下すのだ。ありがたいことに、妊娠を確認する際は尿の見た目だけで充分だった。たとえば、こんな具合に診断する。

女性の尿が金色がかった赤で、表面に水滴のような輪が見えると、妊娠の兆候である。

透明な尿なので判断材料になりそうにない場合でも、全体的には透明ではない場合があるかもしれない。

妊娠している女性の尿は、透明な部分もあるが、大部分は濁っており、その部分は黄褐色に近い赤みを帯びている。この兆候があれば間違いない。

濁っている？　準備して、乗り越えよ。これは、中世の泌尿器学についてわれわれが知っていることの大半に言えるようだ。「絶対にこう。あれでなければ、こう。どちらにせよ、ふたつのうちどちらかに決まっている。例外もあるけれど」といった具合に。

妊娠している女性が生まれてくる子の性別を知りたい場合、尿をさらに詳しく調べることがある。これを判断するには専門家が必要で、すべての医師が兆候を見極めて正しい診断を下せるわけではない。子宮内の赤ん坊の性別を正しく診断する方法は次のとおり。

赤ん坊に生命が宿り、それが女の子であれば、濁りは下に沈み、男の子であれば、濁りは表面に浮かぶ。

濁りとは何を指すのかヒントもないが、診断を下す医師がこの異常な点を認識していたのはたしかだ。なんという高等技術。「晴れときどき曇り」と言われると科学というより天気予報ではないかと思うが、女性の気質を描写する言葉は往々にしてこんな感じだ。温和な〔「mild」は「温暖な」の意味もある〕顔つき、とか。色白〔「fair」は「快晴の」という意味もある〕、とか。だから尿もそんなふうに描写されて何が悪い？

妊娠中の女性が見たくないのは白い尿だ。これは赤ん坊か母親か、あるいはその両方に何か問題があることを示している。

妊婦の尿が鉛白の色をしている場合、胎児が死亡していることを示す。妊娠していなくて、尿がにおう場合、体に問題があることを示す。

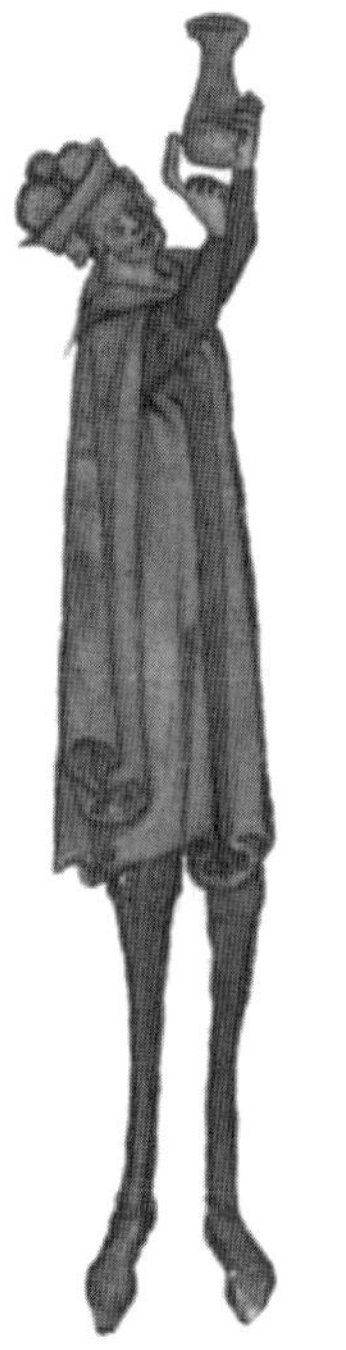

尿のフラスコを調べる医師。1315〜1325年、ヘント（ベルギー）の時禱書『詩篇』の挿絵（ウォルターズ美術館所蔵の写本W82、見開き75枚目の表）

いずれにせよ、悪い知らせだ。

自分の尿をチェックなどしたくない女性は、顔色や動作を調べるだけで、胎児の性別を知ることができるかもしれない。イングランド人のバーソロミューはこう書いている。

アリストテレスやコンスタンティヌスが言うように、男児を妊娠している女性の不調は軽く、よって顔色も美しく澄んでいて、女児を妊娠している場合より動作も軽やかである。普段とは異なるものが欲しくなったり、顔色が悪くなったり、目の下にくまができたり、乳房が大きくなったり、子宮がゆっくりと大きくなるのは、妊娠の兆候である。胎児が大きくなってくるため、吐き気や嘔吐が起こり、体が重く感じられて動きにくくなる。

ひとたび妊娠が確認されると、初めて母親になる人はその過程で何が起こるのだろうか？　全体として、妊娠について分かっていることは、すべて〝苦しみ〟のひと言に集約される。妊娠すれば、途方もない苦しみが待っているのだ。

『聖なる処女性』という処女に関する論文では、妊娠中に何が予想されるかを、長々と、ことさら詳細に説明している。一一八〇年から一二一〇年頃にイングランドのヘレフォードシャー近郊で書かれたものだが、著者は不明だ。誰が書いたにせよ、つわりを間近で観察したことは間違いない。

バラ色の顔はやせ細り、草のように青ざめてくる。目はどんよりとし、その下にくまができ、めまいが原因で頭痛がひどくなる。腹のなかでは子宮が膨らみ、革の水筒のように腹が突き出てくる。腸の不快感と脇腹の痛み、そしてしばしば腰痛が起こる。四肢が重く、乳房も引きずるような重さで、母乳が流れ出る。美貌は青白く衰え、口のなかは妙な味がし、何を食べても気分が悪い。胃がいやいやながら受け入れる食べものも、吐き出してしまう。

まあ、なんと楽しそうではないか。この程度ではひるまない、という人には追加事項を。妊婦がいかに惨憺たる状態になるかを描写するだけでは飽き足らず、出産の苦しみという問題が述べられている。

論文の続きは、相変わらず気分のいいもの（？）である。

陣痛の心配で夜も眠れない。いざ出産となると、あの残酷な苦痛、激しく突き刺すような痛み、絶え間ない苦悩、拷問に次ぐ拷問、苦しみの絶叫。そうした出産の苦しみと死への恐怖にさいなまれているあいだ、その試練を知る助産婦たちに手助けされ、屈辱まで味わう。どれだけ屈辱的であろうと、手助けは必要であり、妊婦は何が起ころうと耐えるしかない。

かけがえのない喜びや自然の驚異、母になる輝かしさはこれくらいにしておこう。この描写は正確かつ生々しく辛辣である一方で、驚くほど微に入り細を穿っている。出産を経験した大半の女性は、これらの症状のほとんどに覚えがあるはずだ。妊娠中の睡眠不足による目の下のくま、食欲増進、吐き気と嘔吐、カバのようなよちよち歩きに。

変わるものもあれば、変わらないものもあるのだ。

妊娠中の注意点

この時期の女性にとっては、セルフケアのために時間を取るのも厄介なことだった。やるべきことが山積みなのに、九か月ものんびり横になっているわけにはいかない。アングロ・サクソンの医学書には、妊婦へのアドバイスが書かれていた。すべきことに関してはそれほど多くなかったが、すべきでないことに関しては長いリストがあった。

ボールド著『*Leechbook*（医学的処方の本）第三巻』にはこうある。


妊婦は塩辛いものや甘いものを食べてはいけない、ビールを飲んではいけない、豚肉や脂っこいものを食べてはいけない、酒に飲まれてはいけない、陸路で旅をしてはいけない、馬に乗りすぎてはいけない。これを破れば早産になる。

全体として、これらは妊婦にとってはかなり堅実なアドバイスであり、そのほとんどは今日でも有効だ。塩辛いものや甘いものについては、妊婦が渇望することもあるが、胃腸の調子が落ち着かないときは、あっさりしたものを好むだろう。アルコールを避けるよう勧めるのは、乗馬についてのコメントと同様、今日でも通じる。ともかく、時代を考えれば、妊婦へのアドバイスとしてはなかなかよい。

症状を改善するために試せることもいくつかあった。一部の薬草や食べものは、もし妊婦がそれを探すための充分な知恵があれば、つわりを少し和らげてくれるかもしれない。現代女性もハーブティーを試すことがあるが、中世の女性は何を試すだろう？

吐き気止め

つわりの吐き気に苦しむ女性は、イヴの子孫だからそんな羽目に陥っているのだ。それを覚えておこう。つわりに治療薬は必要なかった。自然の摂理に逆らってでも何かを摂取して気分を改善したいというなら、クルマバソウという植物の新鮮な葉をお茶にして飲んでみてもよいだろう。手引書『*Tacuinum Sanitatus*（健康全書）』からのお勧めは、特に妊婦向けのものではないが、妊婦の症状に対応していそうだ。

ルーアン版はオレンジの皮の砂糖漬けを勧めている。オレンジを輸入できるくらい裕福か、オレンジの木が生息しているヨーロッパの国に住んでいる人にとっては、やや魅力的に思えるかもしれない。

オレンジ（cetrona id est narancia）
性質：果肉は冷三湿三。皮は乾二温二。
最適条件：完熟したもの。
効能：皮の砂糖漬けは胃によい。
危険性：消化不良。
危険性の中和：最上のワインと一緒に。

スミレはどうだろう？

スミレ（viole）
性質：冷一湿二。
最適条件：ラピスラズリ色で、葉が多いもの。
効能：香りを嗅ぐと興奮が鎮まり、飲むと胆汁を浄化する。

手押し車でスミレを運ぶ猿。
装飾頭文字「O」。謙虚な聖母と幼子を崇める写本所有者クレーフェ公アドルフ。クレーフェ公アドルフの時禱書の余白の挿絵（ウォルターズ美術館所蔵の写本W439、見開き80枚目の裏）

危険性：風邪によるカタルにはよくない。

副作用：なし。温かくドライな気質の人、若者、夏、南部地方に適している。

今度体調が悪くなったら、このふたつを試してみるのもよいだろう。わたしはオレンジの皮の砂糖漬けが大好きだし、スミレの香りを嗅いで元気が出ない人はいない。「興奮を鎮める」はちょっと言いすぎな気もするが、興奮の度合いにもよるかもしれない。

牛乳をこぼした？　ではスミレの香りをどうぞ！　出勤前に猫が仕事着に毛玉を吐いた？　ではスミレの香りをどうぞ！　幼児が癇癪を起こしている？　では一〇を数えながらスミレの香りを吸いこんでみて。機嫌の悪いティーンエイジャーが変な格好で家を出ようとしながら支離滅裂な叫び声をあげ、夫が夕飯は何かと訊いてくる一方で、自分はアイロンで火傷をしたうえに、電気料金の請求にクレジットカードが使えないというメールが届き、一時間以内に電気が止められるですって？　正直に言って、あなたが事前に策を練るタイプでない限り、いくらスミレでも効果がないかもしれない。

家を出て、最寄りの農家に車を走らせ、ありったけのスミレを買い占めてください。それを車に積んでおきましょう。花に囲まれて過ごすのは、家族を家に残して車内でひとり香りに包まれる場合は特に、精神衛生上の助けになる。持ち帰りのご褒美を買うことも忘れずに。ほらね？　助けになるんだから。

難産

妊娠に問題がありそうだと判明する、あるいは難産になりそうな場合、手助けは得られるのだろうか？　もちろん助けはあった。ただ、あまり現実的ではないが。

出産には大量の祈禱が必要だったし、非常に幸運な妊婦には、出産用ガードルという身につけるものもあった。ここで言うガードルは、今日のわれわれが考えるガードル、つまり腹部を締めつけて平らにするものではなく、普通のベルトと同じ種類のベルトを指していた。出産用ガードルには奇跡的な緩和力があると考えられていたが、それはせいぜい気休め程度だった。

然るべき地域に住む高貴な女性たちから、聖母マリア自身が出産時に着けていたとされる処女用ガードルを借りられたかもしれないが、そうでない場合は、祝福された、あるいは聖水を振りかけた平凡なガードルで我慢するしかなかった。ヨークシャーのリヴォール修道院では、修道士たちが聖エセルレッドのガードルを管理していた。このガードルは分娩中の女性に役立つとされており、善良で信心深い女性、つまり教会に定期的に多額の寄付をする女性たちが使用できたと推測される。ガードルは貴重で、少し神秘的でもあったので、家庭では敬意をもって大切に代々引き継がれていたのかもしれない。一五〇八年のイングランドの遺言状にも、ガードルのことが書かれている。

また、銀と金箔で飾られた小さなガードルをひとつ。これは「聖母のガードル」と呼ばれる家宝で、妊娠に苦しむ女性のためのものである。これを家宝として残すために、息子のロジャーに譲り渡す。

この遺言には、そのガードルが高価な金箔で飾られた非常に貴重なもので、おそらくロジャーの妻、あるいは未来の妻のために彼に譲られたことが記されている。このことから複数の可能性が示

ドラゴンから出てくる聖マルガリタ。
プレモントレ修道会にまつわる時禱書の挿絵（ウォルターズ美術館所蔵の写本W215、見開き67枚目の表）

唆される。ロジャーにはガードルを譲り受ける姉妹がいなかったか、あるいは血統を継ぐ責任は明らかにロジャーとその後継者にあるため、親族の女性に譲るにはこのガードルは貴重すぎるということである。ロジャーの子孫を無事に出産させることは、娘たちが他人とのあいだに赤ん坊を産むことよりも重要だったのだ。ロジャーに姉妹はおらず、それゆえにガードルが彼に譲られた可能性もあるが、わたしはそうは思わない。これを家宝として残したいと明記されているからである。

出産する女性のために多くの選択肢があったが、どれひとつとして特に効果的ではない。選択肢の大部分は、薬草湿布や民間療法、敬虔な祈りである。出産の守護聖人である聖マルガリタの名を唱えることは陣痛を和らげ、安産を保証すると常に信じられていた。

中世では出産において、ローズオイルで妊婦の脇腹をこすったり、妊婦に酢と砂糖を飲ませたり、象牙や鷲の糞の湿布を貼ったりすることが推奨されていた。

出産を楽にするために宝石も利用されたが、それがプラシーボ効果にすぎなかったのかどうかは不明だ。妊婦の手に磁石を当てると安心できると信じられていた。それでも効果がなければ、珊瑚を首にかけるとよいとされていた。一二世紀、ヒルデガルト・フォン・ビンゲンは、サードと呼ばれる石の力について書いている。

妊婦が苦痛のあまり出産できない場合、妊婦の両太ももにサードをこすりつけ、こう唱えるといい。「石よ、あなたが神の命令によって最初の天使とともに輝いたように、子よ、あなたも神とともにある輝ける人として現れなさい」。そしてただちに、その石を子の出口、つまり女性器に向けてこう唱える。「キリストが人間であると同時に神として現れ、あの地獄の門を開いた御公現《ごこうげん》のように、扉と道が開かれますように。そして子よ、あなた自身も死なずに、母親の死も招かずに、この扉から出てきますように」。それから、このサードをベルトに結びつけて母親に巻けば、事態が改善されるだろう。

改善されないかもしれないけれど。逆子の場合に助産婦がすべきことも提案されている。

（前略）亜麻仁とひよこ豆の煎じ汁で湿らせた小さな手で、優しく赤ん坊を元の正しい位置に押し戻す。

この提案は少なくともかなり有効かつ実践的に思える。ひよこ豆に関してはよく分からないけれど。

母乳育児

中世では、産後のケアについては特に普及していなかった。回復期の体にはある程度のケアが必要だったが、医学においてさえ、それについては妙な考えがはびこっていた。

出産したばかりの母親から出る母乳には、子宮からの血液の残りが含まれていると考えられていたのだ。つまり、血液が胸中で浄化されて白くなり、白い母乳として出てくるというのである。それが本当なら、性格的な欠点や家系的な特徴なども、同じように子に受け継がれるのは理にかなっている。

乳母

わが子に授乳する時間もないくらい忙しい上流階級では、乳母を雇うのが非常に一般的だったため、そういう役目の女性を雇うときは、肉体的な欠点だけではなく、道徳面や精神面でもおかしな点がないかを確認するのが不可欠だった。性質のよくない女性の母乳は、不幸にも、赤ん坊にその性質を間違いなく引き継がせるからだ。

先に紹介したチョバムの副司祭トマスは女性に対して思いやりのかけらもなく、わが子に母乳を与えない母親を非難していた。彼からすると、母乳を与えないのは殺人に匹敵する罪だったらしい。なぜなら、神が与えた母乳ほど赤ん坊に適したものはなく、その神からの贈り物を拒むのは許しがたいことだからである。

女性が自分は適切な授乳をするには虚弱すぎると主張しようものなら、トマスは厳しく説教し、「性交したり妊娠したりできないくらい虚弱には見えない」と反論した。難産だったとしても、せめて自分で授乳して沐浴させるくらいは最低限できるだろうとも感じていたようだ。

マタニティウェア

貧しい女性は妊婦用の衣類を入手する余裕どころか、授乳用の服を所有する選択肢もなかった。授乳は通常、室内着の前を開け、シュミーズやスモックをおろして行われた。

中世中期の絵画には赤ん坊のイエスを描いたものがあるが、母マリアは特別な室内着を着ている。これは前身頃のボタンを開閉して授乳できるようになっているものか、胸部に隠れたスリットが二本垂直に入っていて、授乳時に乳房を簡単に出せるものかだ。理論上はとても便利そうだが、リネンの下着から乳房をどうやって出すのかは謎である。

産後うつ

女性はときどき、うつ病と呼ばれる、体液中の胆汁の不均衡以外には明らかな理由のない原因不明の悲しみに悩まされることがあった。しかし、ヒポクラテスは紀元前四世紀に、この悲しみが出産したばかりの女性にも起こることがあると気づき、出産とうつ病の関連性を示唆した。

彼の理論は、中世に至るまで多くの先見の明がある医学者によって採用されており、出産後の子宮から出た体液が正しく排出されず、なんらかの形で抑制されると、頭部に逆流し、せん妄、躁病、興奮などを含む深刻な問題を引き起こす可能性があるとした。

われわれは今日それを産後うつと呼んでいて、たとえヒポクラテスがその原因を正しく理解していなかったとしても、その症状が医学的に実在することを知っている。彼は何かが起こっていることを知り、もう少しで因果関係を突き止められそうだった。つまり、結果については正しく理解していたのである。

トロトゥーラもまた、出産後の女性の体の水分が原因で精神的な問題が引き起こされると考えていたが、その水分が具体的になんであるかを特定するには至っておらず、ただ過剰な水分としていた。とはいえ有益な考察を記している。

子宮の湿度が高すぎると、脳が水分であふれ、その水分が目になだれこみ、思わず涙が出てしまう。

中世の医学研修など受けなくとも、産後の母親が疲れ、ストレスを感じ、涙もろいことに気づくのではないか。これらの症状は健全な食事、入浴、巡礼などを含むほかの療法で対処できるかもしれない。安産に感謝することも、巡礼に出かけるもっともな理由だった。非現実的とはいえ、正当な理由はあったと思われる。

少なくとも、出産後の一か月は性交を避けるべきだから。

授乳する聖母マリア。クレーフェ公アドルフの時禱書の挿絵（ウォルターズ美術館所蔵の写本W439、見開き14枚目の表）

第八章　妊娠しない方法

赤ん坊が欲しいのなら結構だが、欲しくない場合は？　養うべき人数がすでに多すぎることもあるだろう。もともと虚弱体質で、しょっちゅう妊娠しているわけにはいかない場合もあるはずだ。夫のことがあまり好きではない場合もあるだろうし。

赤ん坊を産まないために中世の女性ができることはあったのだろうか？　きっと何かできたのでは？　たしかに方法はあった。方法らしきものがいくつも。

心からの祈り

心からの祈りほど効果的なものはない。でしょう？　えっ、効果ない？　効果があるかないかをあまり気にするタイプでなければ試してみる価値はある。妊娠しませんように、と女性たちは祈っていたが、主への揺るぎない信仰をもってしても、積極的に妊娠を止めることはできない。

祈る女性。
14世紀初頭のフランス、時禱書の余白の挿絵（ウォルターズ美術館所蔵の写本W90、見開き135枚目の裏）

そもそも女性は妊娠を望んで性交していたのだから、心からの祈りが特に推奨されていたわけではない。妊娠を望まないのであれば、わざわざ性交などしたいと思うだろうか？中世の女性がセクシーな気分になると起こりうることを必死で阻止するために取れた選択肢をいくつか見てみよう。

禁欲

ただ断ればいい。

妊娠を避けるための最善かつ確実な方法は、特別な相手と全裸同然で過ごすのを避けること――つまり、断るだけでいい。さあ、一緒に練習しましょう。「ノー」。はい、よくできました。今度、気になる人に出会ったら、「ノー」と言うことを覚えているだけでいい。オンラインで出会ったばかりで、お茶をするくらいの相手、結婚もしていない相手になら「ノー」と言うのは超簡単。そうでなければ難しいけれど。

性交したくない相手と結婚している場合は特に、行為をしないことが効果的だった。家族間の約束の一環で、あるいは実に価値のある不動産を確保するために結婚したり結婚させられたりする場合もあっただろう。そのような場合に性交を断るとき、妊娠を望まないからという言い訳は正当に思えた。

だが、鋼鉄のような腹筋を持つ、とびきりハンサムな農夫と結婚した場合、妻は性交に及ばないことなどできたのだろうか？　常に鉄の意志があれば可能だったかもしれない。

エディスとジェフリーは若い夫婦で、五人の小さな子どもがいる。幸い、子どもたちはベッドでぐっすり眠っている。今夜のぼんやりとしたロウソクの明かりのもとだと、エディスはひときわきれいに見える。ジェフリーは今日が火曜日であることを感謝しつつ、妻を引き寄せ……。

ジェフリー：ああ、エディス……今夜は素敵だね。
エディス：ありがとう、ダーリン。あなたもよ。
ジェフリー：考えたんだが……その……久しぶりだから……ロウソクを消して……いいかな？
エディス：眠るの？　でも、まだ眠れそうにないわ。
ジェフリー：ぼくもだよ。眠るなんて考えてないよ。
エディス：あら！　まあ、そうね。だめよ。

ジェフリー：ご無沙汰だからさ……。
エディス：でも、もう五人も子どもがいるのよ。すれば、またひとり生まれてしまうわ！
ジェフリー：じゃあ、だめってことかい？　絶対に？
エディスはジェフリーがシャツを脱ぐのを見つめる。
エディス：ごめんなさいね、愛しい人。でもだめよ、絶対に。
ジェフリー：本当に絶対に？
エディスはジェフリーが長靴下を脱ぐのを見つめる。
エディス：ええと。絶対と言うか……。
ジェフリー：本当に、本当にだめなのかい？
エディスはジェフリーがズボンを脱ぐのを見つめる。
エディス：そうね……だめと言うか……。

九か月後、六人目が誕生。

代用ニャンコ

ノーと言える女性なら、男性も性交も完全に遠ざけ、猫を数匹飼って気を紛らわせ、男性に性交を強要されることなど考えなくてすむようにするかもしれない。たしかに、それは賢明で気晴らしになる選択肢だろう。修道女でさえ、猫はネズミを駆除してくれる便利な生きものだからペットとして飼うことが許されていた。ノーと言って猫を飼う。猫が解決策だったのかもしれない。

猫を飼うことにしたのなら、どんな種類の猫が最善かを知る必要がある。外国産の子猫が最善だった。一二〇〇年生まれのアルベルトゥス・マグヌスは、その著書『*De animalibus*（動物について）』で猫についてこう述べている。

この動物は人間に優しく撫でられるのを好み、特に若いうちはよく遊ぶ。鏡に映った自分を見て遊ぶくらいだ。特に暖かい場所を好み、耳に夜露が落ちるのを嫌うので、耳を切っておくと家で飼いやすい。野生の猫は全身灰色だが、家庭で飼われているものは多様な色がある。口周りにヒゲがあり、これを切ってしまうと臆病になる。

シンバルを叩く猫。1300年頃、余白の挿絵
（ボルチモア、ウォルターズ美術館所蔵の写本W102、見開き78枚目の裏）

この猫についての描写にさらに可愛らしさを加えたのが、一三世紀に自然について多くの著作を残したドミニコ会の修道士、カンティンプレのトマスである。その記述から、彼自身も猫好きだったことがうかがえる。

猫は人間に撫でられると喜び、その独特の歌声で喜びを表現する。

こんな可愛い話、ほかに聞いたことがない。

ヴェネツィアのイザベラ・デステ

多くの貴婦人が猫をペットとして飼っていたことは分かっているし、飼われていた猫のなかには外来種もいた。イザベラも外来種を飼っていたひとりだ。彼女は一四七四年にヴェネツィアで生まれ、ペルシャ猫やシリア猫が輸入されて女性たちのあいだで大人気だった時代にヴェネツィアで暮らしていた。ペルシャ猫やシリア猫は、縞柄でとても珍しかった。彼女は長年のあいだに、莫大な費用をかけて数匹の雌猫を輸入させた。そのうちの一匹には斑点があった。彼女は三一歳のとき、納得できるレベルの可愛い子猫を他人に頼んで連れてきてもらうのでは飽き足らず、ダマスカスから雄と雌の猫を取り寄せた。

しかし、猫を飼うのには独特の危険がともなう。われわれが親しんできたヒルデガルトは猫そのものを嫌っていたわけではないが、猫が物を舐めたり、妊娠したりしている場合は最良のペットではないと感じていた。彼女の助言はこうだ。

猫は餌をくれる人間以外に自らなつこうとはしない。猫がヒキガエルやヘビを舐めると、その熱が有害、有毒となる。猫が妊娠しているとき、その熱は人間の欲望をかきたてる。それ以外のときは、人間にとって有害ではない。

妊娠している猫が人間の欲望をかきたてる？　それが本当なら、動物保護施設は抑圧された性的エネルギーの温床に違いない。本当かって？　願わくば、施設スタッフに「ノー」と言ってもらいたいものだ。

外で出せ

うら若き乙女が「ノー」と言えない場合、「そこでやめて！」と相手を説得するのはどうだろう。膣外射精なら性器に何か装着する必要もないし、可愛い乙女も行為を「いいわよ」と承諾できたうえ、確実に避妊できる選択肢となる。

これで一件落着でしょう？　ノー精子、ノー妊娠。〝夫婦の営みをいっさい断る〟意志の力を発揮できない人にとっては、悪くない方法と言えよう。この方法を〝手放しではお勧めしたくない〟のがどういう人たちかはもうお分かりだろう。

どの段階であれ、夫の種をこぼすことは教会に非難される事柄のひとつだったが、フランスの神学者で大司教であったピーター・パルダヌス（ピエール・ラ・パリュ、またはペトルス・デ・パリュード）は、夫が養いきれないほどの子どもを持つことを避けるためであれば、膣外射精、つまり男性の種が放出される前に性行為を止めることは、やや罪が軽いと渋々ながら認めた。罪ではあるが、そこまでひどい罪ではない、と。

場合によっては、この膣外射精という方法が活用されていた。

ある女性が強姦されたと裁判所に訴えた。彼女はさらに、犯人の男性が彼女の服も汚したと訴えたが、これはおそらく、妊娠を避けるために犯人が最後の瞬間に引き抜いたことを意味しているのだろう。

犯人の種が彼女の服にこぼれ、何が起こったのかを理解できなかった彼女が訴えを起こしたというわけである。種をこぼすことも罪だが、強姦ほどの罪ではない。どちらにせよ、目撃者もおらず、原告と被告の言い分が異なるということになり、被告人は罰せられなかった。

鎮静剤

「ノー」とも「そこでやめて」とも言えそうになければ、次善の策は、手に負えなくなる前に欲望の炎を完全に鎮めることだった。ここでまた薬草が役立ちそうだ。薬草、万歳！

古代に書かれたものではあるが、アリストテレスは性欲を殺すものをいくつか勧めており、それらは中世中期になっても推奨および処方された。彼が勧めたのは、白黒のヒヨス、メロン、鉛、レタスの種、ユリ、コリアンダー、セイヨウニンジンボク、ルー（ヘンルーダ）、樟脳などである。このリストをざっと見てみると、性欲どころか、服用した本人まで殺しかねない。アリストテレスは使用法を説明する気はなかったようで、それらの薬草が性欲を奪うとしか述べていない。そうでしょうとも。

もっと役に立ち、喜んで指示を与えてくれたのは、われらが頼もしき助言者、ヒルデガルト・フォン・ビンゲンである。彼女には、男の欲望、女の欲望、あるいは両方の性欲を鎮めるアイデアがあった。修道女のアイデアなのだから、実際に役立つのかもしれない。

多分。でも家でお試しにならないように。

男性から性欲を奪うために、彼女はこう助言した。

ディル：男性の内にある快楽と肉欲を絶やすには、ディルとその倍量のヌマハッカ、少し多めのトウダイグサ（tithymal）、イリュリアアイリスの根を、夏に服用すること。これらを酢に入れて調味料を作り、あらゆる食べものにかける。

「男性の〜」とあるので、女性が作って食べさせるといいかもしれない。ばれないだろうし。ほかの方法？　ヒッチョウカは中世時代の台所ではあまり見かけない食材だったが、ヒルデガルトは気にせず言及している。

ヒッチョウカ：辛いが、熱は控えめ。そして乾燥している。これを食べると、男性の内にある恥ずべき欲望が和らぐ。そして男の心に喜びが湧き起こり、思考と気質が清らかになる（その有益で控えめな熱は、悪臭を放つ粘液に潜む欲望という恥ずべき情念を消し去り、心と気質を浄化して明るくする）。

なるほど。悪臭を放つ粘液とよからぬ思考を消し去るとは！　最高ではないか！　ひょっとすると、膿瘻などほかの部位の粘液にまで効き目があるかもしれない。実は、そのための別療法もある。ともかく、ヒッチョウカは入手しにくい。

もう少し手に入りやすいものを探している女性もいるのでは？　そんな人はレタスに注目。野生種のレタスも同じく性欲を鎮めるには適しているようだが、この療法を行う場合、男性自身が自分の欲望を鎮めたいと思っている必要がある。

野生種のレタス：冷たく、人間の性欲を消す。股間が過剰に反応する男性は、野生種のレタスの煮汁を、サウナ風呂で自分にかけるとよい。そしてサウナに入ったまま、煮て温かくなったレタスを腰回りに巻く。

股間が過剰に反応する？　それなら早く手を打たねばならない。たしかに、調理したレタスに性欲はそそられないだろう。サウナで裸になって煮汁をかけるのが、性欲を減らす正しい方法なのかも定かではない。でもまあ、ありがとう、ヒルデガルト。

女性の皆さん、レタスはまだ捨てないで！　だって自分にも使えるから。男性の欲望と同じく、女性の抑制が利かない性欲を消すために、ヒルデガルトはこう勧めている。

女性の子宮が抑えられない性欲で膨らんでいる場合、野生種のレタスでサウナ風呂を作ること。サウナに座り、熱い石の上にレタスの煮汁をかける。調理された温かいレタスを腹部にのせる。これを頻繁に行うこと。すると体の健康を損なうことなく、性欲を追い払うことができる。性欲を抑えられない人は、野生種のレタスを日干しして、粉末にしたものを温めたワインに入れて頻繁に飲む。すると体にダメージを与えることなく、性欲を消すことができる。

またサウナとワイン！　この方法で欲望を消せるのか、ちょっと疑わしい気がする。実に怪しい。

自然な避妊法

授乳と栄養不足は、農民の女性にとってある程度の避妊手段となった。無料なのでありがたいことだ。上流階級の女性は乳母を雇ったり食生活が良質だったりと、貧しい女性たちよりも早く妊娠を繰り返す危険性があった。妊娠は高貴な女性のライフスタイルを少々妨げるので、避妊対策にはたしかに関心が向けられていた。いろいろな方法があったのだろうか？

ええ、ありましたとも。

性交後に飛んだり跳ねたりして種を振り落とすという方法はどうだろう。多くの女性が好む、バラ色の余韻に浸りながら相手の腕に抱かれて胸に寄り添うようなロマンティックなひとときは失われるが、エネルギッシュな運動で妊娠を避けられるなら、それもよいだろう。試す価値がある。飛び跳ねるあなたを見て相手が当惑するなら、寝室から出て、やればいい。そのほうが自然だし、変に思われないから一石二鳥だ。

くしゃみをして排出を狙うという手もある。とりわけ夜に激しい営みを終えたあとに、うっかりくしゃみが出てしまった経験のある女性なら、なんとなく思い当たるだろう。本書を読んでいる大半の女性を代弁すると、避妊と性病予防以外の、コンドームの三番目の利点は、避妊のためにあれこれ苦労しなくてすむことだ。くしゃみが自然に出ないという女性は、予定外の性交に備えて、胡椒入れをベッド脇に置いておくとよいだろう。実のところ、中世では胡椒が高価だったため、現実的なアイデアとは言えないが。

性交直後に排尿して、種が洗い流されるようにと願うこともできる。このアイデアに至った思考回路は理解できるし、必要なときに尿意をもよおすことができるなら、洗い流すのは賢明な手段に思える。マグヌスによれば、この最後のアイデアは実行可能な選択肢だった。

貞操帯

ハリウッドから学んだことがあるとすれば、貞操帯なるものが強姦や妊娠を防ぐために用いられ、昔々の中世の女性たちはいついつもそれを着用していたということである。そうなの？

ええと、違う。

女性を貞操帯に閉じこめ、男たちは勇ましく十字軍に長年出征し、貞操帯の鍵は自分で持つか信頼できる友人に預けていた、なんて話を聞くと、実際にそんなことがあったのかと思ってしまうが、この話はいくつかの重要な点で破綻している。

貞操帯は、実際の十字軍の時代には話題にもなっていない。

商品リストで確認できないし、個人的な症状を多く扱っている医学雑誌にも書かれていない。文献でも言及されていない。性玩具については書かれているし、文句まで言われているが、貞操帯は出てこないのだ。ここに最初の問題がある。

現存する貞操帯は、それが最初に着用されたとされる時代よりずっとあとのものだ。中世の主な時代である一三〇〇年から一五〇〇年にかけて、旅に出る女性に、道中で貞操を守るために貞操帯を着用するよう指示した文献は見当たらない。旅の道中など、女性が強姦や誘拐に遭遇しやすく、貞操帯が最も役立つにもかかわらず。本当に言及がない。チーズから接着剤を作る方法、町を歩くときは前方だけでなく周囲に気を配るようにという指示、車軸グリースからインクを作る方法まで、あらゆる記述が残っているというのに、女性の安全または男性の安心のために個人用保護具を身につけよという指示は、どこにも残っていないのだ。ひと言も。

貞操帯という発想は、後世の時代――ええ、ヴィクトリア時代のこと――に生まれ、過去を振り返って書き残されたものだ。当時の証拠？　そんなものは見当たらない。ジェームズ・クルーは著書『*Love Locked Out*（ロックされた愛）』にて、貞操帯は一二世紀には一般的になりつつあり、合鍵も簡単に作れたと述べているが、そう考えた根拠についてはなぜか沈黙している。

ベルティング・アップ［「Belting Up」は「ベルトを締める」と「沈黙を守る」というふたつの意味がある］

最初の十字軍が聖地へ赴いたのは、実際の貞操帯が初めて登場するよりもずっと前のことだ。今日得られる情報のすべてが示唆するところによると、最初の貞操帯がおそらく一六世紀、あるいはより可能性の高い一七世紀頃に現れたと仮定しても、それは当時まだ珍しいものだった。

オーストリアのリンツでアントン・パッヒンガーというドイツ人が貞操帯を発見したとき、大きな興奮と多くの議論が起こった。若い女性の骸骨に、鉄と革のベルトが着いていたのだ。埋葬は一六世紀にさかのぼるが、町の記録には彼女の埋葬を記した文書が見つからなかったため、埋葬の年代には少々疑問が残る。発見された貞操帯そのものは、アントンが死去したときに紛失してしまったため、さらなる分析も不可能となった。

貞操帯はフランスのクリュニー美術館にも展示されている。

イタリアのカトリーヌ・ド・メディシス

ひとつはカトリーヌ・ド・メディシスのものとされ、ベルベットで覆われたフープと鉄板という形容が最もふさわしい。カトリーヌは一六世紀にフランス王妃となった貴族である。親族にローマ教皇クレメンス七世がいて、フィレンツェで修道女から教育を受けた。彼女は品があり、明るく、エネルギーにあふれ、控えめだったと言われているが、支配的な夫から貞操帯によって長時間拘束されることに同意する女性とは結びつかない。

オーストリアのアンヌ

ふたつ目の貞操帯は、スペインの王女であり、フランス王妃となったアンヌ・ドートリッシュのものとされている。彼女は一七世紀に在位した。非常に信心深く、産褥死した母の代わりに弟と妹を育てた。彼女のものとされる貞操帯は次のように説明される。

金属製のストラップで腰に固定するようになっている蝶番付きの二枚のプレートで、アダムとイヴの絵が精巧にエッチングされている。

なんだか楽しそうだが、旅の道中で犯罪から身を守るためでない限り、この女性が進んでこのような装具を着用したとは考えにくい。それに一七世紀は今日のわれわれが考える中世ではない。中世時代は通常、一〇六六年から一四八五年までとされている。アンヌの貞操帯は、本当に彼女のものであったとすれば、中世から二〇〇年後に作られたことになる。

この説も、ほかの記録に言及がないことから、成り立たない。女性が旅の道中で着用するものとして、貞操帯が言及されていないのは興味深い。もし身を守る目的で貞操帯が着用されていたのなら、多くの書物や物語でそのことに触れるはずだし、旅をする高貴な女性たちが安全を守る装具を求めて貞操帯の売買が盛んに行われていたはずだ。性玩具は話題になるのに、貞操帯を恥ずかしがる理由があろうか？

どうにも腑に落ちない。

名札が縫いつけてあるわけでもなく、おそらく貞操帯など着用していなかったであろう、このふたりの王室女性のものとされる最も有名なふたつの貞操帯のほかに、参考になる貞操帯はあるだろうか？　あるとも言えるし、ないとも言える。大英博物館とドイツ国立博物館にはいくつか展示されていたが、現在は撤去されている。全体的に、現代の歴史家たちは中世というよりもむしろ一九世紀のものと見なしているようだ。現存する男性用貞操帯が女性用と同じくらい多くあることも興味深い。男性用は、股間周辺に内側を向いた勃起防止用の突起がデザインされている。いかれたヴィクトリア朝の人たちよ。

というわけで、避妊具としてはかなり破綻している。そもそも、まだ発明されていなかったわけだし。

コンドーム

では、コンドームはどうだろうか？　男性器全体を覆うように作られたコンドームは、はるか昔から知られていたようだ。古代ローマ時代でも使われていたので、合理的な避妊方法に思われる。種が無駄になることについて教会が苦言を呈した以外に現実的な理由はないが、コンドームはローマ人が撤退したあと、考古学的な記録から消えたように思われ、一五世紀に驚きの復活を遂げるまでその姿を見せなかった。

現存する最古のコンドームは動物の薄い皮をペニスに被せるようにデザインされたもので、ダドリー城の汚水溜めから発掘された。それら複数のコンドームは一六四二年当時の国王の宮廷にいた兵士が身につけていたという説がある。動物の腸で作られた、再利用可能なものだ。おそらく避妊目的ではなく、病気予防の目的で使われていたのだろう。

避妊目的のコンドームは、中世ではなくルネサンス時代のものだ。では、それ以前には何もなかったのだろうか？　実はあるのだ。一六世紀、イタリア人が独自に発明していた。

イタリア製コンドーム

一五六四年、イタリアのガブリエル・ファロッピオが『*The French Disease*（フランスの病気）』という書籍を記したが、これはほぼ確実に梅毒を指しているようだ。彼は独自の新しい発明品——使用前に薬液に浸してから乾燥させるリネン製の被せ物《コンドーム》を推奨した。

それは陰茎亀頭だけを覆い、リボンで結ぶデザインになっている。なんだかお祝いみたいだ。当時のイタリアのファッションはリボンやレースが流行だったので、コンドームにまで及んだとしても驚くには値しない。繰り返すが、それらは避妊目的ではなく、純粋に病気予防のためだった。先端だけを覆っても、性感染症を確実に避けられるとは思えないが、特定の薬液に浸すことで効果があったのかもしれない。その薬液がなんなのかは、企業秘密だったらしく、よく分からない。

あらゆる優れた発明と同様に、その被せ物が実際に機能するかどうかを確かめるためには、科学の名のもとにある程度の試験が必要だっただろう。発明家のファロッピオは、事実上、臨床試験と呼べる実験的な試みを行ったと主張した。彼によると、一一〇〇人の男性にリネン製の被せ物を使ってもらい、誰ひとりとして恐ろしい病気に感染しなかったそうだ。一〇〇パーセントの成功率。

被せ物を浸した薬液が特別に強力だったのか、被験者たちが感染したことを正直に言いたがらなかったのかは定かではない。こんな試験の被験者を募るなんて想像もできない。男性諸君！　無料で性交できる試験に応募してください……後悔するかもしれないし、後悔しないかもしれないけれど……女性も募集しています……ええと……上品な女性は応募しないでください。

ファロッピオはこの一週間、小さな亀頭プロテクターを作ってリボンを縫いつけるのに超忙しかった。素晴らしい見栄えのものができた。あと必要なのは、これを喜んで試してくれる参加者だけだ。

ファロッピオ：さあ！　お急ぎください！　この新製品を試してくださる人は、無料で性交できますよ！

人が集まり始める。

ファロッピオ：この新製品の被せ物を試してください！　無料です！　これを下腹部に被せて、素敵な女性と性交するだけ！　性交できるのですよ！　無料で！

男1：無料？　本当か？　何をすればいいんだ？

男2：無料の性交って興味あるな。

ファロッピオ：無料です！　この新しい発明品を着用くださるなら、好きなだけ性交できます！

男2：新しいなんだって？　どういう目的だ？

ファロッピオ：それは、その……行為の前にこれを下腹部に被せるんです！

男1：無料なら、やってもいいぞ！

男2：ええと、その発明品は何をするものだ？　なんだっけ……被せ物って言ったか？

ファロッピオ：天然素材のリネンです！　手で紡いだ！　持続可能栽培です！　しかも無料！

男1：やってやろうじゃないか！

男2：でも被せ物ってなんだよ？

ファロッピオ：それはですね、女性から梅毒をうつされないようにする目的のものなんです。無料で試せます！

男１：えっ、なんだって？

男２：なんて言った？

コオロギの鳴き声。

ファロッピオ：あと、ふしだらな女性も募集しています。

というわけで、ある種の感染病予防用コンドームはあっても、避妊用コンドームはなかった。では、中世の女性は積極的に〝妊娠を防ぐ〟ために、何ができたのだろう？

処方避妊薬

むしろ意外なことに、中世の女性のなかには避妊の知識があり、それを活用する人もいた。出産は非常に危険だったため、多くの女性が赤ん坊を望んでいなかった――明らかに教会から非難されるライフスタイルだ。聖アウグスティヌスは、結婚していようといまいと、避妊薬を使う女性はすべて、神の目から見て娼婦だと宣言した。なぜなら、性行為の唯一の目的は繁殖だからである。

聖ベルナルディーノも自分の感情を隠そうとはしなかった。彼は〝自然に反する〟体位や性行為を実践する夫を激しく糾弾したが、それよりも避妊する女性のほうがはるかに悪いとはっきり述べていた。彼の痛烈な言葉は、彼女たちを殺人者と同一視している。

そしてわたしは、自身が身ごもった子どもを意図的に死なせる女性たち、さらに悪いことに、妊娠できないように仕組んだり、妊娠しても胎内で殺したりするような女性たちに言いましょう。あなたたちは殺人者よりも極悪である。

1450〜1460年、カンブリア、聖アウグスティヌスの時禱書の挿絵。（ウォルターズ美術館所蔵の写本W240、見開き330枚目の裏）

一三世紀の二冊の書物、一二〇六年から一二八〇年のあいだに書かれたマグヌス著『*De Secretis Mulierum*（女性の秘密）』と、一二七六年のヨハネス二一世著『*Treasury of Healthe*（健康という宝）』は、試せそうな避妊方法を多数紹介している。後者だけでも、二六種類の方法が掲載されているのだ。

過去に妊娠合併症になった女性のその後の避妊に関しては、教会の高官たちが深刻に議論した。性交は女性の健康と幸福にとって必要だが、避妊のために、そして出産で起こりうる産褥死を避けるために、女性は性交を控えるべきだろうか？　そのような状況なら、避妊は許されるだろうか？　重要な問題が激しく議論されたのである。

デリケートな女性、若い女性

サリチェートのウィリアムが書いた医学書『*Summa Conservationis et Curationis*（総合的メンテナンスとケア）』は、イブン・スィーナー著『*Canon of Medicine*（医学典範）』を反映している。ウィリアムは避妊について強い反感を抱いていたが、特定の場合に妊娠を防ぐことについては、少し親切な言葉を残している。

> （前略）この章は厳密な法の規則（demandato legis）には従っていないかもしれないが、健康面、体力面、あるいは若すぎるといった理由で妊娠が不安となる女性には危険性がともなうことから、避妊は医学上、やむをえない。

体調の悪い女性やデリケートな体質の女性への配慮は、ウィリアムも渋々ながら認めていたのだ。「若すぎる」という気になる表現は、肉体的には妊娠できても、妊娠期間や出産を無事に乗り越えるには若すぎると見なされる者を指しているのだろう。これはまた、どんなに若い女性も妊娠しうる状況に陥ることを示唆している。女性にそうした危険がなければ、妊娠を防ぐ必要はなくなる。跡取り娘で、九歳という若さでも妊娠する可能性がある場合、その少女が幼くして結婚することを思うと、単刀直入に言って憂慮すべきだ。そのような場合、もう少し年長になるまで妊娠を回避したほうがよいのではないだろうか？　そうは思わない？

残念だ。

神の意志はあらゆる事柄に及ぶ、夫婦のベッドにまでも。女性が赤ん坊を産むことを神が望んでいるのに、その女性が避妊しようとしている場合、重罪になる。さらなる妊娠を防ぐために避妊していたことが証明されなくとも、疑われる可能性があるのだ。

神の思し召しである子作り計画を妨害する選択は、一二世紀のフランドル伯爵夫人クレメンティアのように、悲惨な結末を招くかもしれない。

フランドル伯爵夫人クレメンティア

ロベール二世とその妻クレメンティアは結婚し、彼女はその後の三年間で三人の立派でたくましい息子を産んだ。その後は妊娠しなかった。疑問を抱いた修道僧ヘンマン・ド・トゥルネーは、クレメンティアがさらなる妊娠を防ぐために〝女性特有の策を弄した〟のではないかと非難した。

どうやら彼女は、そのまま妊娠を繰り返して毎年のように子を産めば、すでに授かった息子たちに遺産が渡らなくなることを恐れていたようだ。どのようにしてヘンマンがそのことを知ったのかは謎だが、彼女は教会に通う善良な女性だったため、告解室での告白を聞いた可能性は充分にある。

聖職者のわりに際立って冷酷に見受けられるヘンマンは、神がクレメンティアに罰を与え、三人の男の子を幼くして死なせたときも驚かなかった。彼の持論によれば、クレメンティアは自分にとって何が最善なのかを創造主よりもよくわかっていると自負していたため、罰せられたのだ。神の意志に、ヘンマンは賛同していた。

なんらかの妊娠防止策を講じていたかどうかはともかく、それ以降は子どもを授かることはなく、クレメンティアは記録から姿を消した。医学的見地からすれば、その事実はむしろ、最後の出産時に問題が起こり、再び妊娠できなくなった可能性を示している。仮に妊娠防止策を講じていたとしても、亡くした三人の息子の代わりに、さらに妊娠しようとした可能性が高いのではないだろうか。

本当のことは分からない。

お守り

避妊の話に戻ろう。中世の女性はほかにどんなことを試したのだろう?

まずは薬草とお守りだ。お守りは効き目がないプラシーボにすぎないが、薬草はなんらかの助けになる。一三世紀に、フランスの村モンタイユで、妊娠しないように薬草のお守りに頼った女性がいたという記録がある。

モンタイユのベアトリス・ド・プレニソール

未亡人のベアトリスは、司祭のピエール・クレルグと不義の関係を結ぼうとしていたが、最初は不安を感じていた。彼女はどうすべきか尋ねた。もし彼の子を身ごもれば、路頭に迷って恥をかく。ピエールは簡単にノーとは言わせない男だった。ふたりで用心しよう、と説得する。

わたしにはある薬草がある。女と体を交えるとき、男がこれを身につけると子を宿すことができず、女は妊娠しない。

ベアトリスは少し懐疑的だった。当然ではないか？　彼女はその薬草がどういうものか知りたがり、質問攻めにした。

どんな薬草なの？　牛飼いたちが、レンネット（凝乳酵素）を入れた牛乳の大釜の上に吊るしておく薬草のこと？　それが上に吊るしてある限り、牛乳が凝固しないと言われている薬草のことかしら？

子どもを宿すことになる不義密通。
（ハーグ、オランダ国立図書館所蔵の
写本 71A. 24、見開き14枚目）

ぬかりないと思われるほかの避妊法に野ウサギのレンネットを利用するものがあるが、この薬草に関しては少し不可解である。なぜ凝固を防ぐ薬草が妊娠を防ぐのに役立つのか？　答えは簡単だ。この薬草は、牛乳が固まってチーズになるのを防ぐのだから、男性の精液にも同じ効果をもたらし、固まって胎児になるのを防ぐというわけだ。

そんな理屈をかざして、ピエールはすべてうまくいくから大丈夫だとベアトリスを説得し、彼女のほうも聖職者との姦淫の罪よりも、彼との子を宿すという罪を気にしていたので、同意した。彼女はこう語る。

ピエール・クレルグがわたしと性交するときは、リネンに包んだこの薬草を身につけていました。長さと幅は約一オンス、わたしの小指の第一関節くらいのサイズです。彼は長い紐をわたしの首にかけ、行為のあいだ、その紐の先につけた薬草はわたしの胸のあいだから腹部のあたりに垂れていました。彼がベッドを離れるときには、わたしは紐を外して彼に返しました。ひと晩に二度、三度と求められることもありました。その場合、彼は交わる前にこう尋ねたものです。「薬草はどこだ？」

ピエールは司祭だったから、愛人たちが彼の子を宿さないことが重要だった。彼は手に入る独身女性なら何人とでも遊んでかまわなかったが、彼女たちがほかの男たちと遊ぶのは許されなかった。ピエールはベアトリスに薬草を外させ、彼女から離れるときは自分が身につけていた。それは彼女の貞節を確実にするためだった。彼女からそれを持っていたいと頼まれても、彼は断った。彼女はほかの男と密通するために薬草を使うかもしれないからだ。彼の従兄弟のパタウは彼女の元恋人だったため、なおさら警戒する必要があった。

ベアトリスが未亡人のまま妊娠することを不名誉に感じるとしても、それは彼女の父親が生きているあいだだけのことだ、とピエールは請け合った。そして父親が死んだら、ベアトリスを妊娠させたいと言った。

ベアトリスがその前に正気を取り戻したことを願っている。どんな薬草でも、ネックレスとして着用するより服用するほうが効能はある気がする。でもわたしは医者ではないので、確信は持てない。

女性修道院長とお守り

ポッジョ・ブラッチョリーニ著『*Facetiae*（滑稽譚）』にも似たような話があり、修道士と女性修道院長が不義密通をしている。ベアトリスの話と同じく、この修道院長も妊娠を恐れていた。修道士は彼女にネックレスを贈り、性交中にそれを着けていれば妊娠を防げると説得した。そのネックレスは折りたたんだ紙にすぎなかったが、彼はお守りだと伝えた。驚くなかれ、その後すぐに修道院長は妊娠し、修道士は彼女のもとを去った。

お守りが効かなかったことに困惑した彼女は、紙を広げて書かれてあることを読み、仰天した。

「Asca imbarasca, non facias te supponi, et non implebis tascam.」

翻訳すると、「抱かれてはいけない、そうすれば精子が注がれることはないのだから」という意味だ。これ以上の真実はない。

ほかにも、効きそうにないものから完全に奇抜なものまで、避妊手段はいろいろあったが、どれも大真面目に活用されていた。なかでもわたしが気に入った、成功の可能性の度合いがさまざまな避妊手段を四つ紹介しよう。

避妊具

〝最も効きそうな〟リストに挙がっている、最も賢明な避妊法として記録されているのは、ドイツから伝わったバリア法である。どうやら同国の女性たちは、器用にも蜜蠟と布切れを使ってタンポンのようなものを作り、精子を物理的に遮断していたらしい。これは実に優れた解決法である。丸めた布切れが子宮口をふさぎ、蜜蠟がそれなりに役立つバリアとなる。

最も分かりやすい避妊具は避妊用スポンジのように思われるが、効果はどうだろう？　中世の女性はスポンジを使ったのだろうか？　今日残っている歴史的記録は怪しいものだ。あちこちで見かけはするものの、中世にはなかった。なぜか？　それは謎である。妊娠を防ぐために精子をスポンジに染みこませる方法は、何もしないよりましだし、洗って再利用が可能かもしれない。

女性がやってはいけないことのお決まりの情報源、つまり教会には、なんの記録も残っていない。説教にも、告解記録にも。何も残っていないのだ。

膣洗浄《ドゥーシュ》

〝最も効きそうだが死ぬかもしれない〟リストに挙がっているのは、鉛で洗浄したり、鉛を食べたりする方法だ。

真剣な話、鉛を食べてはいけない。最もプライベートな部位を鉛で洗浄してもいけない。死んでしまうから。パートナーを「いやなやつ《ドゥーシュ》」と呼べば、中世時代でもセックスレスという結果になり、ひいては子作りができなくなる事態になりかねない。もしくは、したたかに殴打されることに。どちらにせよ、性行為につながる可能性は低い。

動物絡みの計略

〝きっと効くだろうけれど、思っているような理由で効くわけではない〟リストから、またしても中世初期の女性医学者トロトゥーラの方法に登場してもらおう。問題を抱えている女性に対して、彼女はいつだって役立つ療法をひとつふたつ用意している。その素晴らしいアドバイスはこうだ。

雄のイタチの睾丸を摘出し、イタチは生きたまま解放してやる。その睾丸を女性の胸元に入れさせ、ガチョウの皮か、ほかの動物の皮で縛っておくと妊娠しない。

懐疑的だと言われるかもしれないが、こんなの本当にうまくいくだろうか？　そうは思わない。ガチョウの皮で縛られたイタチの睾丸を乳房のあいだにぶら下げていたら、夫は妊娠につながる行為ができるほど近くに寄ってはこないという意味ではうまくいくかもしれないが。

よろしければ、今夜帰宅したらお試しあれ。

なんてね、試さないでいただきたい。この方法を取ったせいで母親になれないとは思わないが、それは置いておいて、医療用レベルのイタチの睾丸を手に入れるのが厄介だろう。簡単にあきらめたくないという人は、睾丸摘出後にイタチを生きたまま解放することをお忘れなく。これらの方法をうまくいかせたいなら、指示には忠実に従わなくてはいけない。

ジョンとアリスは夕食を終えようとしている。いい一日だったので、アリスは今晩、少しロマンティックな成り行きになるかもしれないと期待してカレンダーをチェックしていた。火曜日だ。しかも祝日でもない。ちゃんと頭巾を被っているし、あとは夫を寝室に誘いこむだけ。

アリス：ああ、ジョン。
ジョン：機嫌がよさそうだね！
アリス：今日は火曜日よ。
ジョン：そうだね！
アリス：祝日でもないし。
ジョン：たしかに！
アリス：ちゃんと頭巾も被っているのよ！
ジョン：ああ、分かった！　いいじゃないか！
アリス：だからこっちに来て。ロウソクを消すわ。
ジョン：ああ、アリス。ちょっと、それはなんだ？

アリス：あら、ただのお守りよ。妊娠しないためのね。ダーリン、こっちに来て……。
ジョン：なんかにおうな。何を着けてるんだい？
アリス：たいしたものじゃないわ、ただのガチョウの皮よ。こっちに来て……。
ジョン：すごく臭い。外してくれよ。
アリス：あら、それはできないわ。中身はただのイタチの睾丸よ。こっちに来て……。
ジョン：いま、イタチの睾丸って言った？　イタチの睾丸が入っているのか？
アリス：どうでもいいじゃない、愛しい人……あなたの願望を満たしてあげる……。
ジョン：ぼくの願望は、その強烈な悪臭の元を首から外してもらうことだ。
アリス：外さないわ！　今夜は妊娠したくないもの。外さないわよ。
ジョン：外さないなら、妊娠の可能性はないだろうね。あっちを向いてくれ。おやすみ。

やった！　妊娠を防げた！
ところで、避妊は女性だけがするものではない。いやいや、本当に。中世医学はかなり先進的な考え方をしていて、男性用の避妊法もあったと聞けば、小気味よく感じてもらえるだろう。性欲が強いけれど妊娠を決して望まない女性にとっては朗報だ。夫を説得できればの話だが。では、その男性用の避妊法を見てみよう。

男性用の避妊法

興味深いことに、男性も庭にありそうなものを使うだけで、子作りを避けることができた。男性の避妊法の記録はほとんどないが、実に素晴らしい方法があった。

その方法には園芸用の手袋が必要だ。毒ニンジン（まさに毒）で作った軟膏を、性行為の前に夫の睾丸に塗ることが推奨されていたのだ。そう、毒ニンジン。こわっ。

遠回しに言えば、この方法は長い目で見ると成功するかもしれない。想像するに、男性の最も敏感な部位に、世界でも有数の猛毒な植物を繰り返し塗るなんて、男性の総体的な健康にいいわけがない。でも忘れないでほしいのは、死人が誰かを妊娠させることはできないという点だ。だからそういう意味で、避妊には成功する。一応言っておくけれど、たとえ自宅の台所に毒ニンジンが転がっていて、ロマンティックな気分になったとしても、試さないでくださいね。絶対やめて。

意外なことに、いや、意外ではないかもしれないが、この有益なアドバイスの出どころは、のちのカトリック教皇ヨハネス二一世著『*The Treasure of the Poor*（貧者の宝）』である。この本には、危険な薬草に関する彼の理解と、貧しい人々への思いがやや露呈している。女性から見た難点は、毒はおろか、何かをペースト状にしたものを、いやがる夫の生殖器に塗るよう説得することかもしれない。のちに教皇となる人がこれを思いついた経緯、あるいはこれが優れた方法だと彼に助言した人のことは、われわれには知る由もない。

これよりさらに昔、アリストテレスは思慮深くも杉油をペニスに塗ることを推奨した。どのような効能があったのか、それも定かではない。医学的知識のない素人からすると、〝ペニス〟に何か〝塗る〟のは、避妊と無関係というか、むしろ情熱を燃えあがらせ、深い後悔の道をたどる状況を生む可能性が高いのではないかと思ってしまう。聞いた話だけれど。

中絶

避妊を行わなかった人、あるいは行ったけれどうまくいかなかった人たちにとって、望まぬ赤ん坊を中絶するか、月経が遅れているときにそれを起こさせるという選択肢もあった。わたしの解釈が正しければ、月経が遅れている、どころか、すごく遅れている（つまり、妊娠が確実である場合）ということだろう。

意図的に胎児を堕ろす行為は、聖職者からはかなり厳しい目で見られていた。通常、殺人に等しいと考えられていた。

一三世紀のイングランドの民法でも教会法でも、中絶が容認されたのは特定の状況下のみである――胎児が母親の命を脅かしている場合、守られるのは母親の命だった。とはいえ、望まぬ妊娠を終わらせるための薬草や方法については、かなり多くのことが書き残されている。それらの方法は非常に危険であると知られており、ご想像どおり、大半の人から明らかに眉をひそめられていた。

しかし、中絶が一度も行われなかったと考えるのは楽観的すぎるだろう。ここからは、当時実践されていた方法を見てみよう。それらは通常、生きている胎児ではなく、死んだ胎児を子宮から取りだす方法として説明されていたが、どちらの胎児にも適応できるものだろう。だからと言って、優れた方法だというわけではないが。それらの方法が存在したことが、望まぬ子どもを堕ろすために使われていた証拠となるかどうかについて、現代の学者たちがいろいろと論じているものの、本当のところは分からない。

薬草の調合物

薬草は避妊法としてはそれほど信頼できるものではなく、胎児を排出するために使用する際は、細心の注意を払って扱わなければならなかった。ローズマリーやバルサムにパセリを併用したり(併用しないこともある)、没薬やコリアンダーを摂取したり、といった一般的な組み合わせで遅れている月経を起こすのだ。月経の遅れか。うーん。

この場合、生理不順で遅れているのか、妊娠が疑われるのかが問題となる。われわれが知る薬草のなかでも、ヨモギは〝流産を促す〟ことで悪名高い、苦い薬草だ。

英国法では、これに関していくつかの明確な規定がある。

胎児が形成され活動している場合に、妊婦を虐げる者、妊婦に毒を盛る者、中絶させようと打撃を与える者、妊娠しないように（何かを）与える者は殺人罪である。

胎児が活動している場合、という言及は、子宮内での胎動を意味する。それでも充分に明確ではないとされる可能性を考慮して、胎児が動いているという事実が特に繰り返されている。

飲みものやそれに類するものを胃に入れて、動いている胎児を処分する女性は殺人罪である。

こうした規定があるにもかかわらず、薬草を調合して胎児を堕胎させた罪に問われた女性たちが、民事裁判や宗教裁判に出廷している。

ハーペンデンのジョーン・ウィリス

一五三〇年のイングランドのリンカーン教区の記録には、ジョン・ハントなる人物が記載されている。彼は使用人を身ごもらせ、育児を回避すべく恐ろしい行動を取った。

ハーペンデン。ジョン・ハントは使用人のジョーン・ウィリスと不品行な生活を送っていた（中略）その後、彼らは聖ジャイルズ小修道院に現れ、関係を持ったことを告白した。われわれは、被告が前記の女性に助言を与え、身ごもった子を処分させるための特別な飲みものを飲むように説得したかどで起訴する。

ジョンにとって不運なことに、彼はその翌日、ジョーンとすぐに結婚することを余儀なくされた。子どもを堕ろすように強要した男性と結婚することについて、ジョーンがどう感じていたかは記録に残っていない。

よくある話だと思う。男が使用人の女性につけこみ、結婚を約束してベッドに誘い、身ごもらせ、なんらかの手段で堕胎するよう説得するものの、ほかに選択の余地がなくなって結婚するというパターンだ。

サマセットの薬草医の顧客

多くの事件が裁判に持ちこまれるが、正義が果たされない女性、子どもの有無にかかわらず自力で生きることを余儀なくされる若い女性に思いやりが向けられることは滅多にない。薬草や調合物を提供する側に非難の矛先が向けられることも滅多にないとはいえ、イングランドのサマセットに住む、非常に憤慨した薬草医が登場するちょっと面白い文献がある。

彼は法廷に出向いただけではなく、自分の調合した薬草を使って望まぬ子どもを堕ろした未婚女性を公然と名指しで辱めた。次のように熱弁したらしい。

（前略）あの淫売女は薬草代を支払うべきだ。

その女性が避妊薬をこの薬草医から手に入れたことを考えると、少しばかり厳しすぎる。女性が淫らな行為を働いたからではなく、薬草代を支払わなかったから、彼は怒っているのだ。ふてぶてしい女だ、と。

当然ながら、医学書には、この特別な〝症状〟の治療法について助言されている。ヒルデガルト・フォン・ビンゲンは、胎児を堕ろすための薬草について特に熱心に助言することはなかったが、一部の薬草は妊婦に堕胎を促す可能性があると警告し、注意が必要だと述べていた。

ヤマブキショウマ：冷性で刺激が強い。近場にあるものをなんでも破壊する性質のため、悪臭を察知すると、なんであれ粉々にする。また、妊婦がこれを食すと、体に多大な害を与え、流産させる。

この場合、ヒルデガルトは薬草を勧めるのではなく、使用しないように警告している。

リンカーン教区の悪魔に犯された女性

一二世紀末のリンカーン教区の司教であったヒューは、症状に合わせて療法を慎重に検討した。

教区民のひとりが若い男性に扮した悪魔に犯され、助けを求めてきたとき、ヒューは妊娠しないようにセイヨウオトギリソウの使用を勧めた。

彼の考えは理にかなっていた。セイヨウオトギリソウはヘビに嚙まれたときの治療に使われていたので、女性を犯した古代のヘビ、つまり悪魔の〝毒〟と闘うには理想的な薬草ではないかと考えたのだ。その根拠は、この世に悪意をもたらす可能性のあるものにはすべて、神による療法があるはずだから、というものだ。たとえ若い男性に扮した悪魔に〝嚙まれた〟場合でも。

挿入と燻蒸

医学上の問題があればいつでも頼りになるトロトゥーラは、菖蒲の根を子宮に挿入したり、下から燻蒸したりすると、流産すると提案したが、この方法は妊娠によって母親の命が失われる場合のみに活用すべきだと述べた。こうした特殊な状況では、洗礼を受けた大人のほうが、まだ洗礼を受けていない赤ん坊よりも優先されたのだ。

また、菖蒲の根を子宮に挿入したり、下から燻蒸したりすると、女性は子を失う。菖蒲の根は温・乾の性質があり、子宮を開き、熱し、堕胎を促すからだ。女性が衰弱したせいで子どもを産み落とせないなら、ともに亡くなるよりは、せめて母親だけでも生き残ったほうがましだろう。

トロトゥーラはまた、月経を促す方法も指示している。

甘い香りのもので月経を起こすことができるかもしれない。麝香オイルを用意して次のとおりにする。ニガロン半の非常に甘く良質なオイルに、メグサハッカを一ポンド、ローズマリーとコストマリーとカモミールとラベンダーとバルムとクルマバソウとヒソップとセイボリーと杉の削り屑を半ポンドずつ、カラミントとナツシロギクとフェンネルとヨモギとセージとルー（ヘンルーダ）とハナハッカとサザンウッドとオウシュウヨモギを一二ドラム加える。それらをまず水で洗い、マームジー〔ワインの一種〕で茹で、すりつぶし、先述したオイルに入れ、その混合物にワインを一クォート加える。そのまま沸騰させ、新品で目の粗い帆布で濾し、不純物を除去する。このオイルはあらゆる病気に効き目があり、特に風邪と子宮の詰まりに効く。

月経を起こすとは、月経周期を通常に戻すことにほかならないかもしれないが、この方法で堕胎できると知られていたということは、避妊をしなかったために妊娠の可能性がある妊娠初期にも用いられていたのだろう。聖職者たちの顰蹙を買わないために、そして家族や友人からの批判を避けるために、関係者全員がなんの問題も起きていないふりをする必要があったのだ。

子宮を傷つける

下から燻蒸したり、子宮に何かを挿入したり、薬草を服用したりなどを望まない女性は、過度の激しい運動が流産の原因になりうることを知っていた。

もちろん、妊娠しても毎日の家事をやらないわけにはいかず、特に田舎の女性であれば、鶏に餌をやる、牛の乳を搾る、庭の手入れをするといった日常の仕事をいつもどおりこなすことになる。洗濯や料理は誰かがやってくれるものではないし、たとえ使用人がいたとしても、普段どおりの仕事量をこなすことが求められる。しかし、不必要な重労働や極端な運動は流産を引き起こすかもしれない。

マグヌスは『*On the Exit of the Fetus from the Uterus*（子宮から胎児が出ることについて）』でこのことを警告し、子宮を意図的に傷つけて妊娠を終わらせる女性もいるかもしれないとほのめかしている。

（前略）月経不順から胎児に問題がある場合、激しく動いて子宮を傷つけた場合、そのほかの不運などが流産の理由として知られていたため、売春婦や助産術を心得ている女性たちは、妊娠しているとき、かなり活発に動いた。町から町へとあちこち移動し、率先して踊り、そのほか多くの悪行に参加する。さらに頻繁に男性といちゃついたり、性交したりする。このようなことをするのは、過剰な運動によって妊娠から解放されるためである。

もしこのような方法で妊娠を終わらせていたのなら、女性はたしかに「自分はいつもどおり仕事をしていただけで、これは胎児を失うべきという神の意志にほかならない」と言うことができるだろう。

だって不慮の事故は起こるものだから。

ヨークシャーのギルバーティンの修道女

望まない妊娠をした場合、何はともあれ、女性は祈るのではないだろうか。神が解決してくださるだろうから。祈りこそ、一一六六年に貞操に関して少し無頓着だった修道女が取った手段である。関係を持った平修士は、彼女になんの助言も与えてくれなかった。ヨークシャーのワットンに住むこの名もなき修道女は、不運にも妊娠してしまったが、神は彼女を憐れみ、妊娠を「取り消した」という。リヴォーの修道院長エセルレッドの言葉を借りると。わたしが言ったわけではない。

この慈悲はほかの修道女たちにはまったく納得できなかった。彼女たちは復讐を神に委ねるべきではなく、必要なら自分たちも率先して神に手を貸すべきと考えた。だから件の修道女とその恋人を待ち伏せし、男を去勢するよう彼女に強要し、そして……

（前略）その部位を彼女の口に突き入れたのである。

いろいろな意味で、〝言葉を失う〟状況と言っていいだろう。自分の恋人の局部を切り落とすよう説得した仲間の圧力には唖然とする。

その修道女はなぜ断らなかったのか？　仲間たちはなんと言って説得したのか？　ナイフで脅したのか？　ナイフを渡されたとき、なぜ断らなかったのだろう？　あるいは、修道女のうちの誰かを刺して抵抗するとか？　これこそ野蛮なホラー映画だ。

修道女。装飾頭文字「A」、復活と墓前の３人のマリア。
『ボープレ聖歌集　第一巻』の余白の挿絵（ウォルターズ美術館所蔵の写本W759、見開き３枚目の裏）

第九章　禁断の愛

中世の驚くべき点は、その考え方の多くが、状況に応じてなぜか受け入れられたり、受け入れられなかったりすることだ。禁じられた恋愛はこの範疇に入り、宮廷恋愛はあらゆる恋愛のなかで最もロマンティックなものとして崇められ、もてはやされた一方、その延長線上にしばしば起こる不倫は完全に罪深いものと考えられた。

宮廷恋愛

中世の宮廷恋愛をテーマに書かれた書物は山ほどある。膨大な量にのぼると言っても過言ではない。このことを念頭に置いて、宮廷恋愛とは何か、どのようにして生まれたのか、あまり深掘りしすぎずに、簡単に見ていくことにしよう。

宮廷恋愛とは、通常、上流階級に属し、宮廷社会に身を置く男性が、非の打ちどころがないほど

14世紀フランス、本体に装飾が施された銀箔のフルール・ド・リス（アイリス）のブローチ。（ギルバート・コレクションの工芸品）

道徳的な女性に憧れ、欲望を抱き、積極的に求愛するというものである。その女性が人妻かどうかは問わない。もちろん、彼女は手の届かない存在で、ちらりと視線を向けられたり、ため息をつく姿を目にしたりするだけで、男性は胸が苦しくなり、夜も眠れない。心が慰められるとしたら、相手の女性から口づけされたり、彼女もこちらに好意を抱いているという態度を示されたりしたときだけなのだ。

彼女が手に入らなくても、男性は贈り物をしたり、歌を作ったり、詩を書いたりするのをやめられない。あまりに激しく想っているので、真剣な恋が成就しない苦痛は耐えがたいほどだ。男性はそんなどうにもならない状況に苦悶しつつも、振り向いてもらおうと努力し続けるが、彼女はいっこうになびこうとしない。興味深いことに、当時この事象は「宮廷恋愛」とは呼ばれておらず、後づけの名称なのだ。

愛の証

一二世紀に書かれた『*De amore*（恋について）』の著者アンドレアス・カペラヌスは、当時どういったアクセサリーが求愛の贈り物とされていたかを教えてくれる。

恋人から遠慮なく受け取ってもいいもの――ハンカチ、ヘアバンド、腕や頭につける金や銀の飾り輪、胸元につけるブローチ、鏡、ベルト、財布、服に飾るレース、櫛、カノス、手袋、指輪、香水の小箱、肖像画、化粧品、小さな花瓶、トレイ、恋人の記念品など。要するに女性は、身だしなみを整えるためのもの、魅力的に見えるもの、恋人を思い起こさせるものなどを、恋人から受け取ってもよろしい。ただし、贈り物を受け取るときに貪欲に見えてはいけない。

それらのちょっとした贈り物や愛情の証の授受はまったく無害であるように思われるが、それらを内緒で贈らないようにという条件があった。隠れて贈り物をすると、人目を忍んでいると思われるかもしれないからだ。寛大で愛情深い心を公然と示せば賞賛され、美しい言葉を返してもらい、胸をときめかせることができた。金の飾り輪のごとく高価な品は軽々しく贈られるものではないので、慎重に受け取らなければいけなかった。指輪もふさわしい贈り物と見なされたが、今日では女性が既婚者の場合は男性の崇拝者から受け取るにはあまりに親密すぎると思われるかもしれない。

吟遊詩人

吟遊詩人《トルバドゥール》は北フランス語の「*trouveur*（発見者）」に由来する言葉だ。吟遊詩人は、既知の一般的な物語を繰り返すのではなく、未知の新しい詩を発見することから、そう呼ばれるようになった。

一一世紀、南フランスとアキテーヌ地方の吟遊詩人たちは、男らしい行動や英雄的な闘いについての歌という通常のレパートリーを拡大し、報われない愛という新しいテーマを導入することで一大ムーブメントを起こしたようだ。英雄的行為を重ねるのは大いに結構だが、なんのために？　目的は？　それは女性の気を引くためだ！　吟遊詩人たちは、女性たちは結婚にともなう単なる所有物ではなく、魅了する価値のある存在であることを皆に納得させなければならなかった。

吟遊詩人はこれを実行した。必要な言葉を見つけただけでなく、彼女なしでは生きていけないし息もできないと主張するほどの女性も運よく見つけた。愛する人が少しでも好意的な態度を見せてくれなければ、眠ることも、心から楽しむことも、微笑みを浮かべることも、詩を朗読することもできない。好意的な態度を示してくれるだけで充分だ。恋愛にほんの少しでも希望が持てれば、実際には備えていなかったかもしれない女性の美しさや美徳を描写した連句を、突然ひらめくことができた。ひとたび流行が始まると、それは野火のように広がっていった。

吟遊詩人たちのパトロンの多くが、実のところ恋い焦がれる女性自身であったとしても、悪いことではない。良識ある詩人であれば、自分の生活費を支払ってくれる女性について尋ねられたら、彼女の長所を挙げるだろう。肌の白さ、品のある眉、美しい唇。全体的な美しさ。親切な心と優しさ。芸術のパトロンである女性は、詩に歌われるに値する女性だった。男性たちは当然、その女性を新たな目で見るようになった。突然、妻や乙女たちは美と欲望の化身へと昇華したのだ。

アキテーヌのマチルダ

マチルダは一一五六年に、かなり有名なアキテーヌのエレノアの娘として生まれたが、彼女自身もザクセン公爵夫人となった。彼女は明らかに、宮廷風の言葉で表現したくなるような女性だったようで、恋い焦がれていたオートフォード公ベルトラン・ド・ボルンも切なくこう綴っている。

彼女の服を脱がせば脱がすほど、思慕と欲望が高まる。彼女のまばゆい胸は夜を昼に変える。視線を下げると、彼女について書き連ねた言葉がどれも輝いて見える。その咲き誇るようなしなやかな裸体を抱きしめるのは、なんと気持ちのいいことだろう！

その胸元が夜を昼に変えるほど眩しいということを、何をもって数値化したのかは分からない。マチルダは、自分のしなやかな姿のことを彼の胸の内だけにとどめておいてほしかったに違いない。「サタンの餌」扱いされるのに比べたらはるかにいいが。

アキテーヌのエレノア

エレノアも娘のマチルダに負けてはおらず、その容姿について叙情的に語る崇拝者たちがいた。彼女は一一二二年か一一二四年にフランスのポワチエで生まれたが、詳細はあまりはっきりしない。生涯は数えきれないほど多くの書物で語り継がれており、実際のところ、一冊の本にできるほどだったので、ここでは彼女を描写した言葉に焦点を当てよう。彼女が実際に美しかったことは疑いなく、若い頃でさえ、美しいという言葉では足りないほどであった。最もよく知られている吟遊詩人は、彼女について次のような言葉を残している。

愛する人の安息の地に招いてもらえなければ、わたしは死ぬであろう。彼女の白く、ふくよかで、なめらかな体にキスし、愛撫し、この腕に抱きしめたいと思いながら。

率直に言って、大半の吟遊詩人が望んでいたような、切ない片思いをしている知り合い以上に親密な相手であることが示唆されている。まさに新たな風潮の典型——高貴な生まれの女性であれば、忌まわしい存在どころか、どんなに望んでも手に入らないゆえにため息を漏らすような対象とされる——が見て取れるのだ。たしかに、女性は本質的に冷酷だと見なされて信用されることはなかったが、賞賛や切望の対象となることもあったのだろう。

恋愛物語は一四世紀に格別の人気を博した。作家クレティアン・ド・トロワの『*Lancelot, or The Knight of the Cart*（ランスロット、あるいは荷車の騎士）』は、ランスロットがアーサー王の妻グィネヴィアに恋い焦がれる宮廷恋愛の古典的作品であり、彼女がついに屈服して、ふたりが秘密の不倫関係を始めるところまでが描かれている。われわれは皆その結末を知っている。誰にとっても最悪の結末だ。アーサー王は右腕である部下と妻を失い、ランスロットは主君と恋人を失い、グィネヴィアは尼僧院に入って尼になり、ふたりを失う。

『薔薇物語』

『薔薇物語』は、若い男性が好きな女性の愛を勝ち取るために自分の価値を証明しようとする一方で、そのせいで大いに傷ついていくという長編物語である。

一二二五年から一二三〇年にかけてギヨーム・ド・ロリスによって書かれたが、一二六九年から一二七八年にかけて別の作家ジャン・ド・マンによって完成されるまで未完のままだった。ギヨームは自分の書いた物語を次のように語っている。

男女を問わずこの恋愛物語の題名を問う人がいれば、その名を『薔薇のロマンス』とする。この物語には、あらゆる愛が述べられている。

この物語には美しく彩色された写本がいくつかあり、不運な恋人が障害を乗り越えて恋人のもとへ行こうとする様子が描かれている。彼はまず、擬人化された「美徳」や「悪徳」を相手にする必要があるのだが、その者たちは彼を助けようとしたり邪魔しようとしたりする。なぜこれが、ボスキャラを倒してレベルアップしていく没入型ロールプレイングゲームとしてリメイクされなかったのか、わたしには謎だ。そこにはコインや復活やボーナスはなく、あるのは愛だけだ（ラスボスを

塔の女性。
時禱書の装飾頭文字の挿絵
（ウォルターズ美術館所蔵の写本
W277、見開き75枚目の表）

倒せばの話だが）。この物語で倒すべきラスボスは〈歓待〉と呼ばれる美徳で、主人公はすでに〈理性〉、〈嫉妬〉、〈富〉、その他大勢を倒している。

最後に主人公が処女を奪う場面は、驚くべき婉曲表現の数々で表現される。〈恋人〉は塔にたどり着くが、門は閉ざされており、鍵穴に自分の鍵を差し込む必要がある。入り口が狭すぎる。挿絵にはふたつの塔とそのあいだの狭い扉を描いたものがあり、女性の脚とそのあいだの開口部を連想させる。物語の序盤で、〈自然〉が〈恋人〉に杖を与えており、彼はまもなくそれを使うことを願って磨いていた。宮廷恋愛の歌や物語には、こういった、それ以上は望めないほど巧妙な表現があふれているのだ。

一方ドイツでは、一二世紀の歌人ミンネジンガーたちが、片思いとその苦しみを歌った。ゴットフリート・フォン・シュトラスブルクは、『トリスタンとイゾルデ』という壮大な愛の物語でロマン派作家の道を切り開いた。この物語は、イゾルデが決意を揺るがし、ノーという勇気を失って不貞を働くまでは、報われない恋物語としてそれなりに読める。

不倫は、実際に関係を結ぶことによって宮廷恋愛を一歩深入りさせる。もちろん、ばれないようにするのがコツだ。

姦通

姦通が離婚の理由になることは滅多になかったが、夫か妻のどちらかが浮気をして、それが発覚し、裁判沙汰になることはあった。姦通をした妻は、激しく殴られるか、もっとひどい目に遭うことがほとんどだった。夫にとっては気がかりな状況だ。なぜなら、妻がほかの誰かと性行為に及ぶということは、夫婦の営みで妻を満足させる義務を夫が怠ったということかもしれないし、誰もそんなことを認めたくない。一般的には、裁判所の命令で殴打され、注意を受ければ、姦通は一件落着となる。多分。

とはいえ、浮気をした夫やされた妻たちは、浮気相手の女性への懲罰や報復を求めて法廷に訴えた。姦通を告発はできるが、有罪判決を望むなら証拠が必要だった。姦通の場合でも、責任を負うのはたいていの場合、当事者の女性であり、当事者の男性が浮気者として有名だった、あるいは単に道徳観念が欠如していたなどという事実は顧みられなかった。

セント・マイケル・ル・ベルフリー教区のアグネス・ブリグナル

一四三二年、アグネス・ブリグナルはヨーク郊外に住んでおり、ジョン・ハーフォードと結婚した。というのが彼女の言い分だ。長丁場となった裁判は、実際に婚姻関係を結んだのかどうか、そして彼女がジョンだけでなくほかの多くの男性と姦通したのかどうか、また婚姻関係はなかったのかどうかが焦点となった。彼女は容疑者という扱いだった。それぞれの側の証人が何人も呼ばれたが、裁判が長引くにつれ、どちら側の証人がより信頼できるかを判断するというお決まりの展開となった。典型的な事例のように思えるが、興味深い内容もあった。

問題の紳士、ジョン・ハーフォード（通称ジョン・スマイス）は、アグネスと婚姻関係を結び、性交を繰り返していたのはたしかであるが、多くの友人たちにこう証言させた――ジョンは上司に頼まれて馬を買うために町を離れていたので、結婚の約束などいっさいしていない、アグネス側の証人たちは彼女と不倫関係にあったので信用できない。ジョン側の証人たちは、彼が市で馬を買っていたのか売っていたのかを当然知っているはずだが、その点では矛盾する証言をしたものの、ともかく馬が関係はしていたらしい。

アグネス側の証人たちは、結婚の日付、時間帯、場所、参加者全員の服装、その日のご馳走で出た魚料理、いわゆる結婚の誓いまでを証言したが、無駄に終わった。ジョン側は、アグネス自身の姉妹を含む彼女側の証人たちの信用を失墜させようと、全力で誹謗中傷に終始した。

ブーサムのイザベル・ヘンリソン

アグネスの姉妹イザベルは自身も姦通の罪に問われていることから、その証言も信頼できないと問題視され、事件は興味深い展開を見せる。イザベルは三〇歳以上で、アグネスと血のつながりがあり、現在は彼女と同居していると説明されている。記録にはこうある。

さらに尋ねられると、彼はヨーク市とその近郊に住む数人の男女から、既婚者であるジョン・ウィラービーがこのイザベルと長年にわたって姦通し、彼女とのあいだに三、四人の子をもうけたという話をよく聞いたと答えた。

イザベルが自分の時間に誰と何をしようとしまいと、アグネスの裁判そのものとはまったく関係ないが、彼女が卑しく不道徳な女性だと証明することによって、アグネスの裁判での証言の信憑性が低くなる。アグネス側の証人たちが、イザベルやアグネス夫妻が何を着ていたか、その日の天気がどんなだったか、晩餐に何を食べたかなど、結婚の誓いに関する詳細を説明できたというのに、その事実が、彼女の子どもの人数さえ知らない別の証人によって却下されるのはばかげている。判決はどうだったのか？　誰にも分からない。裁判はその後、不運なイザベルのことに気を取られてしまったのだ。

姦通に関しては、最も典型的な容疑者は聖職者であり、彼らは教区内のほかの男性の妻に手を出していた。独身の家政婦をはけ口にする聖職者もいたが、ほかの男の妻を好む者もいた。ほかの男の妻なら、結婚しなくてすむからだ。

ワデスドンのキャサリン・ウォルロンドとエリザベス・ゴデイ
　バッキンガム大教区の教会裁判には、地元のチャプレンに心を寄せるエリザベスとキャサリンが登場する。一五世紀末の裁判記録にはこうある。

　一四九五年、ワデスドン。エリザベス・ゴディは、キャサリン・ウォルロンドがチャプレンのトマス・クーリー卿に姦通をそそのかした娼婦だと主張した。キャサリンは出廷して容疑を否認し、嫌疑を晴らして釈放された。

　釈放されたとはいえ、このような罪状で出廷したことで、キャサリンは少し疑わしい女性になってしまった。どんな理由から、エリザベスがキャサリンを告発したのかは不明だが、エリザベスを拒絶したチャプレンがキャサリンに心変わりしたと思いこんだのかもしれない。エリザベスはトマスの元恋人だったのだろう。恋人に裏切られた女の怨念ほど恐ろしいものはない。おそらくエリザベその告発が事実であった可能性もあるが、女性であるエリザベスの言葉にはなんの重みもないとされ、実際の証拠にはならなかった。もし男性がキャサリンを姦通の罪で告発していたら、たとえ証拠がなくても、まったく別の結末になっていたかもしれない。

神の名にかけて

司祭たちはしばしば、自らの神聖さを理由に、「自分は加害者ではない」と無実を主張した。しかしすでに知られているように、彼らは通常、誘惑される側の罪のない犠牲者ではなく、誘惑する側であった。そして自らの神聖さによって姦通罪を免じられるのだ、と被害者を納得させることもあった。性交はことごとく不道徳なものだから、女性が結婚していようがいまいが関係ないというわけだ。

これはピエール・クレルグの考えそのもので、彼は何人もの既婚女性にそれぞれの夫への誓いを破らせた。ピエールは一四世紀初頭のフランスの小村で悪事を重ねていた。最悪のエピソードは、まず若い処女を犯してからほかの男に嫁がせ、その後も姦通を続けたことである。

モンタイユのグラジデ・リーヴス

グラジデは一二九八年か一二九九年にフランスのモンタイユ村で生まれ、彼女との性的関係を求める司祭の目に留まるという不運に見舞われた。また、不幸にも彼女の母親は無関心だった。一三一三年頃、ピエール・クレルグ司祭は、誰もが口をそろえて言うとおり、不道徳な性的衝動を抑えてパンツのなかにとどめておくことができず、グラジデの母親が畑でトウモロコシの収穫をするのを待ち、少女がひとりで家にいるところを襲った。その後、グラジデがカタリ派の審問会でこのことを告白し、彼女の身に何が起こったかが発覚する。

七年ほど前の夏、母が収穫に出ていたとき、ピエール・クレルグ司祭が家にやってきて、こう迫ってきました。「あなたの肉体を知ることをお許しください」と。わたしは「どうぞ」と答えました。当時わたしは処女でした。一四歳か一五歳だったと思います。彼は藁を積んだ納屋でわたしの処女を奪いました。でも強姦ではありません。その後、翌年の一月まで、彼はわたしと性的関係を持ち続けました。それはいつも家で行われ、母はそれを知っていたし、同意していました。

つまり、母親は同じ村ですでに何人もの愛人がいるかなり年上の男に娘が性的に利用されていることを知っていて黙認していたらしい。なんて素晴らしい母親だろう。さらに悲惨なことに、「すべて問題なし」と聞かされていたグラジデは、それが普通の結婚のあり方ではないことに気づかなかったようだ。

その後、一月に司祭はわたしを亡き夫ピエール・リジエと結婚させました。彼と結婚させたあとも、夫が生きていた最後の四年間、司祭は頻繁にわたしと性行為をしました。夫はそれを知っていて、同意していました。ときどき夫が「司祭と寝たのか？」と訊くので、わたしは「ええ」と答えました。すると夫はこう言うのです。「司祭はいいが、ほかの男とは寝るなよ」

まだ幼い少女を操るなんて恐ろしい限りだが、もっと悪いのは、司祭が最初から少女に性行為を納得させ、抵抗もさせなかったように見えることだ。多くの性犯罪被害者がそうであるように、彼女もいやがらなかったし、自分が卑劣なことをされている自覚もなかった。

さらに悪いことに、グラジデが一五歳か一六歳で結婚させられた新しい夫は、相手が司祭に限定されるのであれば、性的虐待を許していた。夫が神のご加護を受けられるように、ほかの男の性的おもちゃとして差し出されることは、若い少女が直面する可能性のひとつにすぎない。彼女にどんな選択肢があっただろうか？　選択の余地はないのだ。

一三二〇年になる頃、グラジデはまだ一九歳で、ピエールに対する欲望がないことを理由に、すべてに終止符を打った。欲望がないから、ふたりの行為は罪深い。彼女が本当にそう思ったかどうかは別として、ついに自分自身のために立ちあがろうと決意した。遅すぎるとはいえ、決意できただけましである。ピエールのほかの恋人たちとは違って、彼女はひとたび閉じた扉を開けることはなかったようだ。

よくやった、グラジデ。

魔力

冷淡な性格ゆえに、性欲に支配された不届き者と見なされる女性、あるいは非常に心配性の男性たちの想像のなかではそう思われている女性には、巧妙な手段で不本意な男性を結婚に追いこんだと非難される恐れがあった。この非難はしばしば糾弾や罵倒へと発展した。

女性は、男性の意に反して、魔法で誘惑したと告発されることもあった。しかも宮廷恋愛的なロマンティックな意味の魔法ではなく、文字どおりの魔術である。一般的なのは、姦通がばれて罰せられた女性の例だ。ごく稀に、妻たちが不倫を隠さず、夫や自分の評判を顧みることなく積極的に暴走したという興味深い例もある。ジョーン・ベヴァリーの裁判だ。

ロンドンのジョーン・ベヴァリー

一四八一年、ロンドンの教会裁判所では、夫と満足な関係を築いていない、あるいは多分築いていない欲求不満を、家庭の外で発散したジョーンに対する苦情が申し立てられた。

セント・セパルカー教区。ジョーン・ベヴァリー（またの名をレッセル、あるいはカウクロス）は魔女であり、ふたりの共犯者と結託し、ロバート・スタントンとグレイ法曹院のもうひとりの上流紳士に彼女だけを愛するように仕向けた。彼らはジョーンと姦通し、聞くところによると、彼女をめぐって争い、ひとりは相手を殺しそうになり、彼女の夫はこのふたりのことを理由に妻と一緒にいたがらないという。彼女はただの娼婦であり、売春斡旋人であり、男性を堕落させることを望んでいる。

こんな短い文章に、ずいぶんな罵詈雑言が並んでいる。何かが起こっていたのはたしかだ。実際の夫を除外し、ひとりではなくふたりの男を巻きこんだ、ある種の恐ろしい三角関係。残念なのは、夫が彼女の唯一の正当な性交相手であるのに、彼女に近づこうとしない唯一の男でもあることだ。いずれにせよ、本当の名前は知らないが、一五世紀のロンドンにおいて、ジョーンはまさに淫らな誘惑者の典型だった。たいした売春婦だ。

第一〇章　売春婦とその居場所

罪としての売春

売春は厄介な問題だった。女性が売春婦になって金のために体を売ることは、多くの道徳的観点から罪深い行為だが、場合によっては、それほど悪いことだとは見なされなかったのだ。女性は同意しているし、お金ももらえるのだから、強姦されるよりは断然いい。誰もが納得しているのだから、何か問題でも？というわけだ。中世フランスのアクス＝レ＝テルムで司祭をしていたピエール・ヴィダルは、ある日この問題について学識ある同僚と議論した。

昨日わたしはトウモロコシを積んだ二頭のラバを連れてタラスコンからアクス＝レ＝テルムに向かっていた。ひとりの司祭に出会い、道中をともにした。ランサー村を過ぎて坂道を下っているとき、売春婦の話になった。「もしあなたが売春婦を見つけ、値段交渉をして合意のうえで寝たとしたら、あなたは大罪を犯したことになると思いますか？」と訊かれたので、わたしは考えてから答えた。「いいえ、そうは思いません」

議論の焦点はその女性のモラルの欠如というよりも、取引が金銭的なものであること、つまり売春婦が対価を受け取ってサービスを提供することにあった。双方が納得しているのであれば、神の目から見て、そのような取り決めが不道徳なわけがあろうか？　ほかのサービスと同じように、女性を雇ってサービスを提供させるのとなんら変わりはないはずだ。洗濯や裁縫やビール醸造のために雇われた女性と、性的交わりのために雇われた女性とのあいだに区別があってはならない。もし一方がその取り決めに不満であれば、〝そのとき初めて〟罪となるのだ。

そこそこ筋が通っている。

モンタイユのグラジデ・リジエ

フランス人女性のグラジデ・リジエはこの説に賛成で、自身も確固たる意見を持っていた。過去に司祭と進んで性交したことがあるかと訊かれたとき、彼女はこう答えた。

ありし日々、司祭との肉体の交わりは、わたしにとっても彼にとっても楽しいものだった。だからわたしは罪を犯しているとは思わなかったし、彼もそうだった。でもいまは、彼と交わっても楽しくない。だからいまは彼に抱かれると罪を犯すことになると考えている!

たしかに、特に司祭にとっては、推奨されている〝まったくしない〟よりもはるかに罪が重いように聞こえる。

誰もがこの柔軟な罪の論理に賛成したわけではない。この論理にはまったく我慢ならない、と考える人たちもいた。その考えは道徳的には優れているが、ほかに金を稼ぐ手段のない女性をさらに困窮させる可能性が高い。体を売るしかない女性がその収入を奪われたら、物乞いにでもなって希望のない貧困生活に耐えるしかない。

にもかかわらず、フランスはこれを解決できると考えた。ルイ九世は、国から淫乱な女性を一掃するべく、いささか楽観的かつ大胆な一歩を踏み出した。一二五四年、国からすべての売春婦を排除する法律を通過させたのだ。そればかりか、彼女たちは物も金も服も身ぐるみ剝がされることになった。この政策が当然ながら失敗に終わる運命にあったことはもうお分かりだろう。異国で、裸で、金もない者がほかの収入源を見つけるとなれば、〝追放された女性たちによる衣服窃盗の多発〟とまでは言わないまでも、厄介な状況になることは目に見えている。

一四〇〇年代初頭までに、パリの一般人口は約七万五〇〇〇人に達した。そのうちの三〇〇〇人が売春婦とされた。一五〇〇年になると、ローマの売春婦は七〇〇〇人を数え、ヴェネツィアでは人口一五万人のうち一万一五〇〇人以上を記録した。それに比べてディジョンはわずか一〇〇人だった。当時のヴェネツィアは、独身男性にとってはパーティの中心地だった。あるいは、自分の説教内容を実践する気のない聖職者たちにとっても。

売春の理由

理由は金だ。ほとんどの場合、金が理由だった。多くの女性が売春に走ったのは、貧しくてほかに生きる手段がなかったからだ。また、それまでのふしだらな行動や、あからさまな誹謗中傷のせいで、良縁を得られずに結婚できない女性もいた。

疑わしい女性は使用人の仕事を見つけるのも難しかった。女性は評判が落ちると、どうせ〝傷もの〟だから、という理由で不本意ながら性的対象にされた。売春宿の女主人になり、自らは足を洗って、ほかの女性を何人も雇って仕事をさせる者もいた。自宅で身を売る者もいた。売春斡旋者となって、自宅の使用人や娘を売りに出す者までいた。

アイヴァーのマージェリー・タブ

教会裁判所はときおり地方を視察した。一五世紀のバッキンガムに、ある女性の記録が残っている。彼女自身は売春婦ではないが、金を払う者に進んで自らの娘を斡旋していた。

一四九六年、アイヴァー。マージェリー・タブは自分の娘を複数の男性に斡旋した罪で起訴された。彼女は出頭して、すべての罪を認め、放免された。

実際に売春をしていたマージェリーの娘は、出廷も弁明も要求されなかったようだ。彼女は処罰を受ける必要はなかったようで、不幸な娘が進んで商売の道具となっていたのか、まったく発言権がなかったのかは記録されていない。わたしの推測では、選択の余地がなかったのだろう。

売春の強要

現代人からすれば、売春婦はひどい生活をしていたと思われるし、実際にそうだった。ほかに選択肢がなく、そのような生活を強いられた貧しい女性たちは、客や売春宿の主人に利用され、しばしば殴られたり怪我をさせられたりした。使用人の娘たちも、不本意ながら雇い主に売春を強要されていたと思われる。

サウサンプトンのニコラス・ド・プレセの使用人の娘

サウサンプトンの名もなき女性もそのような運命にあり、そのことが一四八二年の自治区覚書に言及されている。

靴屋のニコラス・ド・プレセとその妻は犯罪に関与していた。夫妻は共謀して、ヴェネツィアのガレー船の船長と、ド・プレセ夫妻が雇っていた使用人の娘とのあいだで不法な性行為をさせていた。

ニコラスとその匿名の妻が有罪になったわけでも、罰金を科されたわけでもなく、また罰則があったかどうかについての詳細な記述もないようで、覚書だけが残っている。使用人の娘もまた、特に重要でないかのように匿名である。これが一度きりの事件なのか、それとも金儲けのために定期的に娘を売っていたのかについても言及されていない。ガレー船がヴェネツィアの船であったこと、そしてド・プレセ夫妻が娘を斡旋した相手が船長であったことは、かなり重要だったらしい。

裁判記録はときに奇妙なほど具体的だった。

ロンドンのイザベル・レインとマーガレット・ハセウィク

売春を強要された若い女性について、もう少し具体的に書かれた記録もある。ロンドンの裁判記録に残る、ある少女の悲しい物語だ。その少女はおそらく、年上の女性から普通の家事労働の仕事を約束されたのに、男たちを押しつけられて我慢するしかなかったのだろう。家事労働のはずだったのに。それはたしかに、〝普通の〟家事ではなかった。

一四三九年。陪審員たちの証言によると、ロンバード街のセント・エドマンド教区に住むマーガレット・ハセウィクは、しばしばイザベル・レインという若い娘を、ロンバード住民やほかの男たち（不明）に斡旋した。イザベルはマーガレットに支払われた一定の金銭と引き換えに、マーガレットの家などで不本意ながら犯された。さらにマーガレットは、身元不明の紳士にイザベルを斡旋するという不道徳な目的のために、四回にわたり、いやがるイザベルをサリー州のテムズ河畔の売春宿に連れていった。

この若い娘が、この新生活に喜んで足を踏み入れたわけではなく、無理やり押しつけられたことを思うと、胸が張り裂けそうになる。彼女はもはや処女ではなく、普通の売春婦と見られていたため、結婚の可能性は、それが良いことか悪いことかはともかく、極めて低かった。イザベルがどこから調達され、なぜマーガレットのもとにとどまったのかは言及されていないが、やはりマージェリー・タブの娘と同様、ほかに選択肢がなかったのだろう。

ネルトリンゲンのエルス・フォン・アイヒシュテットとバーバラ・タルシェンファインディン第三の、そして同じくらい胸が痛む事件は、エルスという貧しい台所女中の事件である。一五世紀、ドイツ人の少女エルス・フォン・アイヒシュテットは売春宿の台所女中として働いていた。やがて自分の意志に反して客を取ることを強要され、その結果、妊娠してしまった。

その売春宿はリーンハート・フライエルムートとバーバラ・タルシェンファインディンが経営していた。エルスの妊娠を知ったバーバラはぐずぐずせずに対処した。妊娠二〇週目くらいのエルスに、流産を促進する〝ある調合薬〟を飲むように強要したのだ。

さらに悪いことに、バーバラは数日後、エルスを売春宿で再び働かせ、秘密厳守を誓わせた。でも話はそう簡単に終わらない。女はおしゃべりなものだし、売春婦も例外ではない。だから、バーバラとリーンハートの下で働くほかの女たちがこの状況を噂するようになるまでに、そう時間はかからなかった。エルスの大きかった腹が急に小さくなったのはどうしてだろう、と客たちがささやき始めるほどだった。

同じくバーバラの売春宿で働いていたバーベル・フォン・エスリンゲンは、エルスがベッドに横たわり苦痛に耐えている横で、長椅子に男の子の赤ん坊が寝かされているのを見たと言った。このことをほかの女たちに話したバーベルは、売春宿の評判を気にするバーバラに宿から追い出された。だが、時すでに遅し。噂は広まっていた。一四七一年、ネルトリンゲンの評議会は、バーバラとリーンハートの不適切な行為の噂について調査を開始した。正義によってエルスが救われたことを願うしかないが、記録には残っていない。

贖罪

一度この仕事に根をおろしてしまうと、足を洗うのはほとんど不可能だった。売春婦には、人生をやり直してまっとうな妻となり母となる選択肢は少なかった。しかし一一九八年、楽観主義の教皇インノケンティウス三世は、売春婦を更生させるために結婚してやることは慈善行為であると宣言した。夫さえ見つかれば、彼女たちも結婚が可能となったのだ。

総体的に考えて、ちょっとありえない話だけれど。

大いなる逃亡

売春婦の生活から逃れる最善の方法は、悔い改めて修道会に入ることだった。罪深い生活を抜け出す方法としては、教会に最も承認されていた。なんと言っても、修道会の敷地内には夫になる可能性のある者が少なかったからだ。一四世紀、モンペリエにあった聖カタリナ悔悛修道女会のような修道院や修道会は、改心したばかりで、もとは罪深い女性たちを、ほかのもっと真面目な修道女たちから体よく遠ざけて生活させる場所を提供していた。彼女たちの信仰心が薄れないようにするための配慮だ。いやはや、真剣な話。

聖カタリナ悔悛修道女会では、告解は毎週日曜日あるいは毎日という規則的なものではなく、月に一度という気楽なものだった。売春でまともな生計を立てるには年を取りすぎた女性たちの老人ホームとしては悪くないし、夕食後の団らんは盗み聞きする価値があったかもしれない。「わたしが犯した罪はね」だとか「相手は誰々だったのよ」などといった下世話な話題は楽しい時間をもたらしたかもしれないが、敬虔な思索の時間ではなかっただろう。

悔悛修道女会での悔悛の度合いは「そんなに悔い改めていない」から「まあ、少しは悔い改めている」までさまざまだった。新参者が入会する際は一見の価値がある茶番劇だったかもしれない。次に述べる場面は、あくまで空想である。

聖カタリナ悔悛修道女会の修道女アグネスは、来週の清めの祝日のためのワインの注文の記入に追われている。娘たちを清めるには、大量のワインが必要なのだ。扉をノックする音がして、明らかに怪しい年配の女性がおずおずと物陰から現れた。

アグネス：何かご用ですか？

訪問者：ええ、多分。修道会に入りたいのですが。

アグネスは怪訝そうに彼女を見る。

アグネス：あなたは売春婦ですね？

訪問者：いいえ。ええと、その……はい。そうでした。
アグネス：なるほど。
訪問者：でも、わたしはすべてを捨て去りたいのです。わたしは……ええと……とても悔い改めているんです。あの……本当にごめんなさい。
アグネス：そうですか。
訪問者：それで、本当に反省しているのなら、修道会に入会して、食事も宿泊もタダで、余生をここで過ごせると聞いたのですが……ええと……お祈りもするんですよね？　まあ……そのようなことを？
アグネス：すごく後悔しているようには聞こえませんが。本当に悔い改めたのですか？
訪問者：もちろん！　自分がしたことのいくつかを深く後悔しています。それはたしかです。
深く後悔しています。わたしは……ええと……自責の念？
アグネス：うーん。後悔していることをいくつか教えてください。
訪問者：そうですね。パリで毛皮の裏地がついた頭巾を当局に没収されたことがありました。あれは後悔しています。ニースで逮捕されて、銀のベルトを取りあげられたことも。あれも本当に素敵だったのに。ベルトのことは深く後悔しています。聖ベルナール教会のイケメン修道士が特別な奉仕を頼んできたのに、お金を払わずに立ち去ったこともありました。彼は超キュートだった。彼とのことは、もう少し後悔したいわ。

アグネス：ブラザー・アンドリュー？　ブラザー・アンドリューと姦淫したのね！
訪問者：ああ！　ええと……その……後悔しています。
アグネス：あら、あなたとの再会をきっと喜んでくれるでしょうね！　では、こちらで登録をどうぞ。金曜日は「魚の日［カトリック教徒が肉を食べない金曜日］」なの、どういう意味かお分かりよね。ブラザー・アンドリューはいま、裏でシスター・エセルのアレを見ているわ。あなたもここの生活を気に入りますよ。

売春婦の居場所

ほとんどの都市や町では、この種の女性は特定の場所に追いやられていた。売春婦たちが思い思いの場所に住んでいるよりも、ひとつの地域にきちんと集められているほうがずっと好都合だからだ。淫行で有罪判決を受けた女性が近所に住んでいるなんて、誰も歓迎はしない。特に、ひとり暮らし、未亡人、家に頻繁に男性が出入りするような派手な生活を送っている、といった女性たちが多く住む地域では、近隣で怪しい出来事があったという市民からの訴えがしょっちゅう裁判所へ持ちこまれた。

ゴシップ好きな地元住民たちは、彼女たちの生活を少しでも楽にしてやろうと思うどころか、非難したり悪口を言ったりした。では、売春婦たちはどんなところに住んでいたのだろう？　想像で地図を描いてみよう。

フランス

まずは一二二六年から一二七〇年にかけてのパリを見てみると、ルイ九世は、ボーブール地区の九つの通りを売春街に指定した。九つの通りというのはかなり限られているようだが、各通りの長さによっては、多くの店が経営されていたのかもしれない。

ブラチスラヴァ

一五世紀、スロバキア西部のブラチスラヴァには、ハンガリーとオーストリアの国境に近い南の城門付近に売春宿があった。面白いことに、付近に海などなかったにもかかわらず、地元では「漁師の門」と呼ばれていた。そこから女性たちを〝釣りに行く〟からだ。一四三二年以降、市は売春を厳しく取り締まり、宿を市街地の外に移した。その後、一四三九年には、女性たちはさらに街から離れ、東の郊外に移された。

ハンガリーのブダ

この地の売春宿は「フラウエンハウス（女性の家）」、そこで働く女性たちは、「ガッティド・フロイライン」と呼ばれていた。どんな文献にも、褒め言葉とは定義されていない。一四七二年、ボルツァーノ市議会は、売春婦たちが住む場所を提供し、彼女たちから年間七〇ポンドの家賃を徴収する措置を取った。売春宿の主人は、二年ごとに市長によって任命されたという。よいやり方だ。都市を運営する者は、その地の主要なインフラ事業者と連絡を取り合っていたほうがいいに決まっている。「フラウエンハウス」には、一二人から一三人の売春婦が住んでいた。近くには絞首刑執行人の家があったが、これが売春婦たちの行動に対してなんらかの抑止力となったかどうかは推測するしかない。毎日のように死と隣り合わせの仕事をしている人たちは、ほかの職業に就いている人たちよりも、専門家の助けを必要としていたのかもしれない。最後の望みを叶えるのに好都合な場所だったのかもしれない。

スペインのヴァレンシア

一六世紀になる頃、ヴァレンシアへ旅行すると、ごく近い界隈で売春婦を見つけることができた。一五〇二年、当時ヴァレンシアを通りがかったアントワーヌ・ド・ラランは、立ち止まって売春婦の数をかぞえたりはしなかったものの、次のような光景に思わず目を留めている。

（前略）（それは）壁に囲まれた小さな町で、門番がいる門がひとつあった。なかには三、四本の通りがあり、絹やダマスク織りの豪華な衣装をまとった女性たち（総勢二〇〇人から三〇〇人）が商売をしている小さな家が並んでいた。自治体によって料金は四ディネーロに決められ、週に一度、ふたりの医師が売春婦たちを検診していた。

売春婦たちは社会経済的に高い地位にあり、美しいシルクや豪華なダマスク織りのドレスを買う余裕があったのはたしかだ。それほど多くの女性たちが働いていたのだから、彼女たちの健康を管理するために複数の医師が必要だったとしても不思議ではない。客からの暴行はもちろん、性感染症や一般的な健康問題に対処する必要があったからだ。

ハンガリーのショプロン

ショプロンはオーストリアとの国境に位置しているので、両国からの客を取るのに都合がいい場所だ。この地域の売春宿のほとんどは一三三〇年から一三八〇年にかけて創業したもので、町の北端にあるローズ通りに立ち並んでいた。その後、水辺や交易路沿いにも作られた。売春がすごい勢いで普及している。いや、笑いごとではない。

イングランドのロンドン

ロンドンのボロウ・ハイ・ストリートに聖職者が管轄する売春宿があったが、テムズ川を渡ったところにあるサザークの売春街にいきなり移された。現在でも、その昔につけられた名称を残す通りがある。すぐに浮かぶのはコック（ペニス）・レーンだ。一五世紀、我慢の限界に達したロンドン市民が再び裁判所に嘆願書を提出し、街をうろつく〝売春婦や娼婦〟を追放するよう求めた。多くの都市が売春を許可していたが、イングランドのサザークは営業を聖日（祭日）のみ、礼拝中はいっさい営業しないことに制限しようとした。男性の上着やフードを引っ張って売春宿に誘うことも禁じられ、男性は自らの意思で入らなければいけないことになった。この規則に違反すると、二〇シリングもの罰金が科された。

一三八一年までに、売春宿はかなり進取的なロンドン市長、ウィリアム・ウォルワース卿の管轄になっていた。フランドル系で豊かな金髪と豊満な体が特徴の売春婦を、彼は大量に仕入れた。〈ベル〉や〈スワン〉といった宿屋は、飲食以上のものを提供する店として知られていた。その後、ウェストミンスターは〈メイデンヘッド〉という売春宿があるいかがわしい地域となり、一四四七年には、ベネディクト会の修道士たちの行きつけとして有名になった。

やがてヘンリー八世は、テムズ川の向こう岸で横行する淫行を問題視して、一五四六年、ついにサザークの売春宿を閉鎖した。しかし、売春婦、斡旋業者、売春宿の経営者たちは、そう簡単にあきらめるものかと市内の別の場所に移った。チープサイドのコック・レーン、ペチコート・レーン、ポップカートル（女性がドレスを脱ぐこと）・レーン、グロープカント（女性器をまさぐること）・レーンは、現在も存在する通りで、そこで提供された性行為を示唆している。グロープカントは、現代のわれわれにはショッキングな名称に思えるが、中世のイングランドでは、Cワード（*cunt*）は、それなりに上品な社会階級においても、女性の陰部を指す言葉として日常的に使われていた。現在

浴場
1315〜1325年、ヘントの時禱書『詩篇』より手書き挿絵
（ウォルターズ美術館所蔵の写本W82、
見開き100枚目の表）

では、下品で無作法な意味合いしかないが。

売春施設

浴場や売春宿は、料金を取って性的サービスを提供する女性たちに人気の職場だった。

中世の人々は、一般に想像されるよりも頻繁に入浴しており、実際、浴場は単なる入浴施設ではなく、風呂に浸かりながら食事、ワイン、音楽の生演奏を楽しめるところもあった。浴槽はふたりで入浴できるほど広く、布製の天蓋がついていた。まさに罪深い行為が行われるのにぴったりの雰囲気だったのだ。

これらの施設の多くは本物の浴場であった。実際に入浴できる場所だったのだ。今日のマッサージ店のように、本来の目的で営業する店もあれば、オプションとして追加のサービスを提供する店もあった。

この種の浴場を描いた絵画や写本の挿絵にはよく、リュート奏者の演奏に合わせて、薄着または裸の女性が男性と一緒に入浴している光景が描かれている。演奏家の大切な楽器が湯気で傷むかもしれないが、給料はそれなりによかったのだろう。天蓋の下で起こっていることなど見ないふりで、優雅にリュートを爪弾かなければならないだけでなく、状況に応じて臨機応変に立ち回らなければならなかった。

自由競争の取引

世界中で、売春婦たちは特定の地区で商売をするように規制されていたが、彼女たちはしばしば規制を守らず、新規顧客の獲得を狙って、巡回カーニバルのような公共イベントで商売をすることもあった。ご想像のとおり、どこの国でもまともな人々はこの言語道断な違反行為に憤慨し、指定区域外で商売をする女性たちを取り締まるよう当局に要請した。裁判所記録によると、イングランドのセント・アイヴスで売春婦の一斉検挙が行われたという。

> 一二八七年。アルメストンのラルフとその相棒を含む取締官全員に、巡回カーニバル付近と周囲で商売をしたすべての売春婦、およびどこであろうと、違反区域で商売をしたすべての売春婦を裁判所へ連行し、厳重に監視するよう命ずる……

巡回カーニバル以外で違法営業をした売春婦まで一網打尽にしたと知って安心する。そして彼女たちを厳重に監視したのだ。当局の者たちは競い合って女性たちを連行しようとしたに違いない。

売春婦と法律

イングランドでは、売春宿で働く女性たちが搾取されないように、その権利を保護する条例が作られた。違反する経営者には罰金が科された。性的嗜好で金儲けをすること自体よろしくないという事実は置いておくとして、売春宿の経営者や管理人は、独身女性を本人の意思に反して引き留めることは許されず、違反すれば一〇〇シリングの罰金が科された。既婚女性、修道女の場合も同様だ。既婚女性や修道女を雇った場合の罰金はわずか一二ペンスだったので、たいした抑止力にはならなかった。また、妊婦を雇うことも許可されていなかった。発熱する病気に罹患した女性も。それがなんであったかは推して知るべし。

さらに、当時のイングランドの売春宿は男性か夫婦しか経営できず、独身女性は経営できなかった。自宅で身売りした独身女性は、不適切な行動および性的な不品行で裁判所から罰金を科される可能性があった。とはいえ売春宿は、そこで働く女性が仕事を終えて自宅へ帰ることを希望する場合、宿に滞在することを強制はできなかった。そんなことをすれば、二〇シリングの罰金を科される危険があったからだ。

ヨークのマージェリー・グレイ

一四八三年にヨークで起きたマージェリー・グレイの事例である。

チェリーリップスについて。五月一二日の覚書によると（中略）ミックルゲートのセント・マーティン教区の全住民が市長のもとにやってきてこう訴えた——マージェリー・グレイ（別称チェリーリップス）が提供するいかがわしいサービスを求めて、いかがわしい男たちが頻繁に出入りするので、近隣住民が迷惑していると。

しかし、マージェリーとそのセクシーな赤い唇を求める客たちは迷惑を被ってはいない。裁判で満足できる結果を得るのは難しい。売春婦たちは法廷に呼び出され、起訴され、罰金を科されることがあった一方、当局が見て見ぬふりをしたり、売春婦から積極的に賄賂を受け取ったりすることもあった。一四世紀の『*Calendar of Plea and Memoranda Rolls of the City of London*（ロンドン市の答弁および陳述記録）』には、まさにそのことが記されている。女性たちは保身のために賄賂を渡したあげく、その行為が発覚してしまったのだ。

一三四四年はさらに、ファリンドン・ウィズアウト教区の取締官が、管轄区域内の風紀を乱した女性たちから賄賂を受け取り、彼女たちの行為を見逃していたと、陪審員が知るところとなった。

疑い深いと言われるかもしれないが、その賄賂のなかには金銭以外のものも含まれていたはずだ。もちろん、金銭も受け取ったと思うが。

メリウスのレイノー

ほかの国々と違って、フランスのペズナでは、売春がより総体的な方法で行われていた。一五世紀、ペズナの町が売春宿を管轄し、その女主人であるメリウスのレイノーが経営者として売春婦の斡旋を行った。宿の経営を取り仕切り、利益の一部を自分のものにし、一定額を町におさめた。通常、売春宿の経営者は女性であることが多かったが、一五世紀が終わりに近づくにつれ、男性に取って代わり、売春婦たちは大いに不満を募らせた。彼女たちはトゥールーズの王立裁判所に、新しい男性経営者の無配慮な態度について苦情を持ちこんだ。男性経営者は町が管理する前の一般的な斡旋業者よろしく、自分たちに過剰労働を強いていると。

この事実は、当時のフランスの売春宿事情について、多くのことを物語っている。労働者たちはそれなりに組織化されており、雇用者に対して法的に正式な苦情を申し立てることができたのだ。現代でもかなり大胆な行動である。また、風俗業界では許容できる仕事量が決まっていて、継続的にそれを超えることは許されないということも教えてくれる。

また、訴えを起こした女性たちは、法廷から一笑に付されることなく、真剣に話を聞いてもらい、なんらかの結果を得られると期待していたことを物語っている。

教会の介入

教会は、既婚男性が妻以外の女性と姦淫を犯すことを糾弾した一方、独身男性が旺盛な性欲のはけ口を必要としていることを認め、売春婦を必要悪として許容していた。もちろん、聖職者たちはその事実を歓迎していたわけではなく、説教では、その種の女性を断固として避けるべきだと勧告した。

皮肉なことに、聖職者たちもまた、風俗業界にかなり貢献していた。フランスのディジョンにある売春宿では、客の二〇パーセントが聖職者だった。わたしが特に気に入ったのは、聖職者たちが売春宿に頻繁に出入りしていたことに加え、女主人が客の名前を帳簿に記録していたことだ。脅迫の材料としてうってつけなのでは？

ウィンチェスターのガチョウたち［ガチョウ（goose）は売春婦や性的にだらしない女性を指す軽蔑的な俗語］

さらに一歩進んで、自分自身がオーナーになる機会を得た聖職者もいた。

ウィンチェスターの司教は、ロンドンのテムズ川対岸にあるサザークの売春宿から定期的に家賃を受け取っていたと記録されている。そこの売春婦たちは俗に「ウィンチェスターのガチョウたち」と呼ばれていた。この進取的な司教は宿の管理者たちにこう指示していた――売春婦から家賃を徴収するだけでなく、毎週、女性たちの宿舎を視察し、未払い金があれば利子を取るようにと。

おまけに、一五世紀に作成された文書『ウィンチェスター司教の指揮下におけるサザークの売春宿の管理に関する条例』のなかで、司教はそこの売春婦たちに対して三六の規則を定めたうえ、違反した場合の罰金も定めている。リスク管理は万全というわけだ。

静かな月曜日、売春宿も静まり返っていた。女主人アリスが今月の帳簿を確認していると、マーク神父が入ってきて、あたりを見回す。

アリス：マーク神父！　お会いできてうれしいですわ！　今日はどんな御用でしょうか？
マーク：ちょうど通りかかったんでね。司教を見かけませんでしたか？　様子を見に来ると言っていたんだが、姿が見えないので……。
アリス：五号室にいますよ、マージーと一緒に。
マーク：じゃあ、ちょっと……えっ、なんだって？
アリス：三〇分ほど前にいらっしゃいました。マージーと五号室にいます。
マーク：何か誤解があるようだ。
アリス（帳簿をめくりながら）：いいえ、ここに記載があります。午前九時半に到着。マージーと五号室。
マーク：それは顧客リストですか？

アリス：もちろんです。名前、料金、来店時間。すべて完璧に記録してあります。ブラザー・チャールズはメアリーと三号室。エドマンド神父はエルと六号室。ジョン・ローパーはアリスと四号室。セバスチャン司教はマージーと五号室。

司教がシャツの裾をズボンに押しこみながら姿を現す。

司教：ああ、マーク！ わたしは……ええと……部屋を視察していただけです。すべて問題なさそうなので、家賃を集金して帰ります。
マーク：帳簿があるんですよ、帳簿が！ 名前、日付、来店時間を記した帳簿が。
アリス：すべてきっちりとね。
司教：見せてもらえるかな？ だめ？ では、家賃のことですが……。
アリス：はい？ 家賃？

アリスは意味深長に帳簿を叩く。

司教：なるほど。そうだな。ええと……今月は必要ないかもしれませんね……それに、何も問題なさそうですし……違反もなさそうですし……これで失礼します。

アリス：ではまた明日……火曜は割引がありますよ！　お連れの方の分が無料になりますから！

客層

売春宿で働く女性が想定していた客とは、どんな男性だろうか？　相手のいない独身男性？　いいえ、そんなことはない。彼女たちはさまざまな客層を集めていた。たしかに独身男性も多かったが、道楽者の夫や専門職の男たちも大勢いた。

ある医者が売春宿で働く女性の往診で呼ばれたときの話が残っている。彼は診察中ふと、壁に開いていた穴を覗いたところ、教養ある既婚の友人が性交後に若い女性の腕のなかで休んでいる姿を目撃して愕然とした。その友人は厳しく叱責され、自分の愚行で妻と家族に二度と恥をかかせないことを誓って帰っていった。

売春宿にいる放蕩息子。
ルイ15世所有の写本 9（83.MR.179）、
見開き106枚目（Getty Images）

社会的意識の高い売春婦

女性が体を売って生計を立てているからといって、社会的意識がまったくないわけではない。売春宿で働いていた多くの女性は、より大きな社会の一員であり、地域社会のプロジェクトにも参加していた。

パリでは、街のセックスワーカーたちが団結して、ノートルダム大聖堂に多額の慈善寄付をした。その寄付金は、礼拝堂のひとつにステンドグラスの窓を設置するためのものだった。これは大胆な行動である。ほかの同業者組合（ギルド）も同様の寄付を行っており、宗教的な場面を描く窓には、たいていの場合、寄付金を提供した組合や団体を明記することになっていた。当然ながら、セックスワーカーからの寄付金によるステンドグラスについては検討の余地があり、実際に検討された。結局、司教はその寄付金が罪に汚染されているという理由で受け取りを拒否した。

しかし、司教は考えに考えたであろう。

業界の規制

一二世紀のイングランドの法令のある条文は、一四世紀の法令でも再び言及されていて、売春婦と売春宿の主人に関するいくつかの規則や規制が記されている。そのうちのひとつには、よそで暮らしながら宿で働くことを選んだ女性について、次のように書かれている。

一般的な売春宿にいて、売春婦であることが常に誰の目にも明らかで、実際に体を売って生活している女性は、昔からの慣習に従って税金を支払う限り、自宅と売春宿を行き来することが（許される）。

望ましい労働時間と賃金のガイドラインもあった。つまり、売春宿以外に住んでいる女性は、経営者に料金を払って、そこで仕事をさせてもらっていた。一四世紀のロンドンでは、この料金は週に一二ペンスだった。

風俗業界の規制にはほかにも、今日の労働組合のように、女性たちが利用されたり、酷使されたりしないためのものがあった。そのことを念頭に置いて、売春婦を雇ってひどい扱いをした〝ある女性〟に対して法的に苦情が申し立てられた裁判記録を見てみよう。具体的に何があったのだろう、とおののく人もいるだろう。殴られていたのか？　それとも長時間労働？　困った客？　気になるだろう。教えましょう。

彼女が哀れな女性たちにしていた、ひどく、恐ろしく、最悪な扱いとは……彼女は女性たちに……繊細な人たちにはショックを与えて申し訳ないが……〝羊毛を紡ぐ仕事〟をさせていたのである……空いている時間に。

売春婦にそんなスキャンダラスなことをさせるなんて！　絶対に許されることではない。羊毛を紡ぐのは、まっとうな女性、まっとうな娘、まっとうな妻の仕事だった。まっとうな仕事で小遣い稼ぎをするのは、売春婦の選択肢にはなかったのだ。現代人にとって、これは少し不可解な考え方だ。だって、そうではないか？　現代人はこう考える。ほかに生活の糧を得る方法がない女性に優れた技術や職業を与えることで、厳しい境遇から救い出し、路上生活から足を洗わせ、さらには、衣食住を得るために体を売るという行為から解放してあげたい、と。しかし当時の売春婦に対する態度は大きく異なっていたのだ。

売春婦の印

当時の売春婦に対する態度は現在とは異なっていたものの、同情や失望ばかりを抱いていたわけではなかった。羨望や嫉妬も感じていたのだ。でも、なぜ？　ありえない！　では、説明しよう。

高級売春婦のなかには、かなり羽振りがよく、社会的身分が上位の人たちよりもよい服装をする余裕がある者もいた。彼女たちには「少し節約しなさい」と言ってくる夫もいなかったし、上品で慎み深い服装を求められる良家の子女には手の届かないような贅沢品を買うことができた。そういう売春婦たちは、良家の子女よりも華美な服装をすることも可能だったし、実際にそうしていた。その事実に、ほかの社会階層の人々は愕然としていた。売春婦と分からずに話しかけてしまうかもしれない。もっと不幸な例もある——フランス王妃となるマルグリット・ド・プロヴァンスが教会で平和のキス［ミサで行われる挨拶］をした相手が、恐ろしいことに、売春婦だったのだ。とはいえ、見分けなんてつくわけもない。少しばかり当惑する出来事だ。

贅沢禁止令

女性が身につける装飾品の量を制限すべく、贅沢を禁じる多くの法律が制定された。興味深くも利害の対立が見受けられ、別の法律では、商売道具の一部としてある程度の装飾品は必要だと不本意ながら認められていた。違反を見とがめられた場合に罰せられる程度では、社会全体に節約を促す風潮にはならなかった。一一六二年にはとうとう、アルルの議会がこんな法令を定める――売春婦がベールを着用することを禁じ、着用しているのを見かけたら引き剝がすことを、まっとうな女性に奨励したのだ。まっとうな女性は風雨から身を守るために、そして慎み深い身なりをするためにベールをかぶり、おそらくは頭巾も着用していただろう。つまり、人前でほかの女性にベールを剝がされることは、売春婦呼ばわりされるという重大な侮辱を意味した。

イングランドにおいて法律によって贅沢を禁じた例は次のようなものがある。

◆一三五五年：売春婦の服装を規制する法令。

◆一三九九年（または一三八八年）：各人の身分と資質に適した服装を定めた法令。『イングランド議会史』と『ナイトンの年代記』に記載。

◆一四三九〜一四四〇年：売春婦の服装において贅沢を禁じる法令（明らかにあまり成功しなかった一三五五年の法令と同じ内容）。

売春婦を対象としたフランスの贅沢禁止令では、より具体的な規制が課された。

◆一三六〇年：売春婦は、あらゆる種類の刺繍、真珠、金ボタン、銀ボタン、リスの毛皮の縁飾りを身につけることを禁じられた。

◆一四二七年：パリでは、金ボタン、銀ボタン、バックル、ベルト、真珠、毛皮の外套が禁じられた。

◆パリではまた、肩にかけるケープ、珊瑚のロザリオ、銀の留め金をつけた時禱書など、過剰な装飾が禁じられた。

法令が繰り返し制定されたという事実は、それがいかに無視され、失敗に終わったかを示している。率直に言って、女性が売春をしている時点でいずれ地獄に堕ちることは決まっているのだから、永遠の業火に焼かれる恐怖は、虚栄を張らない理由にはならない。どうせ地獄に堕ちるのなら、見栄を張ったっていいじゃないか。

パリの〝小さな〟ジャネット

罰則として、しばしば違反品が没収あるいは撤去された。一四二七年、パリの世俗裁判所は、〝小さな〟ジャネットに対して、「着飾りすぎてまっとうな女性に見えた」という理由で、公の場で厳重注意した。彼女のリネンの袖は引き裂かれ、ドレスの長い裾《トレーン》は完全に切り落とされ、高価な銀のベルトは病院に寄付された。

それから三〇年も経たないうちに、フランスのディジョンでは、売春婦に余裕があればもっと着飾ることが許されるようになり、アヴィニョンではシルクや毛皮が許可された。淫らで、スキャンダラスな話だ。

服装の具体例

売春婦に特定の種類の服装を義務づける試みが数多く行われた。売春婦と、まっとうな妻や娘を容易に区別でき、間違うことがないようにするためである。イングランドは、模範的な道徳観を備えていない女性が素敵なドレスやアクセサリーを身につけることも禁止しようとした。一三五三年のロンドンでは、売春婦として知られる女性には次のような規制が科された。

売春婦として知られる女性は縞模様以外の頭巾をかぶってはならず、毛皮や裏地のついた衣服を着てはならない、とロンドン市民の強い要望で定められた。

たとえ売春婦として知られていなかったとしても、縞模様の頭巾をかぶっていれば人ごみのなかで目立つことは間違いなく、すぐに知られることになる。文字どおりの意味でも聖書的な意味でも。意図した結果ではなかったが、これはかなり効果的な宣伝となった。ほかの場所や時代でも、詰めの甘い独自の服装規制で売春婦たちを取り締まっていたものの、それもまったく無意味だった。

たとえば次のような規制だ。

◆縞模様の頭巾：一三五三年のロンドン（売春婦が頭巾をかぶる場合は、充分に目立つように縞模様の頭巾と定められていた）
◆黄色い頭巾：ロンドン（一三五三年に定められた縞模様と矛盾する）
◆肩に赤の飾り結び：フランスの複数の都市
◆白い服：トゥールーズ、パルマ
◆黄色と青のマント：ドイツのライプツィヒ
◆赤い帽子：ベルン、チューリッヒ
◆売春婦のマント：一二五〇年のパリ

セックスワーカーのための避妊

最も妊娠を防ぎたいと願うのが売春婦であることは驚くに当たらない。売春婦は間違いなく、〝妊娠する可能性の高い女性〟のなかでも最もリスクの高いカテゴリーに属し、妊娠を防いで商売を続けることに神経を尖らせていた。非常に多くの売春婦が、これを考慮すべき事項として重要視していたのである。セックスワーカーたちは、これまでの章で見てきたような、妊娠しないための一般的な方法をすべて心得ていた。ところが、売春婦が用いている避妊法や、妊娠しない理由について、突飛な考えを持っている人もいた。

聖アウグスティヌスが特に売春婦に好意的でなかったことは周知の事実であり、彼は売春の弊害や売春婦自体について多くのことを語っている。彼が許せなかったのは、売春婦のライフスタイルや仕事内容だけでなく、避妊薬の使用が疑われたことである。彼が使用を確信していたのは、子どものいる売春婦がほとんどいなかったからだ。

聖アウグスティヌスは『*Against Secundinus*（聖セクンディヌスについて）』という著作でこのことについて述べている。盛んに性行為をしているのに、彼女たちにほとんど子どもがいないことを不審に思っていたのは彼だけではない。ほかの人たちもこのことを考えていた。コンシュ家のウィリアムもそのひとりで、彼はそのカラクリが分かっていると確信していた。

売春婦は性行為を頻繁に行うので、子宮が汚れで詰まり、精液がとどまるべき絨毛が覆われてしまう。だから子宮は油を塗った大理石のようになり、精子が入ってきてもすぐに流れて排出されてしまうのだ。

マグヌスも『*De Secretis Mulierum*（女性の秘密）』でこの件に言及している。なぜ盛んに性交を繰り返しても妊娠に至らないかについて、彼には別の持論があった。彼の考えによると、大勢の男性から放たれる大量の精子が子宮のなかで混ざり合い……

窒息して自滅するのだ。

すると受胎が妨げられるというわけだ。もちろん、受胎を避けられたのは、元気よく飛び跳ねたり、くしゃみをしたり、排尿したり、あるいはなんらかの薬草を大量に使ったりした結果かもしれないが、マグヌスはその持論にすっかり納得していた。

第一一章　性行為とその回避方法

相手が夫であろうと客であろうと、性行為に関心のある中世の女性にとっての問題は解決したが、性交にまったく興味のない女性にとってはどうだったのだろう？　そんな女性に選択肢はあったのか？　もちろん、あった。しかも、複数。

断ればいい

断るという選択肢については第一章で述べた。ちゃんと読んでくださいね。性交に興味がなければ、どんな理由であれ、「いやだ」と言えばいい。断る理由が必要なら、嘘の理由でもいいから、自分の意志を貫くのだ。

俗人のままで純潔を守る

前の章で述べたように、不本意に結婚したので、それにともなう不利益から逃れたいと願う女性は、純潔の誓いを立てるという手もある。ちょっと珍しいやり方だが、前例のない話ではない。篤い信仰心を宣言すればいいのだ。そう、急にイエス・キリストへの愛が芽生えて純潔を誓う。そうすれば完全に義務から逃れられる。結婚した男と裸で交わらない理由として、神への熱烈な愛を挙げれば、いくら教会でも批判できなかった。

ハレルヤ、なるほど神のためなら仕方あるまい！

純潔のまま生活することの素晴らしい利点は、結婚の義務から逃れられるうえに、場合によっては裕福で世俗的な女性のライフスタイルを維持できることだ。宮廷行事への参加、巡礼と称しての異国への旅、高級な衣服や装飾品、贅沢な食事など、どれもあきらめる必要はなかった。

あきらめるのは性交だけ。残念なことだ。

もちろん、結婚していてもしていなくても、心から純潔を誓った例は数えきれないほどある。もし一四世紀にフェイスブックが流行っていたら、ソーシャルメディア上でどのような盛りあがりを見せていたかは想像するしかない。

モードとジョンは結婚したばかりで、フェイスブックに近況を投稿している。

ジョンはステータスを〝新婚〟に更新。

モードはステータスを〝新婚〟に更新。

モード：みんな、素敵な結婚式だったわ！　プレゼントをありがとう！　ジョンとわたしは、結婚の証人になってくれたみんなに心から感謝しています！　こんなに素敵な夫を用意してくれた両親にとても感謝しているので、純潔の誓いを立て、残りの結婚生活のあいだ、純潔を守り、祈りに専念することをみんなにご報告したいと思います。それくらい感謝しているわ！

モードはステータスを〝神と共にある〟に更新。

アグネスが〝いいね〟を押す。

マージェリーが〝いいね〟を押し、「笑」とコメント。

アリスが〝いいね〟を押し、「あははは。いいじゃない！」とコメント。

修道士ブルヒャルトが〝いいね〟を押す。

ロバートが〝悲しい顔〟の絵文字でコメント。

チャールズ：どういうことだ、ジョン。何が起きたんだ？

ジョンはステータスを〝複雑な事情あり〟に更新。

マーガレットが〝いいね〟を押す。

アリスが〝いいね〟を押す。

エレノアが〝いいね〟を押す。

ジョンはロンドンの〈メイデンヘッド〉にチェックイン。

率直に言って、誰が彼を責められようか？　結婚して純潔を守るなんて、誰にでもできることではない。

リンのマージェリー・ケンプ

一四一三年頃、マージェリー・ケンプというイングランド人女性が純潔の誓いを立てたいと夫に相談した。率直に言うと、それを聞いて夫は少しばかり安堵したのではないか。実際の経緯はこうだ。

マージェリーの数奇な人生については多くのことが書き残されている。彼女は一三七三年、女性に対して複雑な感情が渦巻く時代に生まれた。商売を営むなど、自ら成功を手にする女性がいた一方、専業主婦や母親という、より伝統的な役割を選ぶ女性もいた。マージェリーはその両方をやりたいと考えたようだ。自分自身はほとんど読み書きができないながら、口述した内容を書き起こしてもらって自伝『*The Book of Margery Kempe*（マージェリー・ケンプの書）』を英語で出版した。

リンに住むマージェリーは、一四人の子どもの母親だった。一四人！　ほかの多くの妻たちと同様、彼女も醸造所とホースミル［馬を動力とする製粉所］を運営したが、ほかの多くの妻たちとは異なり、大規模な旅をした。マージェリーは極端かつ敬虔な信徒で、神への愛がもたらす霊的感情にしょっちゅう感動し、引きも切らず泣いたり叫んだり気絶したりと、旅仲間を困らせた。一四人も子どもがいるというのに。まあ、子どもたちは巡礼に同行しなかったようだが。

そんなマージェリーのことだから、純潔の誓いを尊重するよう夫を説得するのはさほど難しくなかっただろうと思いたいところだが、夫は賛成しなかったという。おそらく夫は愛情を込めて接すれば、妻もヒステリーを起こしたり泣きじゃくったりしなくなると考えたのかもしれない。

宗教的純潔

心から敬虔な女性は俗世から離れ、実際の宗教施設で宗教的な思索生活を送ることができた。彼女たちは二種類のカテゴリーに分かれる。処女として修道生活に入り、そのまま処女でいる女性と、人生の終わりに近づいてから宗教的使命を受け入れ、その後は性的関係や外界の誘惑を控える女性である。

両者にはそれぞれ固有の課題があった。処女はしばしば、自分の歩まなかった人生に憧れ、晩年に神への愛に目覚めた誓い女（vowess）はかつての人生を懐かしみ、こんな生活はつくづくいやだと気づくかもしれない。

晩年の誓い

晩年になって俗世を離れる理由はいくつかあるだろうが、一番は、贅沢、不品行、この世の快楽、肉欲にまみれた生活を送った罰として、実際に地獄で永遠に過ごす羽目になるかもしれないと非常に恐れていたからだ。地獄は漠然とした脅威ではなかった。中世の女性にとって、地獄は実在する物理的な場所であり、そこで時間を過ごすのはなんとしても回避したかったのだ。煉獄［煉獄は地獄と天国のあいだにあり、生前の罪を償って天国へ昇る準備をするための場所とされる］も楽しそうではなかったが、少なくとも、生者の祈りによって救済を早めてもらえる可能性があった。たとえ生きているうちに、死者のために純潔を誓い、祈りを捧げ続ける生活を送るという代償を支払うとしても。女性が年を取って死が刻々と迫ってくるにつれて、罪滅ぼしは天国に行くために必要なだけでなく、極めて重要なことになった。

では罪滅ぼしのために何ができるのか?

ウディネのエレン

そのように悔い改めた女性のひとりが、ウディネの福者エレンである。いわゆる地域社会で素晴らしい人生を送ったあと、夫に先立たれたエレンは、彼が永遠の時をどこで過ごしているのか、さらに彼女自身はこれからどうなるのか、不安でたまらなくなってしまった。それゆえ、自分の魂を救済するために数々の手段を講じた。それが強く推奨される道だったからである。教会に認めてもらいたくて、彼女は慈善団体に多額の寄付をした。教会に認めてもらいたくて、彼女は死後の自分の魂のために祈りを捧げてもらうべく礼拝堂にも惜しみなく寄付した。教会に認めてもらいたくて、彼女は改悛者としての厳格なライフスタイルを実践した。定期的に自分を鞭打って世俗的な体を清め、ごわごわした服を着たり、靴に石を入れたりした。これも善い行いと見なされた。さらに、必ずしも必要ではなかったものの、沈黙の誓いを立てた。その前に、次のような告解を行ったのだ。

以前は絹の下着を身につけていたので……その償いに毛織りのシャツを着用します。跳んだり踊ったりして神を怒らせたことを償うために……靴のなかに……三三個の石を入れます。結婚生活のあいだ、不信心で肉欲的な快楽に溺れたことを償うために、体を鞭打ちます。

主が受けた苦しみを自らも味わおうとするエレンの努力は、自分には償うべきことがたくさんあると感じて心から反省する女性の典型例であった。マゾヒストではないという前提で、教会は鞭打ちを贖罪行為と認めていた。

このような償いが絶対に必要だと感じるほど、エレンは罪や不品行に手を染めていたに違いない。リネンではなく絹の下着というのは贅沢すぎる気もするが、〝後悔の嵐にさいなまれて自分を鞭打つ〟ほどの罪とは思えない。もっと前からよい人間になろうと努め、膝をついて思慮深く敬虔な祈りを捧げて充実した時間を過ごしておけばよかったのに。靴のなかに石を入れたら革を傷めること請け合いだし、資源の無駄遣いとしか言いようがない。エレン、もう一回鞭打ちの刑に処す。

このように大仰な行動はあらゆる面で賞賛に値するが、医師や聖職者によれば、長いあいだ性交なしで修道生活を送る女性の多くは、自ら精神的な問題を招くこともあるらしい。それは悪魔払いによってしか治らないかもしれないという。

悪魔払い。なるほど。

カンブリアのジャンヌ・ポティエール

一四九一年、カンブリアの修道院でこの種の性的ヒステリーが集団発生し、教会の最悪の不安は現実のものとなった。修道院に残された記録によると、事の発端はこうだ――ジャンヌ・ポティエールは禁欲生活を強いられることでストレスが増大し、溜まっていた性的欲求不満を爆発させてしまった。関係者の言葉を借りれば、彼女は「ヒステリックな色情魔」になったため、すぐにほかの女性たちから引き離された。修道院全体のため、悪魔祓いがすんで彼女がわれに返るまで、隔離されたままだった。ジャンヌのためには、聖体拝領のワインを少し減らしたり、屋外での作業を増やしてもっと日光を浴びるようにしたりするほうがよかったかもしれない。

信心深い純潔……なんてね！

再婚相手として狙われやすい裕福な未亡人は、悔い改めるという名目で修道院に入り、宗教的な思索をほとんど、あるいはまったくせずに、かなり世俗的な生活を続けることもあった。これは災難のもとだった。信心深い人たちと余生を過ごすことは、自分も信心深ければ悪くない選択だが、男なしで断食と祈りに明け暮れる生活など本当は望んでいない者にとっては、非常に退屈な余生になりかねない。

修道院は、世俗から逃れて敬虔な瞑想にふける隠遁生活の場なので、結婚から逃れたいだけの女性など歓迎しないはずだと思われるかもしれない。だがたいていの場合、彼女たちは非常に裕福で、滞在を希望する修道院に慈善寄付や遺贈を行っていたことを忘れてはならない。彼女たちを迎え入れることは利益になるのだ。

修道院での生活にそこまで魅力を感じない女性は、そこに入会はしないけれど、敷地内で制限された生活を送る修道女のすぐ近くに住む場合もあった。

クレアのエリザベス・ド・バーグ

エリザベスは、裕福で爵位のある両親を持ち、かなり恵まれた女性として人生をスタートさせた。何度か良縁に恵まれ、何不自由なく、高い身分も社会的地位もある女性が手に入れそうなものはすべて備わった素晴らしい生活を送った。職人にとっても宗教施設にとっても寛大な後援者だった。

生涯の終わりに近づくにつれ、エリザベスは自分の将来と永遠の魂のあり方について考えるようになった。一三四二年、彼女は純潔の誓いを立て、修道女にはならずに修道院の敷地内に入れる特別な贖宥状《しょくゆうじょう》を教皇から発行してもらった。三人の侍女を同伴する許可も得た。

その後しばらくして、〝三人の侍女〟だったはずが〝四、五人のまっとうな女性と三人のまっとうで成熟した男性〟に増えた。それから間もなくして、エリザベスは聖クララ修道会の管轄内で修道女たちと寝起きする許可を得た。こうして彼女は、宗教的な生活に参加するために世俗的な生活をあきらめる必要はなくなった。それでも純潔を守るために性交禁止だったはずなので、敷地内で三人の男性と同居する許可を得ていたことは興味深い。

さらに興味深いのは、神の思し召しをまったく受けていない若い女性たちが、純潔を守るための安全な場として、あるいはふさわしい夫が見つかるまでの教育の場として、しばしば修道院に預けられたことだ。女子修道院はまた、男性が厄介な、あるいは問題のある、望ましくない恋人を隠しておく絶好の場所でもあった。

一二世紀のフランスの学者であり哲学者であったピエール・アベラールは、のちに妻となった恋人をまさにそうした。当初、彼女は宗教的使命感などまったくなかったが、長い年月をかけて女性修道院長となった。使命感などなく、恋人との肉欲的な日々を再び体験したいと願う修道院長、と言わざるを得ない。

彼女の物語は次のとおり。

パリ、アルジャントゥイユのエロイーズ

一一〇一年にパリで生まれたエロイーズは、若い女性になる頃には、パリで司教座聖堂参事会員を務めるおじのフュルベールの保護下にあった。とても聡明で、おじが思慮深くも家庭教師を雇う前から、その学識は広く知られていた。

しかし、おじの人選は思慮が浅く、雇われた家庭教師はピエール・アベラール、英語ではピーターと呼ばれるとても有名な知識人で、彼女よりずっと年上の名高い教師だった。エロイーズの家に移り住んだピエールは彼女を誘惑し、ふたりは本を読むよりも肉欲に溺れることに時間を費やした。

当然ながら、エロイーズは妊娠し、すぐさまピエールの姉妹の家に連れていかれ、そこで出産した。言うまでもなく、それを知ったおじのフュルベールは、エロイーズが恥をかかないようにふたりの結婚を主張した。ピエールは結婚を口外しないという条件付きで同意した。教育の機会も昇進の機会も、未婚のほうが有利だからという理由で。なんて男だ。

周囲が衝撃を受けたことに、エロイーズは結婚にあまり乗り気ではないと宣言した。恋愛は自由なものなので、結婚という形で縛られるのはおかしいからと。彼女も最終的には結婚に同意したが、最初の判断は間違っていなかった。ふたりしてパリに戻ると、ピエールは当面のあいだ、エロイーズをアルジャントゥイユの修道院に預けてしまえば、誰にとっても最善だと決断したのだ。

この決断はおじのフュルベールやその友人たちの不興を買った。エロイーズを意思に反して修道女にすることで、ピエールは彼女を実質的に厄介払いした、と彼らは感じたのだ。報復は迅速に行われた。ある夜、男性たちが新郎の部屋に押し入り、彼を去勢したのだ。

ピエールは恥ずかしさのあまり、パリのサン・ドニ修道院の修道士となった。一方のエロイーズは不本意ながら、そして本物の使命感もないまま、依然としてアルジャントゥイユの修道院に住み続け、やがて修道院長となる。それからの数年間、エロイーズとピエールは文通をし、彼は姉妹に対するような清らかな愛を、彼女は燃えるような世俗的欲望を文字にして送り合った。エロイーズが修道生活にて真の使命感を抱くことはなかったが、何年も経ってパラクレトゥス聖堂の院長となり、そこに埋葬された。

問題を起こす修道女たち

教会の修道院訪問記録には、そこに住む宗教的使命感など皆無な女性たちが、俗世間の女性と同じような服装や食事をし、個室で客人をもてなすことについて、常に不満が記されていた。客人のなかには男性もいた可能性もあるという。うん、いたでしょうね。

それ以外にも、俗世間や望まない結婚を避けるための無難な方法だと思って、人生の早い時期に誓いを立てた女性たちが、誓いを立てて完全なる修道女の生活を実際に送ってみると、それが自分にはちょっと合わないことに気づくという問題も常に起こった。ちょっとどころか、まったく合わない場合も。問題は必ず起こるもので、アリス・ボイトンという女性は繰り返し規則違反をしていたようだ。

ソールズベリーのアリス・ボイトン

アリスの年齢も、そもそも修道女になった理由も不明だが、修道院を出たがっていて、修道女らしからぬ行為に耽っていたことは明らかだ。彼女は素行の悪さから、修道院をたらい回しにされた。ソールズベリーの記録簿によると、彼女の傍若無人ぶりに嫌気が差した司教は、断固とした措置を講じたという。

一四一四年。ブロムヒルの修道院と修道院長に、素行の悪さを理由に移送されるキングトン・セント・マイケル修道院の修道女、アリス・ボイトンを受け入れるよう命ずる。アリス・ボイトンは敬虔で熟練の修道女の特別な管理下に置かれ、その管理者の立ち会いのもと以外では、俗世間の人々および聖職者との接触を禁じることとする。追って通知があるまで、修道院の外に出してはならない。彼女の滞在費はキングトン・セント・マイケル修道院が負担する。

アリスのような問題児をどうすべきか？　ただ彼女をたらい回しにて、最善を祈るだけだ。お目付け役をつけるのはいい考えだが、彼女の逃避行に加わりそうもないお目付け役が必要だ。これは一時的な問題だったのかもしれないし、そうでなかったかもしれないが、命令書にわざわざ明記しなければならないほど顕著な問題ではあったのだ。

ゴッドストウ修道院のフェルマーシャムの未亡人

訪れた聖職者たちは、真の宗教的使命感を持たない女性たちが、敬虔な祈りと瞑想に明け暮れる生活を乱すことに、憤りを覚えた。一四三四年、ゴッドストウ修道院は、未亡人のひとりが何度も平穏を乱したため、厳しい措置を取らざるを得なかった。トラブルは一度ではすまなかったわけだ。その後に下った命令から察するに、フェルマーシャムの未亡人が来るまでの修道院は平穏な雰囲気だったようだが、彼女がそれを台無しにしてしまったらしい。

また、フェルマーシャムの未亡人とその家族やほかの成人女性たちは、修道女たちに迷惑をかけ、服装や訪問者たちが悪い見本となるため、一年以内に修道院から完全に追い出すこと。

聖母マリアの清めの日用のキャンドルをかかげる俗世間の女性。「死者への祈りと連禱」が追加された『詩篇』（ウォルターズ美術館所蔵の写本W35、見開き1枚目の裏）

訪問客、服装、迷惑行為を取り締まったあとも、パーティに招かれなかったらしい修道女からさらなる苦情が寄せられた。

また、終課［その日最後に行う聖務、つまり祈りのこと］後はパーティも飲酒も禁止とする。修道女は全員一緒に宿舎へ行き、そこで眠ること（中略）ただし、病人は医務室へ。

それだけでは収束しない。

また、修道女の宿舎の客用ベッドは、子ども用以外は完全に撤去すること。修道女が娯楽のために部屋へ俗人を迎えることを禁じ、これを守らなかった場合は破門とする。というのも、修道女を相手にどんな欲望も満たすことができると、オックスフォードの学者たちが言っているからである。

そもそも、なぜ修道女の宿舎に客用のベッドがあるのかという疑問も浮かぶかもしれない。フェルマーシャムの未亡人が家族全員を修道院に連れてきたのは、たいしたものだ。ひとり入れば全員入れる！　間違いなく、終課後にパーティや飲み会を開いたりするのであれば、素敵なドレスが必要だっただろう。もちろん、もちろん。

修道院は大騒ぎだったに違いない！　修道女以外は。あなたたちはパーティ禁止……寮に帰りなさい、なんて言われたら、苦情が出るのも無理はない。寮生のパーティは最高だからね。

ポート・ロワイヤルのユゲット・デュ・ハメル

フランスのポート・ロワイヤルで修道院長を務めていたユゲット・デュ・ハメルという女性は、道徳的なエチケットに関する忠告を完全に無視した。純潔であるために修道女が避けるべきすべてのことを、彼女は先頭に立ってやってのけたのである。まず、ボード〝先生〟という恋人を囲い、若い修道女たちに純潔を教えこむのではなく、混浴などの浮かれ騒ぎとしか形容しようのない行為に誘いこもうとした。

修道院で破廉恥なことが行われていると知った責任者たちは、ユゲットと対面し、自ら院長を退いて退職するよう迫った。こうなることは想定内だったので、ユゲットはすぐに修道院の貴重な財産のほとんどを持ち去り、恋人とともに見知らぬ土地へと逃亡したのである。

ケイツビーのマーガレット・ウェーヴル

一方イングランドでは、マーガレット・ウェーヴルというケイツビーの修道院長が、キリスト教徒らしからぬ行動の責任を問われていた。ユゲットと同じように、彼女にも恋人がいた。その恋人、ウィリアム・テイラーは悪い見本を示すのに忙しく、司祭としての誓いを守らなかった。彼の頻繁な訪問は、周囲の目に留まるところとなった。マーガレットは貞操観念のない行動だけでは飽き足らず、修道院が所有する銀食器一式を売って私腹を肥やした。銀の価値は記されていないが、市場で売られる安物の銀食器ではなかったはずだ。その街では超一流の銀細工師が作った最高級品だったに違いない。

夫の死後の純潔

夫の死後に純潔でいるには、ご存じのとおり、いくつかの選択肢がある。もう性交したくない、再婚したくないという女性にとって、修道院に入るのは素晴らしい選択肢であり、現在のライフスタイルにあまり影響を与えないという意味でも好都合だった。

しかし、賑やかな街や都市に住む女性は、好きな仕事に就いていて、すぐに辞めるわけにはいかなかったかもしれない。夫と一緒に働き、同じくらい多くのスキルを身につけていたかもしれない。そのような状況で配偶者が亡くなった場合、事業を継続させるために再婚するのはごく普通のことだった。女性ひとりで仕事をすることを許される場合もあったし、見習いを雇って訓練する場合もあったし、同業者組合（ギルド）の規則に従って、一定期間内に同業の男性と結婚すれば事業を継続できるという場合もあった。

理屈のうえでは、いい方法だと思われる。未亡人は商品を売り払う必要も、作業場や店舗を別の用途に転用する必要もなく、事業を継続できる。亡き夫の代わりに、生きている新しい夫にそばにいてもらうだけでいいのだ。亡き夫の事業を継続するには、支援が必要だったかもしれない。夫の事業に積極的に関わっていなかった場合は、継続させるには、ふさわしい相手と再婚する必要があっただろう。

一見すると、未亡人が生計を立てるために得意とする事業を継続でき、再婚相手もその事業に熟練していることが保証される。もちろん、再婚相手がその事業に熟練しているということは、かつての商売敵で、未亡人の不動産や資産を手に入れることだけが目的の可能性もある。女性はどうすればよいのか？　見習いのひとりに仕事を教えて結婚するという手もあるが、未亡人がずっと年上で見習いがかなり若い場合、うまくいかないだろう。

つまり、未亡人が事業を継続し、自らもそこで働き、新たな性的関係を強要されないためには、解決策はひとつしかなかった。意外なことに、亡き夫が解決してくれるのだ。

ヨークのマーガレット・ウォッド

ヨークのトマス・ウォッドの一四九四年付の遺言書は、妻がほかの誰とも性交しない場合にのみ遺産の相続人になると定めている。

また、わたしの死後、妻マーガレットが独身を貫くのであれば、わたしの縮充工場と事業の相続人とする。そうでない場合、息子のウィリアムを相続人とする。

トマスの息子は、両親の事業を手伝っていた可能性が高く、この遺言書の目的は、息子が主導権を握って母を追い出すのをあらかじめ阻止することだったのかもしれない。いずれにせよ、マーガレットは独身のまま仕事を続けることを望んでいたのだろう。

同じく織維業界に携わっていた別の男性も、自分が亡くなったあとの財産を妻にどう遺すかについて、まったく同じように考えていた。

ヨークのイザベル・ノンハウス

ヨークのジョン・ノンハウスという織物職人は、同じく一定の条件下でのみ、自分の商売道具を妻に譲り渡すとしている。一四四〇年の遺言書に明記された条件はこうだ。妻が独身で純潔である限り、彼の商売道具の相続人とする。変更があれば、ほかのふたりの男性がそれらを相続することになる。

息子のロバートに、わたしの最高の機織り機と、仕事に必要なあらゆる道具を遺す。わが妻イザベルに、ひとりでいることを条件に、前記の機織り機二台と、それに付随するすべての道具を遺す。イザベルが独身で、前記のとおりに相続が行われた場合、ウィリアム・ウィットウェルには、もう一台の織機と二本の筬《おさ》を遺す。

「ひとりでいる」とは独身を貫くことであり、それは性的な意味も含んでいた。

葬儀。
1470年、フランダースの
ジャン・ド・ワヴランの時禱書（ウォルターズ美術館所蔵の写本W267、見開き86枚目の表）

現代女性の多くは、このような遺言に対して非常に怒っている。夫が過度に嫉妬し、身勝手で、墓の向こうから妻の性生活を支配し続けたがっていると感じるのだ。こうした遺言が法的文書として有効で、貧しい女性は望むと望まざるとにかかわらず永遠に純潔を強いられ、夫が公にした願いに従わなければすべての財産を失うことに、格別の怒りを感じている。これにはある程度の真実があるが、まったく別の側面もある。

ちょっと考えてみてほしい。夫妻が愛し合っていて、一緒に事業を立ちあげ、何年も肩を並べて働いてきたとする。おそらく夫妻にはとても優秀な弟子が何人かいて、妻自身もかなりの腕前だったとしよう。夫がいなくても事業を切り盛りできるほど有能な女性の場合、再婚する理由などあるだろうか？　社会的な理由か同業者組合（ギルド）に関係する理由だけだ。ギルドによっては、再婚を回避できる場合もあった。

夫がこのような遺言を残したのは、自分がこの世を去ったあとも妻の性生活をなんとか管理しようとしたわけではないのかもしれない。本来は、夫が公に意思表明をしておくことで、悲嘆に暮れる妻がひとりで事業を引き継ぎ、弟子たちとともに運営していくことを完全に合法化しようとしたのだろう。

夫が死の床で、妻が事業を継続するための条件を明確に規定しなければ、家業で利益をあげている未亡人になりたての女性は、多くの男性から狙われる。「妻は再婚できないし、純潔を守らなければならない」と規定されていなければ、商売道具も家財も没収されることになっていた。そうなれば、再婚相手としての魅力も半減する。再婚によって財産を没収されるのであれば、財産目当ての男性は結婚にこだわったりしない。それでも結婚しようとするとしたら、その男性は相手をよほど愛しているのだろう。

未亡人になりたての女性は、おそらく愛など求めていない。独身で性交をしなくてもすみ、夫なしで事業を営み、なおかつ敬意を払われるとしたら？　実は好都合な選択肢なのかもしれない。

純潔と健康を守る

純潔であることの健康上のリスクはデリケートな問題だった。女性の性質を考慮しなければならないからだ。結局のところ、性交に消極的な女性であっても、健康には気を配らなければならないし、それは無視できない問題だった。だって死んでしまうかもしれないし。

これにどう対策するのか？　修道院にいる性交に無関心な独身女性や、純潔の誓いを立てた独身女性に選択肢はあったのだろうか？　彼女たちは性交をしていなかったはずだ。密かに性交している女性もいたが、本当に性交していない女性はどうなるのだろう？　対策はあったのだろうか？　誰にアドバイスを求めるべきかは、もうお分かりですよね？　そうそう。トロトゥーラはいつも有益なことを言ってくれる。今回もそうだ。

誓いを立てたため、宗教上の理由のため、未亡人であるため、子孫を残すわけにいかないため、などの理由で性交が許されない女性がいる。彼女たちが欲望はあるのに性交をしない場合、重い病にかかる。そのような女性のために、次の治療法を試してみるといい。綿と、麝香かメグサハッカを用意し、それに聖油を塗って膣のなかに入れる。

麝香かメグサハッカがなくても、まだ望みはある。トロトゥーラはこう続けるのだ。

そのような聖油がない場合は、トライフェラ・マグナを少量の温めたワインに溶かし、綿か湿らせた羊毛に含ませて膣に入れる。これにより欲望が消失し、痛みが和らぐ。唇と口のように、子宮口は膣と結合しているため、子宮を傷つけないように、ペッサリーとして利用してはならない。ただし妊娠すると子宮の位置が下がってくるので、この限りではない。

トロトゥーラは女性の不調の解消法として、しばしばトライフェラ・マグナをこれ見よがしに登場させるが、実際にそれがなんなのか、どこで手に入るのか、調理するのか粉砕するのかは書いていない。まったく手に入らないのであれば、それなしでワインを使えばいい。恋愛運に恵まれない人の家にはワインが常備されているだろうから。十中八九ね。

一四世紀のオックスフォード大学医学部のジョン・ガッデスデンをはじめとするほかの医師たちも、純潔を守る女性は、その純粋さと神への献身を賞賛されるものの、健康を守る対策が必要だと助言している。女性が禁欲生活のなかで健康リスクを感じたら、女医に相談し、医学的な処置をしてもらうよう勧めているのだ。そうすれば、子宮が完全に詰まるのを防止できると。彼の助言は次のとおり。

もし子宮が詰まっている原因が（女性の）タネの蓄積であれば、誰か男性と婚姻契約を結ぶべきである。もし修道女であり、修道誓願によって結婚を禁じられているため、あるいはそれ相応の義務を果たせない年配の男性と結婚しているため、といった理由で性交しない、あるいはできない場合、海外へ渡航したり、頻繁に運動したり、タネを乾燥させる薬を使ったりするべきである。もし失神するようなことがあれば、助産婦がユリと月桂樹あるいはスパイクナードの油を塗った指を子宮に挿入し、激しくこするとよい。

医療目的ですよ。もちろん。

というわけで、女性同士で行為に及ぶという、告解室行きになるような状況が生まれるのかもしれない。療法としては悪くない。ちょっと欲情しそう？　必要なのは海外旅行と適度な運動。週末、件の助産婦に処置してもらうのもいいだろう。

第一二章　かゆいところに手が届く

性感染症

性感染症は現代社会において発見されたわけではない。人類は太古の昔から性感染症とつきあってきた。常に残念なことに、治療薬はほとんどなく、過去に多くの恋人がいた男性と親密になった女性は、自分も感染する危険性が高かった。淋病はよく知られていた。梅毒は中世の終わりに登場した。多くの健康本が、発疹、かゆみ、シラミ、疥癬、膣分泌物、ペスト、ハンセン病などを性感染症として扱っているが、なかには現在では性感染症ではないことが判明しているものも含まれている。

一四世紀の初代ランカスター公ジョン・オブ・ゴーントは、文字どおりの意味で愛を分かち合った。誰も公爵を名指しで非難しようとは思わなかったが、噂によると彼は……

（前略）性器と体の腐敗で死んだという。原因は、姦淫を繰り返していたからである。

なぜ分かるかって？　一四〇四年生まれの神学博士でオックスフォード大学の副学長でもあったトマス・ガスコインが、オックスフォードのリンカーン・カレッジに保管されている手稿にて公爵を非難しているからだ。

平民の男性に性行為を求められても断るのは簡単だが、相手が爵位を持つ貴族となると、断れば死んだほうがましなくらいの不興を買ってしまうかもしれない。売春婦であれば選択の余地はなく、感染してしまうと職を失うことも予想される。気分が滅入るニュースばかりだ。相変わらず。

ディジョンのジャコート・ド・シャトーヴィレン

一四三六年、ジャコートは性的な被害を訴えるためにディジョンの裁判所に出頭した。この事件で重要なのは、彼女が嘘をついたということである。経緯は次のとおり。ジャコートは男に犯されそうになった。加害者はかなりしつこく、驚くことではないが残念なことに司祭だった。彼女が事件を報告すると、どうやって加害者を撃退したのかと訊かれた。彼女は自分が「*le gros mal*（大いなる悪）」に感染していると嘘をついたのだと答えた。それがハンセン病や梅毒やペストといった数多くあった性感染症の一種だったのかどうかは定かではない。司祭はジャコートに危険を冒す価値はないと判断したらしく、立ち去ったという。彼女の機転によって、姦淫の罪を逃れられたわけである。もしよろしければ、ジャコートに拍手喝采を送ってほしい。
性的に軽率な選択をした女性たちは、発疹《ラッシュ》、膿疱、ハンセン病、あるいは目に見えないが伝染力が強い感染症に罹患する可能性があった。ハンセン病は、乾癬、疥癬、実際のハンセン病を含む、さまざまな鱗状の皮膚疾患の総称だった。

かゆみと発疹

陰部のかゆみをともなう発疹ほど不快なものはない。もちろん、こうした症状に対処する方法はあったが、どんなものだろう？　それではここで、われわれの大好きな女医、トロトゥーラ先生に登場してもらおう。彼女がいなかったら、どうなっていたことか。
彼女は、理由を問わず女性の陰部がかゆくなったときの助言をくれた。

膣にかゆみがある場合は、樟脳、酸化鉛、月桂樹の実、卵白を用意し、ペッサリーまたは浣腸器を作る。ガレノスは、フェヌグリーク（コロハ）とガチョウ脂を粉末にしたものが子宮の硬化を解消すると述べた。ヒポクラテスも同様に証言している。

かゆみ？　女性の自制心のない夫から性病をうつされて発疹が出ているだけだろう。しかも彼女は新婚初夜に処女だったはず！　女性の貞操はあれだけ問題にされるのに、男性のほうは……。

ほかの対策と違い、トロトゥーラは万一この治療法に効果がなかった場合を心配して、わざわざ権威ある名前を挙げている。うまくいったら最高！　効かなかったとしても、ガレノスやヒポクラテスのせいにすればいい。トロトゥーラが悪いわけではない。彼女の治療法にはしばしば樟脳が用いられるので、かゆみには効かなかったとしても、膣のにおいは改善されたに違いない。

ペッサリーや浣腸器を勧めている点はやや疑問が残る。浣腸が陰部のかゆみに効く理由がよく分からないからだ。肛門に薬を挿入すると効果があるということは、かゆみがかなり広範囲に広がっていることを意味する。ちょっと想像しにくい。

他人との密接な接触を介して広がる感染症として、ほかには腺病、白癬、疥癬、潰瘍、膿瘍などがあった。フランス、モンタイユの村人たちは、アクス＝レ＝テルムの硫黄泉でこれらすべてを治療しようとした。いくつかの病気に対して、ある程度の局部的な緩和は期待できたかもしれない。田舎の温泉への小旅行も悪くはない。

膿疱

不幸にも、かゆみ以上の不快感がある、という女性は陰部に膿疱ができているのかもしれない。単純ヘルペスは古代ギリシャの記録に初めて登場し、中世でも流行していた可能性がある。もちろん当時はヘルペスとは呼ばれていなかったが、同じ症状のじゅくじゅくした膿疱について記録が残っている。

ありがたいことに、トロトゥーラはまた、陰部の膿疱に対しても〝まずまずの〟治療法を伝えており、ほかの医学書にも引用されている。これは〝まずまず〟信頼できる治療内容という意味なのか、〝まずまず〟効果があるという意味なのか判然としない。どちらにせよ、試してみる価値は〝まずまず〟あるだろう。失うものはないのだから。

この療法には乳香が必要だ。

陰部にできた膿疱が、ときに非常に大きくなることがある。こういう患部には、火や熱湯による火傷、この種の表皮剥離に効く軟膏を塗布しなければいけない。用意するのはリンゴ一個、アルメニア産ボウル（bole）、マスチック、乳香、油、温めたワイン、蠟、獣脂。これらを次のように準備する。リンゴは皮と芯を取り除いてすりおろし、油と蠟と獣脂と一緒に鍋に入れて火にかけ、沸騰したら、粉末にしたマスチックと乳香を入れる。その後、布で濾す。この軟膏を火傷に塗布した場合は、ワインか酢で煮たツタの葉、あるいはミナリアヤメの葉を患部にあてがうこと。

この治療法はまずまずである。

たしかに、それなりの治療法ではある。

マスチックがなんなのかを調べることに加え、普通のボウルではなくアルメニア産のものを入手する手間までかかる。しかも、どちらも何を指しているのか不明なのに、知っていて当然というわけだ。ボウルとは何か。アルメニア産ボウルとは何か。どこで買えるのか。八百屋だろうか、それとも魚市場？　どんな些細な情報でもありがたいのだが。控えめに言っても、トロトゥーラの説明では彼女の治療法に必要な材料がどこで手に入るのかはまったく分からない。

調べたところ、アルメニア産ボウルとは、アルメニア産の赤土から作られる粘土だという。いや、本当に。酸化鉄が多く含まれているため、独特の赤色をしており、アルミニウムとおそらくはマグネシウムのケイ酸塩も含まれている。マスチックは、マスチックの木から採れる天然の樹脂で、不安になるようなものではない。アラビア語のガムという一般名のほうが広く知られている。

シラミ

もちろん、シラミは女性だけでなく中世の大衆にとっての懸念事項であった。陰毛に寄生するケジラミは性行為によって感染した可能性もあったし、単純に寝具から感染した可能性もあったかもしれない。当時は全裸で寝るのが一般的だったので。

モンタイユ村のギルメット・ベネトとアリザイス・リーヴス

一四世紀初頭のフランス、モンタイユ村の記録には、隠したり恥じたりすることなく、互いにシラミを取り除く描写が数多く残っている。恋人たちは互いの体からシラミを取っていた。家族も同様だ。夫婦は、人目もはばからずシラミをつぶし合うことを恥ずかしいとは思っていなかった。レイモンド・テスタニエール（通称ヴィサンヌとして知られる使用人）が村の異端者について情報提供をしたときの会話が記録に残っている。

異端者たちがモンタイユ村を支配していた頃、ギルメット・ベネトとアリザイス・リーヴスが、日光を浴びながら娘のアリザイド・ベネトとレイモンド・リーヴスにシラミを取ってもらっていました。四人とも家の屋根の上にいました。わたしは通りすがりに、彼女たちが話しているのを聞きました。

シラミ駆除は女性の仕事で、たいていは近しい関係者が行っていた。現代のわれわれがシラミに対して抱くような羞恥心はまったくなかった。

ほかの町や都市とは異なり、モンタイユの住民はそれほど頻繁には入浴せず、よく使う部分や人から見られる部分（つまり、手と顔）ぐらいしかきちんと洗っていなかった。ほかの多くの地域の女性たちは、自分を清潔に保つことにもっと関心が高かったので、シラミを手で取ることだけに頼るのではなく、シラミを駆除する治療薬を求めていた。

トロトゥーラによる一連の有用な助言の英訳版には、体と陰部のシラミの対処法がふたつ紹介されている。

陰部や脇の下に発生するシラミには、灰と油を混ぜて塗布する。

中世史に詳しい人なら誰でも知っているように、灰と脂質を混ぜると高品質の石鹸になる。石鹸に近い混合物を塗るわけだから、効き目はありそうだ。ケジラミであれ普通のシラミであれ、石鹸は試してみる価値がある。

トロトゥーラは目の周りに発生するシラミを駆除するのに特化した、別の方法も紹介している。石鹸では陰部のシラミを撃退できなかったとき、試してみてもよいだろう。これにはベーコンが必要になる。

シラミ駆除に適した軟膏を作る必要がある（中略）アロエを一オンス、白鉛と乳香を一オンス、必要に応じてベーコンを用意して、手順は次のとおり。ベーコンを非常に細かく刻み、粉末にした残りの材料に加える。

シラミ駆除用としては、材料が高価すぎる気がする。また乳香？　そんなもの、普通の女性が家に常備しているだろうか？　そうは思わない。鉛を目の周りに塗るのも、性器に塗るのも、かなり気がかりだ（いい勝負だが、性器に塗る不安のほうが少しだけ勝る）。さらに気がかりなのは、おいしく食べられるはずのベーコンがまったくの無駄になるかもしれないことである。

三賢者が聖母マリアの出産を祝うため、熟考の末に持ってきたもの――黄金と乳香と没薬――を、ずいぶん奇妙なものを選んだものだ、とわたしはいつも感じていた。たしかに高価な贈り物ではあるが、それほど役に立つとは思えない。新米の母親には温かい夕食などのほうが実用的ではないだろうか。でもひょっとしたら、一見するとそうは思えないけれど、それらは産後のケアに適した贈り物だったのかもしれない。

馬小屋は静まり返っている。マリアは一二月二四日に出産を終え、疲れ果てていた。新生児は布にくるまれて飼い葉桶で眠っている。残念ながら、赤ん坊を寝かせる揺りかごはなかったものの、女性とは機転が利くもので、マリアも飼い葉桶で代用していた。ヨセフは、ちょうどお茶でも呼ばれようと立ち寄った羊飼いたちとおしゃべりをしている。マリアは胸の内で、羊飼いたちが評判のシェパーズパイでも持ってきてくれていたらと願っていたが、それも叶わなかった。今夜も自分が家族の夕食を用意しなくてはならないのかとマリアが思い始めたとき、さらなる訪問者がやってきた。マリアは元気を取り戻した。何か食べものを持ってきてくれたかもしれない。

賢者1：わたしたちは三人の賢者です。
マリア：たしかに三人ですね。
賢者2：敬意を表しに来ました。
マリア：夕食を作るためじゃなくて？
賢者3：贈り物を持ってきました！
マリア：贈り物？　果物の盛り合わせとか？　それともチーズの盛り合わせ？　ナッツの詰め合わせかしら？
賢者1：（心もとない様子で）遠くから来たものですから……。
マリア：どのくらい遠くですか？　ピザとかパスタの国？
賢者2：はるか東から来たのです。
マリア：はるか東？　点心とか唐揚げのある地域から？
賢者3：それよりずっといいものを持ってきました！
マリア：カレーね！　うれしい！　あなたたち最高よ！
三人の賢者が不安そうにモジモジする。

馬小屋の3人の賢者。
1470年、フランダースのジャン・ド・ワヴランの時禱書（ウォルターズ美術館所蔵の写本W267、64枚目の表）

賢者1：金を持ってきたんです！　お腹が冷えて胃もたれしているときに効きますよ！

マリア：なんの話？

賢者2：乳香を持ってきました！　ケジラミに効きますよ。

マリア：ちょっと待って。ケジラミだなんて、失礼な……。

賢者3：没薬を差しあげます！　あふれる欲望を体から追い出してくれます。胸に少し塗ると効果的ですよ。

マリア：信じられないわ。あなたたち三人にはうんざりよ！

三人の賢者は気まずそうに顔を見合わせる。

マリア：キャセロールのひとつも持ってきていないの？

女性なら誰しも思い当たるふしがあるはずだ。男性は絶望的にプレゼント選びが下手なのである。

ハンセン病

中世の医学においては、ハンセン病にかかっている女性の性行為について、間違った見識がはびこっていた。厳密に言えば、ハンセン病は性感染症ではなく、性的接触がなくても感染する。現代では周知の事実だが、中世の見識はまったく異なっていた。不浄な女性との性交によってハンセン病に感染すると信じられていたのだ。感染力が強かったので、ある意味では正しい。ハンセン病患者との性交によって、自分も感染するのは確実とされた。不幸にも、ハンセン病患者は特に性欲旺盛であると信じられていた一方、誰もハンセン病患者と性的な関係になりたがらなかった。

一三世紀の医学書には早くも、女性がハンセン病患者と性交をしてもなんの問題もないと書かれている。女性が感染することは決してない。だが、その女性が次に性交した相手は感染するのだ。

この耳新しい学説の根拠は四体液説である。それによると、女性の子宮は冷えているため、ハンセン病患者から発射されたものは女性の子宮にとどまり、そこで有毒かつ伝染性の蒸気に変化するという。これだけでは女性は病気にならない。しかし次に男性がその女性の蒸気に満ちた膣にペニスを挿入すると、必ず感染するのだ。すぐに痛みが起こって全身に広がり、破滅の道をたどる、とされた。

モンタイユ村のアルノー・ド・ヴェルニオルが寝た売春婦

当時はそんな見識が流布していたので、モンタイユ村の司祭アルノー・ド・ヴェルニオルは、若い頃に売春婦と性交をしたあとにハンセン病にかかったと思いこんだときのことを、あとになってこう語っている。

ハンセン病患者が焼き殺されていた時代、わたしはトゥールーズに住んでいた。ある日、売春婦と関係を持つという罪を犯したあと、わたしの顔が腫れ始めた。ハンセン病にかかってしまったと恐怖にさいなまれ、今後は二度と女性とは寝ないと誓った。

その売春婦がハンセン病にかかっているようには見えなかったことから、彼女との性交とはまったく関係のないところから、なんらかの病をもらってしまった可能性が高そうだ。顔が腫れたのなら、おたふく風邪かもしれない。アルノーがその後も女性と寝たり、次々に愛人を作ったりすることをやめなかったのはたしかだが、本人の証言によると、しばらくはそんな気にならず、代わりに少年たちを虐待し始めたという。驚くなかれ。

日常的に売春婦と遊んでいた男たちは、結婚後に病気を持ち帰って新婦に感染させることが多かった。そのせいで彼女たちは婦人科系のあらゆる厄介な症状に苦しみ、手の施しようがなかった。

民間療法を試してみたり、心から祈ったりする者もいたかもしれない。一二世紀後半のこと、オード・ド・ボーモンは売春婦を抱いたあとにハンセン病らしきものに感染したが、聖トマス・ベケットに熱心に祈って回復した。おそらくハンセン病ではなかったのだろう。

アイルランドのイゾルデ

大衆文学にも、ハンセン病患者との性交の恐怖は描かれていた。一二世紀の恋愛小説『トリスタンとイゾルデ』には、媚薬を飲んで思いがけず恋に落ちてしまった恋人たちが登場する。コーンウォール王マルクは親族のトリスタンに、アイルランドへ美しき未来の花嫁を迎えに行くよう命じる。彼女の名はイゾルデ。帰路、イゾルデとトリスタンは恋に落ちる。とはいえ、イゾルデはそのままマルク王と結婚するが、そこからはすべてが悪いほうに転じていく。

恋人たちは密かに愛をはぐくみ、周りから関係を怪しまれ、やがて真実が明るみに出る。激怒したマルク王は、妻のイゾルデを姦通の罪で火あぶりにしようとするが、急に気が変わり、死よりも苛酷な運命を背

床についたハンセン病患者に食事をさせる女性。ルートヴィヒ8世所有の写本3（83.MK.94）、見開き43枚目（Getty Images）

負わせることにする――ハンセン病患者の収容所に送りこんで慰みものにするのだ。その決定にハンセン病患者たちは大喜びし、イゾルデが姦通の罪を償うために悲惨な目に遭わされることをマルク王に約束する。彼らは言った。

イゾルデをよこせ。彼女はわれわれのものだ。これ以上に悲惨な運命をたどる女性はいないだろう。王よ、底知れぬ欲望を持つわれわれの相手を一日でもできる女性は、この世にひとりもいない。王がイゾルデをわれわれハンセン病患者に与えてくださるなら、彼女はわれわれの卑しい売春宿がどんな場所か思い知ることになるだろう。

当然、イゾルデは恋人のトリスタンに助けられる。だが、現実の世界ではそんなにうまくいかない。〝ハンセン病患者の収容所で慰みものになる〟ことは文字どおり死刑宣告も同然の脅威的な処罰だった。

第一三章　女性同士

女性のなかには、厳格な宗教観が創りあげた理想の女性像に縛られることを拒む者もいた。女は男を愛するものであり、それがあるべき姿だ、ということを教会は強調した。その固定概念に疑問を呈したりする女性は、そのことを激しく後悔させられた。

教会は——驚くなかれ——女性との交際を好んで、いわゆる極悪非道な所業に手を染める者、特に女性に対しては、敵意をむき出しにした。そして、レズビアンは極悪非道の極みと見なされた。男性が直接関わっていない場合や、常軌を逸した行為である場合、その極悪非道な行為を告発できた。

レズビアン

俗世を離れて修道院に暮らす女性たちが特別な友情という不自然な絆を結ぶ話はたくさん存在す

る。わたしが言っているのではない、彼女たちの話によると、だ。同性カップルはなんの権利も認められていなかったし、カップルであることさえ受け入れてもらえなかった。彼女たちはただの友人同士と見なされた。とても仲のいい友だちにすぎないと。どういう種類の仲のよさかを推測してはいけない。もしかしたら〝ただの友だち〟以上の関係かもしれないと考えるだけでも、教会から罪深いと判断されかねない。考えないほうが身のためなのだ。

教会によると、レズビアンの主な問題は、彼女たちが密かに性的な関係を結ぶ相手が、結婚して夫を持つことから遠のく点だった。まったく、恥を知れ！　教会法学者たちはレズビアンの問題にどう対処すべきか分からず、ほとんどの場合、見て見ぬふりをして、もっと差し迫った問題に注意を向けた。たとえば、ふたつの敷地の境界にある草を誰の牛が食べていいか、パンの大きさが標準より小さすぎるのではないか、といった問題だ。

一三世紀には、このような女性たちをどう扱うかについて、いつものごとく、聖職者たちから不満の声があがった。神の意志に従うなら、家庭で幸せに暮らす彼女たちをこのまま放っておくわけにはいかないと思ったからだろう。

一四世紀になると、聖職者たちは不満をそれとなく示すだけにとどまらず、公然と批判するようになった。同性に対して完全にプラトニックな友情を超えた愛をはぐくむ女性は、敵意を向けられるようになった。女性たちは、不自然な愛情が芽生えるかもしれないという理由で、ほかの女性と親密な友情を結ばないよう注意された。聖職者たちは説教で諭す必要があるとばかりに、そういう女性に非難の矛先を向け、より悪質な罵詈雑言をより頻繁に吐くようになった。愛する女性と静かに暮らしたいと願う女性に対して、聖職者たちは怒りを込めて罰を言い渡した。ごく稀に、追いつめられた女性が死に至ることもあった。本当に、まったく理不尽なことだ。

テオドールのご意見

レズビアンに眉をひそめるようになったごく初期の段階では、それほどひどく迫害されていたわけではなく、ほかの大半の軽犯罪に対する懲罰と同じようなものだった。八世紀の告解書『*Penitential of Theodore*（テオドールの懺悔マニュアル）』によると、ほかの女性との肉体関係を経験した女性に対し、三年間の断食によって懺悔するという処罰を与えている。

もし女が女とともに悪徳の罪を犯せば、三年のあいだ懺悔しなければならない。ひとりで悪徳の罪を犯した場合も、同じ期間の懺悔を行うこととする。

親しい女友だちと罪を犯しても、ひとりで罪を犯すのと同じ罰を受けるというのは少し意外である。通常なら、単独行為は集団行為よりも罰則が少し軽かった。懺悔のための断食は毎日ではなく、すべての祝祭日に行うことと定義されていた。しかし忘れてはならない、祝祭日は非常に多かったのだ。祝祭日、つまり聖人の祝日は年間約六〇日もあり、罪を反省するには充分な時間だった。

キスを交わす女性たち。
『カロー詩篇』（ウォルターズ美術館所蔵の写本W34、見開き23枚目の表）

ブルヒャルトのご意見

一一世紀になる頃、ヴォルムスのブルヒャルトは、告解室における贖罪用の質問の執筆に忙殺されていた。三章でご紹介した、告解室における性的質問を一九四も思いついたあのブルヒャルトである。彼はレズビアンが自宅のプライベートな空間でどんな行為をし

ているのだろうと非常に心配していた。それゆえ念には念を入れ、彼女たちが不品行に及んでいないことを確認すべく、その聴罪司祭のマニュアルに次のような質問を加えた。

彼は告解を聞く司祭に、徹底的に尋問するよう促した。一五四番目の質問にはこうある。

> ある種の女性が常習的に行っていることを、あなたも行ったことがありますか？　すなわち、自分の望む大きさの男性器に似せた器具や何かを作り、それを自分の性器、あるいは相手の性器に留め金や何かで固定し、女性と姦淫に及んだり、相手の女性が同じような器具や別の種類の器具であなたと姦淫に及んだりすることです。もしこのような行為をしたならば、五年間、

定められた聖人の祝日に懺悔を行うこととする。

次の質問もよく似ているが、おまけがついているので全文を読む価値がある。

ある種の女性が常習的に行っていることを、あなたも行ったことがありますか？　すなわち、快楽をもたらす寸法に設計された、男性器の形の特別な機械装置や何かを考案し、それを自分自身またはほかの女性の陰部に装着し、複数の邪悪な女性たちと姦淫に及んだり、彼女たちが同じような器具や別の種類の器具を使って、あなたと姦淫に及んだりすることです。

罰として、三年間、あるいは四年間、祝祭日はパンと水だけで断食をしなければならない。修道女がこのような形でレズビアンと行為に及んだ場合は七年だ。七年。余談だが、女性が性的にもてあそばれたかどうかだけでなく、相手を性的にもてあそんだかどうかも尋ねることにしたブルヒャルトはさすがだと思う。それに女性は邪悪なんですって。ぜひとも言っておかなければいけなかったのだろう。彼はたしかにそう思ったようだ。

それで終わりではなかった。ブルヒャルトはさらに、ある種の女性が常習的に行っていることを行ったことがあるかと質問している。つまり、前述の器具や似たような構造の器具の上に腰をおろし、ひとりで姦淫を犯していないかと。たとえ相手のいない孤独な女性であっても、ひとりで性具を使用した場合、丸一年の処罰が科される。考えに考えてこの質問をひねり出したのだろう。おそらくひとりで。夜な夜な。

このような質問のデメリットは、実際、深夜にいけないひとり遊びをする女性も一定数はいたかもしれないが、多くの女性は考えたこともなかった可能性が高いということだ……その質問をされるまでは。だから「いいえ、やったことはありませんが、素敵なアイデアですね、ありがとうございます！」なんてことになる。どんな女性も、教会の意図に反して背中を押されて次のステップに進み、性的な探求に本格的に乗り出すかもしれない。

初めてこの質問をされた新婦は、親しい女友だちに相談しなければならないと感じるかもしれない。

セシリーとマーガレットがおしゃべりしている。セシリーは教会から帰ってきてから少し考えこんでいるようで、ついに胸の内を打ち明けることにした。

セシリー：今日教会で何が起こったか話しても、信じてもらえないでしょうね！　ブラザー・エドワードがわたしに、ペニスを作って誰かにくくりつけて姦淫したことがあるかって訊いたのよ！

マーガレット：信じられない。なんて失礼な！

セシリー：失礼極まりないわ！　ストラップ付きのペニスの話をしていたのよ！

唖然とするあまり、ふたりとも沈黙。

マーガレット：……でも……したことあるの？
セシリー：マーガレット！　よくそんなこと訊けるわね！
マーガレット：ただ……男性たちは十字軍の遠征のために荷造りをしていて、来週の火曜日に出発するでしょう。
セシリー：ええ。夫のエドワードも行くのよ。
マーガレット：それに、この前の遠征は一〇年以上も続いたのよ……。
セシリー：一〇年！　長いわね。なんてことかしら。
マーガレット：とてもとても長い期間よ。たしかに考えさせられるわね！
セシリー：たしかにそうね。

マーガレットがコホンと咳をする。

マーガレット：ブラザー・エドワードが話していたストラップってどんなものだと思う？

ヒンクマールのご意見

『*Penitential of Theodore*（テオドールの懺悔マニュアル）』からさらに一〇〇年後、九世紀のランス大司教ヒンクマールは、特別に大切な女友だちと関係を持つ女性について一家言あり、彼女たちの性事情についてよく知らない人たちのために、詳しく説明しようと試みている。

彼女たちは、一方の体に他方の生殖器を挿入することはしない。自然の摂理でそうすることはできないからだ。とはいえ、ペニスの代わりに人工的な器具を利用している。どうやら、悪魔的な働きをする特別な器具を使って、欲望を刺激しているらしい。

彼女たちが男性器の形をしたものにストラップがついた〝特別な器具〟を利用していたことをわれわれが知っているのは、教会の告解室というプライバシーが守られる空間で、疑うことを知らない女性たちにどんな質問をしたのか、書き残されているからだ。ヒンクマールは少し恥ずかしかったらしく、ディルドに言及することをためらい、〝悪魔的な働きをする特別な器具〟という遠回しな表現でごまかしている。実に素晴らしい表現ではないか。

残念ながら、ヒンクマールの戒めはレズビアンの生活にあまり影響を与えなかったようで、率直に言って、それ以降は教会にとってどんどん悪いほうに転がった。

グレゴリウス九世のご意見

その後一二三〇年代、教皇グレゴリウス九世は聖ドミニコ会に、許容しがたいレベルの同性愛を撲滅するよう命じた。ドイツには同性愛が蔓延していると考えたからだ。現状を非常に忌まわしいと痛感し、その主張を声高に訴えた。

教皇が同性愛について、「できればやめていただきたい」から「地獄の業火で焼かれてしまえ」までのあいだのどのレベルで嫌悪しているのかは明らかだった。レズビアンは災いをもたらす存在だと決めつけ、こう感じていた。

（同性愛者は）世間からは軽蔑され、天の評議会からは恐れられている（中略）動物よりも汚く、生きとし生けるもののなかで何よりも危険だ。

レズビアンが？　危険？　彼女たちは、禁欲主義であるはずの聖職者から性器のことをどうこう言われる筋合いはないと思ったせいで、危険と見なされたのかもしれない。幸い、教皇グレゴリウスも同性愛を快く思っていなかったものの、自ら罰則について多くを書き残すことはなかった。代わりに、彼の後継者たちがいろいろ書き記している。

ベーダのご意見

尊者ベーダはイングランドのベネディクト会修道士で、聖ペテロ修道院で静かに暮らしていた。当時はグレゴリウスやヒンクマールよりも前の時代で、ある意味、ベーダが先駆者である。有益な発言を数多く残しているので、何年も経ったいまでも、世界中の教会関係者から引用される。ベーダはさまざまなことに思いを馳せていたが、特に気になっていたのは、敬虔な女性、特に修道女が同性愛にふけることだった。俗世間の女性たちが同じ悪行に及ぶのはまだましに思えた。男根をかたどった器具を作り、それで遊ぶ修道女たちを、ことさら問題視していた。彼の教令集には、女性同士の行為に対して七年間の懺悔というかなり厳しい処罰が記載されている。ほかの多くの教令集が男性同士の行為に対して定めている処罰と同じ厳しさだ。

聖アウグスティヌスのご意見

聖アウグスティヌスは宗教界で権威ある人物だった。彼が話すと人々は耳を傾け、その助言はかなり真剣に受け止められた。彼は一種の重鎮だった。当然ながら、同胞の精神的、肉体的な幸福を心から気にかけていた。もちろん、男女両方の幸福を。それゆえ、あることに気づいたのだ――平修士でありながら性交にふける者が周りに大勢いる一方で、同居生活を送る修道女たちが、健全な欲求を満たしてくれる男性がそばにいないという理由で、同性とのあいだに不自然に固い絆を結んでしまう可能性があるかもしれないと。多分、親密な絆を。女性とは弱き存在なので、導きが必要なのだ。

アウグスティヌスの考えでは、修道女が神や同じ修道女たちを精神的に愛することは賞賛に値し、適切で神聖で素晴らしいことだったが、修道女同士が肉体的に愛し合うことは避けなければならなかった。神の前では純潔でなければならないし、慎み深くなくてはならない。誘惑されることは許されない。誘惑されるような場所に身を置かないか、そういう状況に陥った場合は細心の注意を払って切り抜けるべきである。道を誤れば、地獄と煉獄に一歩近づくことになるのだ。

リンカーン教区の司教は、自らの管轄地域を訪れた際に懸念を表明した。一五二 年、バーナム修道院は改修工事中だったため、そこに住む修道女たちは限られたスペースを譲り合って生活していた。それを見た司教は、誘惑に駆られて不適切な関係に陥りかねない状況だと感じた。次のように指示したことが訪問記に記されている。

寮の修理中なので、修道女たちはふたりで一台のベッドを使っていた。司教は、今後は一緒に寝るのではなく、別々のベッドで寝るように指示した。

一緒に寝ると不適切な関係に陥るかもしれないと判断されたようだが、修道女が罪深い状況に身を置くことを避けたいのであれば、ほかにも考慮すべきことがあった。たとえば、修道女たちが一緒に入浴すれば、不純な行為に及び、司教が望まない種類の愛が芽生えるかもしれない。

とはいえ、敬虔であることの次に、清潔であることは大切だったので、普段どおりに洗面器の水で顔や手を洗うことは奨励されるべきである。しかし、入浴が目的であるはずの浴場は誘惑の温床になりかねない。そのため聖アウグスティヌスは、神に仕える女性は入浴など月に一度でいいと助言した。入浴する際も三人以上のグループが望ましく、泡だらけの女性が浴槽にふたりきりでいるのはよろしくない、とのこと。

その助言によって女性同士の関係を阻止できたのかどうかは分からない。

マシューのご意見

中世の年代記作家マシュー・パリスは、俗世間の女性に対して堂々と失礼な態度を取った。女性同士の関係は不適切であると、修道女だけでなく、もっと広く世間一般の女性に対して、誰か（おそらく男性）が厳しく啓蒙すべきだと考えたのだろう。その仕事に適任なのは自分である、と。マシューは、聖書のなかの暗にレズビアンを示す箇所は熟知していたものの、実用医学についてはほとんど理解していなかったようだ。ありえないことを語っている。

美貌の貴婦人が（中略）ほかの女性を妊娠させ（中略）奇妙な方法で父親になった。

本当に奇妙なのは、マシューがそれをまことしやかな話どころか、紛れもない真実だと考えてい

煉獄にいる3人の女性の魂。
15世紀の時禱書（ウォルターズ美術館所蔵の
写本W168、見開き167枚目の表）

たことである。騙されやすい人とは彼のことではないか。本当に。実に。騙されやすい。マシューは聖書の大ファンでもあり、特にローマ人への手紙一章二六節を好み、寝室において受け身でいるだけでなく積極的に動く女性は不道徳な欲望にまみれていると信じこんでいたので、次のように決めつけている。

そのような女性たちは当然、忌まわしく汚らわしい評判を得ている。

こんなくだらないことを言う人は、3Pに誘われることはないでしょう……なんてね。

大人のおもちゃ

もうそろそろお気づきだろうが、孤独な女性や特別な関係の女友だちがいる女性が使うディルドのようなおもちゃは、中世に生み出された。長く孤独な夜のあいだ、野菜など使わなくても、実際のペニスを模したおもちゃで自分を慰めることができたのだ。短い夜でも。あるいは午後でも。

偽物のペニスを挿入しても、生身の男性と性交したことにはならなかったので、性交にまつわる規則（いつ、どこでなら可能か）は適用されなかっただろう。ではここで、ディルドについて学んだことをもう一度復習してみよう。興味のある章まで飛ばし読みした人もいるだろうし。まったく、スケベなんだから。

ディルドについて学んだこと。

＊　ディルドにはストラップがついているものもある。友だちと一緒にプレイするときに便利だから。告解室の会話より。

＊　ストラップがついていないものもある。ひとりでプレイするときは、そのほうが好都合。これも告解室の会話より。

＊　籠いっぱいに入れられている。不品行な修道女を描いた写本の余白の装飾より。

＊　猫がディルドを持ち逃げする絵がいくつかある。写本より。

＊　絵を見たところ、男性器のおもちゃには睾丸もついたようだ。

＊　形が変化するものもひとつ作られた。硬くなったり、柔らかくなったりしたのかもしれない。

最後の件については、のちほど説明する。

レズビアン法

中世の教会はレズビアンに対して極めて不寛容だったので、民事裁判所にはせめてもう少し寛大な態度を示してもらえると、女性は期待できただろうか？　できない？　まあ、場所によってはできたかもしれないが、一三世紀のオルレアンでは絶対に無理だった。

一二七〇年に制定された法律では、実際に有罪判決を受けたレズビアンには体を切断する刑が推奨されている。同じ女性が三度目の有罪判決を受けた場合、二度の切断後に残っているはずの部位を生きたまま焼かれることになっていた。

わたしの知る限り、同じ裁判所の記録には、有罪判決の記録も、いずれかの刑罰が執行された記録もない。ただ一件、一四七七年にカテリーナ・ヘッツェルドルファーが溺死という刑罰を下されたという異例の記録があった。

男になりたかった女たち

却下。裁判所と教会に言わせれば、女性が男性になるなんて容認できない。ありえない。抜け道も可能性もなし。「もしかしたら」も「ひょっとしたら」も「万一」もなし。女性として生まれたなら、レズビアンにはなるかもしれないが、あくまでも〝女性の〟レズビアンである。男性になりたがるなんてありえない。考え直してください。しかし、少なくともひとりの女性が実行に移そうとしたのだ。

翼のあるペニスをかたどった世俗的なバッジ。ピューター（白目）製。複製品。

シュパイヤーのカテリーナ・ヘッツェルドルファー

一四七七年、裁判所がカテリーナを問題視した点は、彼女が女性であることだった。そもそも、それが悪い。しかも彼女は女性が好きだった。非常に悪い。彼女はまた、男になりたがっていた。それはもっと、もっと悪い。しかも男の格好をして、男のように生きていた。もう、本当に手のつけようがないくらい悪いではないか。

カテリーナはインターセックス［身体的に男性と女性の中間、またはどちらにも当てはまらない状態］として生まれたわけではないので女性器しかないため、教会や社会によれば、男になりたいと思う権利はまったくない。ないのだ！　インターセックスの人は女性になるか男性になるかを選べるかもしれないが、女性器しか持ち合わせていない女性は聖職者から「あなたには選択肢がない」とはっきり宣言されたも同然なのだ。ないのですよ、選択肢など。

カテリーナは、ほかのレズビアンがするようにレズビアンとして女性を愛することでは満足できなかったので、自ら不幸を招いた。レズビアンが女性を愛することも罪に違いなかったが、カテリーナが犯した罪ほどは重くなかった。ドイツのシュパイヤーという町では、男装して男として生活しているという理由で彼女は裁かれた。彼女は外見上は完全に男だった。女性の妻がいたが、法的拘束力のある結婚が成立して、婚姻関係が認められたことを証明する記録はないようだ。

カテリーナの悪行の調査記録には、革と綿と木で男性器を制作したとある。素晴らしい出来栄えで、女性と肉欲的な罪を犯すのに最適だった。あるいは、この場合は「詐欺行為」と呼ばれた。この偽の男性器は先に紹介した標準的なものだったようだが、カテリーナは豊かな才能を発揮して、装着時に排尿できたり、使うときは勃起させ、使わないときは弛緩させたりできる機能を付け加えた。

裁判では、カテリーナは既婚者でありながら男のように売春婦たちと淫行をしていた罪にも問われた。

法廷では、彼女の犯した罪の数々に圧倒され、どの罪が最も悪質で、どのような順序で裁くべきかを決めるのに苦労したに違いない。全般的に見て最も悪質なのは、カテリーナが生まれつきの性別を超えて、男性というより高い地位を自らに与えたことだとされた。女性にはふさわしくない男性という地位を。よくもそんなことを！

第一四章　ふたつの性——インターセックス

インターセックスの場合

厳格な宗教観に縛られた「女性」「男性」の定義に、すっきりと当てはまらない人々がいた。中世の社会構造からはみ出した、あるいは押し出された性（ジェンダー）である。当時、そういう人たちは忌まわしい存在と見なされていた。現代ではそんな偏見はないものの、中世の教会からは最も嫌われていたと言わざるを得ない。どういう人たちだったのか。

彼らは当時「両性具有者」と呼ばれていた。

中世の医学書や法律書で使われていた言葉だが、現代では使用されていない。侮辱的で中傷的な言葉なので、本書では歴史の正確性を期すために、資料から直接引用する場合にのみ使用する。

中世の社会のインターセックスの人々に対する偏見が、迫害へとつながったことが分かる具体例を紹介する。実にひどい迫害が横行していた。生まれつき両方の性器が機能している人は、いくつかの異なる見方をされた。ここでは中世においてインターセックスの人々がどう見られていたかに注目する。あくまで中世の見解なので、当然ながら、現代の読者はあきれてしまうだろう。

中世に複雑な感情を抱きつつ自問してみよう。両方の性を備えた人たちについて、われわれが知っていることはあるだろうか？　何かひとつでも？

知っているはずだし、その多くがよいことではない。そう聞いても驚かないだろう。

ギリシャ神話のサルマキスとヘルマプロディートス

「両性具有」という言葉は、ラテン語のヘルマプロディートスから来ている。オウィディウスによるギリシャ神話には、こんな話がある――ヘルメスと愛の女神アフロディーテの息子であるヘルマプロディートスはハンサムな若者で、精霊サルマキスの目に留まった。ほかでもなくヘルマプロディートスに心を奪われたサルマキスは、彼と永遠に結ばれたいとオリンポスの神々に祈った。神々は彼女に同情し、ふたりの体をひとつに合体させた。おそらく、それはサルマキスの意図するところではなかったはずだ。

この話はギリシャ人のある感覚を示している。つまり、両方の性器を備えた者は欠陥があるというわけではなく、むしろ神の意志によって創造されたものである、という感覚だ。

中世の学者たちの見解はいつものごとく一致していた――すべては神の意志であるがゆえに、神が創造したものは神の意図どおりであり、それぞれが完璧である。物事が存在し、なるべくして展開するのは、それが神の計画の一部であり、神がそう望むからだ。この見解は中世の医学において特に顕著に表れている。効果が保証されている治療法でも、回復が神の意志である場合にのみ効果が発揮されるというわけだ。

患者が死んだとしても、それは薬草や薬品が効かなかったわけでも、手術が失敗したわけでもなく、神の意志にほかならないのだ。

この事実を考慮すると、中世はあらゆるジェンダーが共存する世の中だったと言える。ただし、それについて議論に多くの時間が費やされていた。外見上は「男」あるいは「女」と見なされるふたつのジェンダーと、第三のジェンダーとが共存していたのだ。その第三のジェンダーをどう思うか問われると、「完璧」と答える人もいれば、「忌まわしい」と答える人もいた。

ここが厄介なところだ。インターセックスの人、つまり男性と女性の両方の性器を持って生まれた赤ん坊は、相反するさまざまな見方をされた。完璧だと見なされることもあれば、疑わしい、忌まわしい、唾棄すべきと見なされることもあった。物語のなかでほのめかされたり、暗示されたりもしたが、医学書を除いて、通常は名称を与えられることはなかった。

イシドールスのご意見

七世紀になると、社会の感覚はすでに変わり始めていた。インターセックスの人々はもはや完璧な存在とは見なされなかった。神の意志によって創られた存在ではあるものの、完璧どころか怪物扱いされるようになっていた。セビリアの神学者イシドールスは、社会がインターセックスの人々になじみがなかったため、彼らを不自然な怪物と呼んで神を怒らせないように細心の注意を払っていた。インターセックスの人々は依然として神の意志によって創られた存在だったとはいえ、どういう意志かはよく分からなかったのだ。イシドールスの見解では、インターセックスの人々は神の意志によって創られた怪物であり、受け入れられるかどうかの境界線上にいる微妙な存在だった。

それとは別に、インターセックスの人々を忌まわしい存在だとする強い主張もあった。そう、聖職者たちの意見である。

聖アウグスティヌスのご意見

成人したインターセックスの人々は、自分たちがときどき動物寓話にひどい描かれ方をしていることに気づいた。アウグスティヌスもまた残酷なことに、著書『神の国』で、インターセックスの人々を怪物扱いしている。非常に無慈悲で、信仰心のかけらもない。それにもかかわらず、神の子どもはすべて神の意志によって創られた子どもであるという信念を貫いている人々もいた。では、インターセックスの人々はどのように創造されたのだろう？　たしかに不思議だ。

生まれてくる赤ん坊

医学的見地から言えば、すべては妊娠する瞬間、つまり、男性の精子が子宮内の七つの特定の細胞のひとつに着床するときに起因する。それぞれの細胞は将来生まれる赤ん坊の属性を決定する役割を担っており、非常に女性的な女の子、普通の女の子、普通の男の子、非常に男性的な男の子などのいずれかになる。

オーロラ・コンサルジェンス。
トマス・アクィナスによる、〝錬金術における両極の問題〟についての文書より。
(ウィキメディア・コモンズ)

精子がちょうど真ん中の細胞に着床すると、両方の性別の特徴を持つ子どもが生まれる。こうした赤ん坊の場合、性別は乳幼児期に両親によって決められ、女の子または男の子のどちらかとして育てられるのが一般的だった。望まない性別の子どもが生まれた場合、家族による嬰児殺しが頻繁に行われていた時代背景を考えると、なぜインターセックスの赤ん坊が出生時に殺されなかったのだろうと少し疑問に思える。女の子であるという理由だけで赤ん坊が殺されることもある時代だったのに。

女の子として育てられた場合、性別を変更する機会はたった一度しかなく、それは結婚のときであった。インターセックスの子どもが両方の性別のまま生きていくことは許されなかった。インターセックスの人が結婚しようとする場合、自分が何をしようとしているのか理解していたことを願うばかりだ。

中世の社会は、あらゆるものを分類して適材適所に配置することにこだわっていたので、インターセックスの人々を男性あるいは女性のどちらかになんとしても分類しようとしたのだ。

ヘンリー・ド・ブラクトンのご意見

一二三五年、ヘンリー・ド・ブラクトンは『*On the Laws and Customs of England*（イングランドの法と慣習について）』という論文を著し、世の中の事情に通じていない民衆のために詳しく説明している。人類には男性と女性と〝両性具有〟の三種類があるけれど……

両性具有者は性器の優位性によって男性あるいは女性に分類される。

少し恣意的に思えるが、何を根拠にこう考えたのかは理解できる。つまり、思春期になって胸部が発達するまでは、性別による違いが見られるのは下半身の器官だけであり、それらは生まれたときからどちらも同じくらいのサイズかもしれない。思春期を迎えると、胸が膨らんでより女性らしいインターセックスになるか、筋肉と胸板が厚くなってより男性らしいインターセックスになるかのどちらかだ。これは中世の考え方であり、現代ではこのような分類はしない。

セグシオのヘンリーのご意見

同世紀の後半、その定義に心から納得はできなかった別のヘンリー（イタリアのセグシオの教会の法学者）は、性器による判断がどうしても難しい場合は、宣誓のもとで性別を選択し、それに従うべきであると付け加えた。

ピサのフグッキオのご意見

さらにもうひとりの一三世紀の教会の法学者ピサのフグッキオは、インターセックスの人の真の性別を定義するのに役立ちそうなほかの要素を示唆した。ヒゲという要素だ。ほかの男性と一緒にいることや、男らしい活動を好むのは、支配的な性別の兆候であるに違いない、と。まさに中世的な論理の真骨頂だった。

このような意味で女性であることを選んだ人は、髪を長く伸ばし、女性用の衣服に、指輪やガードルやブローチといった女性用の装身具を身につけ、ほかの女性と同じように純潔を守ることが求められた。また、結婚して夫に妻としての義務を果たすことも期待された。それができない、あるいはしたくない場合、婚姻関係が解消されることもあった。

ある彩飾写本の挿絵には、小さな乳房、筋肉質な太もも、長い髪を持ち、ヒゲを蓄えた裸の女性が糸巻き棒を使っている様子が描かれている。女性向けの仕事道具が描かれていることから、この人物は男性ではなく女性の人生を選んだか、選ばざるを得なかったことが分かる。男性が糸巻き棒で毛糸を紡ぐことは決してない。現実の世界では、ヒゲはきれいに剃られているはずだが、教訓を伝えるために、この人物は両方の属性を備えているように描かれている。

ピーター・ザ・シャンター（ピーター・カンター）のご意見

女性を選んだ人は、女装して女性の役割を果たすだけでなく、男性としか性的関係を持たないことが期待された。たとえ男性器がついていたとしても、ほかの女性と姦淫することは、自分の意志で選んだ性別を否定することになり、人類および神に対して間違いなく忌まわしい行為と見なされた。ピーター・ザ・シャンターは一二世紀に著した『*Vitio Sodomitico*（同性愛の罪）』のなかで、性交は陰茎と膣がそれぞれひとつずつで行われるべきであり、アナルセックス（肛門性交）は避けるべきであると結論づけた。法制度に照らし合わせると、それが正しいからである。

男性同士あるいは女性同士の性交は認められず、男性と女性の性交のみが認められる。このため教会は、両性具有者、つまり男女両方の器官を持ち、性交において能動的な役割も受動的な役割も果たせる者が、最も興奮する、あるいはより感じやすい器官を使用することを認めている。しかし、一方の器官が使えなくなっても、もう一方の器官の使用は決して許されず、永久に禁欲を貫かなければならない。これは、アナルセックスのような神に忌み嫌われる倒錯行為を避けるためである。

ピーター・ザ・シャンターは、当時の司祭たちの考えを代弁していた。よい考えではなかったが。

リムリックの裸の髭女とウィックローの裸の牛男（一部分）。
1196〜1223年頃にギラルドゥス・カンブレンシス（ジェラルド・オブ・ウェールズ）が著した『ヒルベニア地誌』［『アイルランド地誌（叢書・西洋中世奇譚集成）』青土社］より。
（ロンドン、大英図書館、Royal 13 B. viiiの見開き19枚目）

ドミニコ会の事例

インターセックスの人々にまつわる最も興味深い事例のひとつは、一四世紀初頭の女性のものだ。ドミニコ会の年代記には、男性の妻として一〇年間暮らした女性のことが記されている。彼女は膣になんらかの異常があり、性交は不可能だったようだが、少なくとも試みはしたと考えられる。

見た目は女性のようで、胸は小さかった。一〇年後、彼女の夫は教会裁判所に訴え、婚姻関係は無効となった。彼女が妻としての義務を果たすことができなかったためだ。どれだけ忍耐強い男性にとっても、一〇年は長い年月である。

婚姻関係が無効になったあと、この不幸な女性は外科医に頼んで、陰部を切開してもらった。すると驚いたことに、陰茎と睾丸が出てきた。彼女は性的に女性として機能できなかったため、性別を男性に指定し直した。そうして〝彼〟は男性としての人生を歩み始めたのである。肉体労働に従事し、女性と結婚し、適切な肉体関係を結べるようになった。

この人物は単に出生時に誤診され、宣告した性別にふさわしい器官が形成されていなかっただけであり、忌まわしい存在とは見なされなかった珍しい例だ。女性として結婚し、のちに男性として再婚したことを、裁判所は不適切と判断しなかった。なぜなら、この人物はずっと男性であったと考えられたからである。自分が男性だと分かっていなかっただけで。

裁判所への出廷

主に女性を自認するインターセックスの人にとって、さらに悪い話があった。証人が必要になりそうな裁判において、『グラティアヌス教令集』におけるラテン法令と民法は次のように定めている。

両性具有者が法廷で証言できるかどうかは、どちらの性が優位かによって決まる。

どちらの性が優位であるべきかは明白である。男性だ。男性の性が優位である必要があった。特定の時代においては、男性こそがきちんと認められた性別であり、法的手続きに参加を許された。行間を読めない人のために、さらに詳しく説明されている。

（前略）前提として、その人物の性的発達が充分に男性的で、男性と呼ぶにふさわしくなければならない。

ありがちな話だ。ペニスがあっても、見た目には女性だと、証人にもなれないというわけだ。

ユスタシュ・デシャンのご意見

一四世紀のフランスの詩人ユスタシュ・デシャンは、男性として生きるインターセックスの人にも女性として生きるインターセックスの人にも愛情や同情をいっさい示さず、わざわざ羊皮紙にペンを走らせ、『*Contre les Hermaphrodites*（両性具有者たちについて）』という下劣な詩を書いて、そういう人たちの全般的な欠点、おかしなところに生える体毛、相対的な不快感を描写した。それは中世版『あなたが嫌いな一〇の理由』みたいなものだが、唯一の違いは一〇を軽く超える数の理由が少ない行数に詰めこまれている点だ。

両性具有のやつは柔らかい顎をしている
女々しいのは、生まれつきの欠点
心が弱く、あらゆる美徳に欠け
悪徳に満ちているせいで　卑しい者になりさがる
男から女になったようなやつはヒゲを生やしているはず
毛がないなんて、誰にとっても恥辱
やつらと遭遇するのは不幸以外の何ものでもなく
やつらの視線は誰にとっても不快でしかない
やつらは両方の性を利用して欲望を満たす
わたしは知っている
やつらが信頼に値せず、不誠実で、邪悪なことを

つまり、エデンの園のイヴと同類ということか。
天の助けを必要とするほかの多くの原因や職業とは異なり、中世カトリック教会にはインター

セックスの人のための守護聖人はいなかった。しかし、一四世紀に殉教したひとりの女性が、現代のジェンダーが曖昧な人々と結びつけられることがある。

それが聖ウィルゲフォルティスである。

聖ウィルゲフォルティス

彼女が女性であったかどうかは疑問の余地がない――一般的な意味では女性だったが、その忌まわしくも男らしい特徴のために殉教した。誰の話かはお分かりだろう。十字架の上でドレスを着て、きれいな顎ヒゲを生やしているあの女性である。

一四世紀半ば頃、ウィルゲフォルティスは、夫から虐待されている女性が祈る対象として非常に人気があった。さまざまな異名があるが、アンカンバーの英語名で広く知られている。

ウェストミンスター寺院には、長いドレスを着て十字架を持ち、顎ヒゲを生やした彼女の美しい彫刻が残っていて、ヘンリー七世礼拝堂に収蔵されている。聖ウィルゲフォルティスをモチーフとしたほかの作品で、十字架上のイエスと間違えそうなものもあるが、違いは彼女がドレスを着ているのに対し、イエスは通常、腰布を身につけている。さて、彼女の外見が分かったところで、その人物像を見てみよう。

ポルトガルのウィルゲフォルティス（おそらく）

ウィルゲフォルティスという名の若く美しい貴族の女性が、父親（ポルトガル王だという説もあるが定かではない）によって結婚を決められていた。金持ちの一〇代の娘にはありがちな話だ。婚約者はイスラム教国の王だった。彼は裕福だったので、ウィルゲフォルティスの家族もこの縁談を熱望していた。彼女は敬虔なキリスト教徒だったため、自分とは違う宗教の、ましてや中東の男性と結婚することは受け入れがたかった。

ウィルゲフォルティスは迫ってくる結婚式を避けようと、誰にも賛同されない純潔の誓いを立て、婚約者に嫌われるよう懸命に祈った。彼女の必死の祈りに、神は思いがけない形で応えたらしい。なんと盛大に顎ヒゲが生えてきたのだ。

お察しのとおり、婚約者はウィルゲフォルティスを見た瞬間、恐怖を感じて婚約を破棄した。彼女の父親は激怒し、娘を十字架に磔にした。実の父親が！　なんてひどい。

ウィルゲフォルティスはレズビアンではなく、インターセックスでもなかったが、社会が期待する役割を果たせなくなったため、偏見にさらされ、父親の手によって残酷な死を迎えることになった。〝従順な貴族の娘〟という枠には、ひいてはどんな枠にも、おさまらなかったわけだ。

そのために彼女は忌み嫌われ、怪物扱いされ、殺された。

どこかで聞いたことがあるような話ではないだろうか？

聖ウィルゲフォルティス。
15世紀の時禱書の『詩篇』より「セーラム・ユーズ（Sarum use）」［中世後期、ソールズベリー大聖堂で行われた独自の儀式］、（マンチェスター大学、ジョン・ライランズ図書館、ラテンMS20、JRL1502655）

エピローグ

現代人であるわれわれは、自らの理想や信念体系を、過去の人々、特に女性に投影する傾向がある。どんな状況でも、われわれと同じような行動を取ったり、反応を示したりすることを彼女たちに期待するのだ。しかし多くの場合、中世の人たちの行動や考え方はわれわれとはまったく違う。現代社会の無神論者は肩をすくめて、自分が過去の時代に生きていたら、そんな行動は決して取らなかっただろうと言う。しかし実際のところ、宗教や教会は女性たちの人生に非常に強い影響を与えていた。一三世紀や一四世紀のような時代に、信仰心の強い地域に生まれていたら、あなたも自分の社会的立場、地域社会での評判を気にしたはずだ。

これまで見てきたように、女性は自分の意志を持ち、それを表明することもできたが、社会的に認められた方法でそうする必要があった。現代の多くの文化では、男性が依然として一家の主と見なされることは周知の事実だが、家庭内の雑多なことについて最終的な決定権を握っているのは妻である場合がほとんどであることも周知の事実だ。夕食をどうするか。新車を買うかどうか。その夜どの映画を観るかといったことについて。

夫がその晩〝アレ〟をするつもりなら、妻がどうしても観せたがっている女性向け映画を観ることになるのは確定。でしょう？ 妻が幸せなら人生も幸せなんだから。

でも、いつもそうとは限らない。

現代の人間関係のほとんどはパートナーシップであり、両者の意見を考慮して意思決定する。なかには「男が外で稼ぎ、女が家庭を守る」という古くさい考え方に固執している人もいる。反対に、そんな固定概念をひっくり返して、父親が専業主夫で母親が働きに出るという場合もある。共働きの場合も。交際相手がいる女性もいれば、猫と一緒に独身を謳歌する女性もいる。

昔と比べて、現代社会ははるかに複雑になっているが、いろいろな意味で、自分が望むとおりに生き、最も胸がときめく相手と結ばれるチャンスもある。

中世の女性が性交をして子どもを産むシステムは、相対的に見て、社会によって管理されていたが、そういう社会の枠におさまらずに生きた女性も、法律の抜け穴をうまく利用する女性もいた。結婚していながら純潔の誓いを立て、より上質な生活を楽しむというのは、わたしが知る限り最高の生き方である。

中世の女性たちは最善を尽くした。とやかく言われる筋合いはないのだ。

謝辞

本書の執筆を実現させてくれた多くの人に、深い感謝を。心から感謝します。

マンゴー・パブリッシングのナターシャ・ヴェラは、わたしがいつも話していることを一冊の本にしてはどうかと連絡してくれました。本を書くことはずっと頭にありましたが、彼女の力添えがなければ本書は実現しなかったでしょう。ナターシャ、あなたは優れた人よ。*Tania Crossingham's School of Illumination* のタニアは表紙のイラストを描いてくれました。原画は宝物として飾っています。感謝してもしきれません。わたしの我慢強いボス、ジェニーにもいつもどおり大きな感謝を。ジェニーはわたしが好きなことを好きなようにさせてくれ、しかもいつも急な対応をしてくれます。あなたがいなければ、わたしがこうして書くことはなかったでしょう。

さまざまな時と場所で行ったプレゼンテーション、「リネンのシーツのあいだで」に参加してくれた友人たち、見知らぬ人たちにも愛と感謝を。あなたたちの関心が大きな励みになりました。オンラインで多くの絵の閲覧を可能にしているウォルターズ美術館、外国語で画像を発注する手助けをしてくれたフランス国立図書館とハーグ王立図書館の図書館員の方々にも感謝を。サポートと励ましを与えてくれた *Medieval world* の人たちにも感謝を。ミシェル・バートン、アンドリュー・マキノン、スザンナ・ニューステッド、そして深夜に応援してくれるローレン・ボール、ありがとう。問題を抱えているナイジェル・ヘンダーソンにも大きな感謝を捧げます。

訳者あとがき

中世ヨーロッパの研究書は数多くあり、洋書はもとより日本語の書籍でも「中世　ヨーロッパ」と検索すると漫画も含めて軽く一〇〇〇冊はヒットする。そんななかで本書を際立たせる特徴があるとすれば、中世という時代に生きた女性の性生活とそれにまつわる考えに着目した点だろう。著者のロザリー・ギルバートは中世の歴史的有名人から無名の庶民にいたるまで、その暮らしや記録に並々ならぬ関心をもち、思いを馳せ、考察を加えている。その調査範囲は当時の写本や医学書、裁判記録、流行、文学作品など非常に広範で、各テーマでそれぞれ一冊の本にできそうなくらいだ。そして本書は、著者自身が「学術書ではない」と言っているように、専門的な視点というよりもユーモアを交えた共感的な視点で書かれている。

さて、ここに描かれる女性たちの生活を知り、読者はどんな印象を抱いただろう？　文中で紹介されている数々の写本挿絵を見ると、蛇以下の扱いをされているイヴ、ペニスを摘む修道女、馬に乗る女性器など、散々な描かれようだ。裁判記録には、強姦被害を訴えたのに加害者が無罪放免されてしまう女性、婚姻関係を無効にしたい、あるいは無効にしたくないと闘う女性、騙されて売春婦にされた女性など、胸の痛む事例がこれでもかと登場する。そして著者からはお笑いコンビのような扱いを受けている女性医学者トロトゥーラと神秘家ヒルデガルトは、一応女性の味方のような立場でさまざまな療法を良かれと提案しているが、その内容を見ると味方を装った敵なのか、と思えてくるほど怪しかったり危険だったりする（補足だが、ヒルデガルトに関しては「その思想の多くは幻視体験で得られた真理を述べている」と考察するお笑い視点ではない専門書も幾冊か出版されているので、興味のある方はお調べください）。

もはや笑うべきか泣くべきか分からない人生を送っていたように思われる中世の女性たちだが、そもそもの原因は、彼女たちが欲情的で罪深く、放っておくとすぐに発情してしまうから、聖職者と夫が厳しく管理すべき存在だと見なされていたからだ。本書を読むと、実際に最も性欲が強くて罪深いのは聖職者たちだったのは一目瞭然で、肩書を性職者に変更してはどうかと提案したくなるほどの好色ぶりだが、本人たちは「自分だけは特別に許される」と思っていたのかもしれない。宗教という名の規則が絶対的だった時代、彼女たちにはその時代が定めた枠から抜けることが難しかった。当時の人々は男女を問わず、自分たちが宗教に支配されていたと未来の人間に思われるなんて考えてもいなかっただろう。しかし、それは現代のわれわれも同じことで、仮に地球が数百年後も永らえているとして、未来の人類には「二〇〇〇年代初頭に生きた人たちはメディアに支配されていた」なんて思われれかもしれない。

結局のところ、中世の女性に限らず、人類は笑ったり泣いたり怒ったりしながら、その時代その時代の価値観や宗教、メディア、お偉方などなどが定めた枠内で不自由を感じたり、枠から飛び出したりして生きている。それでもやはり、中世の女性たちに幸せな瞬間や大笑いした時間、心温まる経験もたくさんあったことを願わずにいられない。

最後に、著者のウェブサイト"Medieval Woman（中世の女性）"を紹介しておきたい。https://rosaliegilbert.com/sitemap.html　著者の二冊目の作品"*Medieval Wisdom for Modern Women: Self Care Advice & Warnings From The Middle Ages That You Still Need Today*"（ウェブサイトにて購入可）や日々の活動などが更新されている。すべて英語だが、当時のファッションやヘアケアなども写真やイラスト入りで紹介されているので、興味のある方はぜひどうぞ。

二〇二五年一月

村岡　優

本書に登場する女性たち

アイヴァーのマージェリー・タブ　Margery Tubbe of Iver
アイルランドのキャサリン・マッケスキー　Catherine McKesky of Ireland
アキテーヌのエレノア　Eleanor of Aquitaine
アキテーヌのマチルダ　Matilda of Aquitaine
アルプスの女性　The Woman in The Alps
イタリアのカトリーヌ・ド・メディシス　Catherine de Medici of Italy
イートンのアリス・ライディング　Alice Ridyng of Eton
イングランドのメアリー・ド・ブーン　Mary de Bohun of England
ウィルトシャーのジョーン　Joan of Wiltshire
ヴェネツィアのイザベラ・デステ　Isabella d'Este of Venice
ウディネのエレン　Ellen of Udine
エデンの園のイヴ　Eve of the Garden of Eden
オーストリアのアンヌ　Anne of Austria
オックスフォードシャーのローズ・サヴェッジ　Rose Savage of Oxfordshire
オックスフォードのコル未亡人　Widow Coll of Oxford
カンタベリーのド・フォンテ夫人　Wife De Fonte of Canterbury
カンブリアのジャンヌ・ポティエール　Jeanne Potier of Cambria
クリフトンのベアトリクス・ミルナー　Beatrix Milner of Clifton
クレアのエリザベス・ド・バーグ　Elizabeth de Burgh of Clare
ケイツビーのマーガレット・ウェーヴル　Margaret Wavere of Catesby
ケステヴェンのマーガレット・ハールブルク　Margaret Harburgh of Kesteven
ゴッドストウ修道院のフェルマーシャムの未亡人　Widow Felmersham of Godstow Abbey
サウサンプトンのニコラスの使用人　Servant Girl of Nicholas of Southhampton
サーフリートの赤ん坊リークの母親　Eaby Leeke's Mother of Surfleet

シャーンフォードのエイミー・マーティンマス　Amy Martynmasse of Sharnford
シュパイヤーのカテリーナ・ヘッツェルドルファー　Katherina Hetzeldorfer of Speyer
セント・ミカエル・ル・ベルフリーのアグネス・ブリグナル　Agnes Brignall of St Michael le Belfrey
ソールズベリーのアリス・ボイトン　Alice Boyton of Salisbury
チロルのマーガレット・マウルタシュ　Margaret Maultasch of Tyrol
ディジョンのジャコート・ド・シャトーヴィレン　Jacote de Chateauvillain of Dijon
トロトゥーラ・デ・ルッジエーロ　Trotula de Ruggiero
ナザレのマリア　Mary of Nazareth
ネルトリンゲンのエルス・フォン・アイヒシュテット　Els von Eystett of N?rdlingen
ネルトリンゲンのバーバラ・タルシェンファインディン　Barbara Tarschenfeindin of N?rdlingen
ネルトリンゲンのバーベル・フォン・エスリンゲン　Barbel von Esslingen of N?rdlingen
ノートンのエレン・ケイトメイデン　Ellen Katemayden of Norton
パイを作った女　The Woman Who Made the Pie
ハクスリーのアグネス・ウォレス　Agnes Walles of Hauxley
ハーペンデンのジョーン・ウィリス　Joan Willys of Harpenden
パリの〝小さな〟ジャネット　Jeanette le Petite of Paris
パリのエロイーズ・アルジャントゥイユ　Heloise d'Argenteuil of Paris
パルマの未亡人の娘　The Widow's Daughter of Parma
ハンティンドンのシオドーラ　Theodora of Huntingdon
ブーサムのイザベル・ヘンリソン　Isabel Henryson of Bootham
フランスのクリスティーヌ・ド・ピザン　Christine de Pisan of France
フランドル伯爵夫人クレメンティア　Clementia of Flanders
ブリルのアグネス・ホートン　Agnes Horton of Brill
ブリルのジョーン・ホワイトスケール　Joan Whitescale of Brill
ブロッサムヴィルのアリス・モーティン　Alice Mortyn of Blossomville
ベッケルハイムのヒルデガルト・フォン・ビンゲン　Hildegard von Bingen of Bockelheim

ベッドフォードシャーのマーガレット・ボーフォート　Margaret Beaufort of Bedfordshire
ヘントのカールキン・ヴァン・ラーン　Callekin van Laerne of Ghent
ポックリントンのアグネス・ウェブスター　Agnes Webbester of Pocklington
ポックリントンのアグネス・ド・ウィルトン　Agnes de Wilton of Pocklington
ポックリントンのエレン・ド・ウェルバーン　Ellen de Welburn of Pocklington
ポックリントンのジョーン・スマイス　Joan Smythe of Pocklington
ポート・ロワイヤルのユゲット・デュ・ハメル　Huguette du Hamel of Port-Royal
ボリングブローク家のルーシー　Lucy of Bolingbroke
ポルトガルのウィルゲフォルティス　Wilgefortis of Portugual
ポロントンのエリザベス・ネルソン　Elizabeth Nelson of Pollongton
ポワトゥーのエレノア　Eleanor of Poitou
ポワトゥーのジョアンナ　Joanna of Poitou
マークヤーテのクリスティーナ　Christina of Markyate
メリウスのレイノー　Raynauda of Melius
モンタイユのアリザイス・リーヴス　Alazais Rives of Montaillou
モンタイユのアリザイド・ベネト　Alaizaid Benet of Montaillou
モンタイユのギルメット・ベネト　Guillemette Benete of Montaillou
モンタイユのグラジデ・リーヴス　Grazide Rives of Montaillou
モンタイユのグフジデ・リジエ　Grazide Lizier of Montaillou
モンタイユのベアトリス・ド・プレニソール　Beatrice de Plainisolles of Montaillou
モンタイユのレイモンド・テスタニエール（通称ヴィサンヌ）Vuissane Testaniere of Montaillou
モンタイユのレイモンド・リーヴス　Raymonde Rives of Montaillou
ヨークシャーのギルバーティンの修道女　Gilbertine Nun of Yorkshire
ヨークのアグネス　Agnes of York
ヨークのアリス・ド・ルークリフ　Alice de Rouclif of York

ヨークのアリス・ラッセル　Alice Rassell of York
ヨークのイザベル・グライムソープ　Isabel Grymthorp of York
ヨークのイザベル・ノンハウス　Isabel Nonhouse of York
ヨークのイザベル・ハーウッド　Isabel Herwood of York
ヨークのエレン・ド・ルークリフ　Ellen de Rouclif of York
ヨークのジョーン・セマー　Joan Semer of York
ヨークのジョーン・タンストール　Joan Tunstall of York
ヨークのジョーン・バンク　Joan Bank of York
ヨークのジョーン・ローレンス　Joan Laurence of York
ヨークのマーガレット・ウォッド　Margaret Wod of York
ヨークのマーガレット・ベル　Margaret Bell of York
ヨークのマージェリー・グレイ　Margery Grey of York
リンカーンのギブスコット未亡人　Widow Gybscott of Lincoln
リンカーンのルシア・ソローズドシア　Lucia Thoroldsdottir of Lincoln
リンのマージェリー・ケンプ　Margery Kempe of Lynne
ロークリフのアリス・シャープ　Alice Sharpe of Rawcliffe
ロークリフのジョーン・シムキン　Joan Symkin of Rawcliffe
ローマの聖アグネス　Saint Agnes of Rome
ロンドンのイザベル・レイン　Isabel Lane of London
ロンドンのエレノア・ド・マートン　Eleanor de Merton of London
ロンドンのジョーン・ベヴァリー　Joan Beverley of London
ロンドンのマーガレット・ハセウィク　Margaret Hathewyk of London
ワデスドンのエリザベス・ゴデイ　Elizabeth Godday of Waddesdon
ワデスドンのキャサリン・ウォルロンド　Katherine Walrond of Waddesdon

参考文献

The Age of Adversity: The Fourteenth Century. Robert E Lerner. Cornell University Press. Ithaca, NY. 1968.

A Dictionary of Medieval Terms and Phrases. Christopher Coredon with Anne Williams. DS Brewer, Cambridge. 2004.

A History of Auricular Confession and Indulgences in the Latin Church. Charles Lea Hemy. Vol. 1. New York. Greenwood Press Publishers, 1968,

A History of Private Life. Revelations of the Medieval World. Phillipe Aries and Georges Duby, General Editors.

A Small Sound of the Trumpet. Women in Medieval Life. Margaret W. Labarge. Beacon Press, Boston. 1986.

Between Pit and Pedestal. Women in the Middle Ages. Marty Williams and Anne Echols. Markus Wiener Publishers, Princeton, New Jersey. 1994.

Book of Gomorrah. An eleventh century treatise against clerical homosexual practices. Peter Damian and Pierre J. Payer. Wilfrid Laurier University Press. Waterloo, Ontario, Canada. 1982.

But to Foule Lust and Likynge of Lecherye. Rachel Esa Scott. First taught at Atlantian University, #100. S.C.A. Kingdom of Atlantia. USA. 2 February 2019.

Chaucer's Canterbury Tales. For the Modern Reader. Geoffrey Chaucer. Prepared and Edited by Arthur Burrell, M.A. J.M. Dent and Co. London. May 1909.

The Close of the Middle Ages, 1273–1494. R. Lodge, MA, LLD, Prof History at Edinburgh University. Rivingtons. London. 1915.

Contraception: A History of Its Treatment by the Catholic Theologians and Canonists. John T. Noonan. Enlarged edition. Cambridge, Mass. Belknap Press of Harvard University Press. 1986.

The Corrector. Burchard of Worms 同上.

Culpeper's Complete Herbal & English Physician. Culpeper. Chrysalis Books. Greenwich Editions. 2003.

Dress in the Middle Ages. Francoise Piponnier and Perrine Mane. Translated by Caroline Beamish. Yale University Press. New Haven & London. 1997.

English Society in the Early Middle Ages. (1066–1307). Doris Mary Stenton. *The Pelican History of England.* Penguin Books. 1962.

Everyday Life in Medieval London: From the Anglo-Saxons to the Tudors. Toni Mount. Amberley Publishing. England. 2014.

Fashion in the Age of the Black Prince: A Study of the Years 1340– 1365. Stella Mary Newton. Boydell & Brewer Ltd. The Boydell Press. 1980.

Female Sodomy: The Trial of Katherina Hetzeldorfer. 1477. Helmut Puff. Journal of Medieval and Early Modern Studies 30. 42 & 46. Winter, 2000.

From St. Francis to Dante, translations from the Chronicle of the Franciscan Salimbene (1221–88). G. G. Coulton, 2nd edition, revised and enlarged. 1907.

The Girdle of Chastity: A Medico-Historical Study. Eric J. Dingwall. Routledge. 1931.

Here Begins the Seeing of the Urines: an original 13th–15th Century Urine Diagnosis Pamphlet. Theophrastus von oberstockstall. The Restorers of Alchemical Manuscripts Society. 2014.

Hermaphroditism in the Western Middle Ages: Physicians, Lawyers and the Intersexed Person. Irina Metzler, Studies in Early Medicine I – Bodies of Knowledge: Cultural Interpretations of Illness and Medicine in Medieval Europe, BAR International Series 2170. 2010.

Hermaphrodites and the Medical Invention of Sex. Alice Domurat Dreger. Harvard University Press. Cambridge and London.

Hildegard von Bingen's Physica: The Complete English Translation of Her Classic Work on Health and Healing. Edited by Priscilla Throop. Healing Arts Press, 1998.〔プリシラ・トループ『聖ヒルデガルトの医学と自然学』（ビイング・ネット・プレス）〕

In Christianity, Social Tolerance, and Homosexuality: Gay People in Western Europe from the Beginning of the Christian Era to the Fourteenth Century. John Boswell. University of Chicago Press. Chicago and London. 1980.

Isidore of Seville. The Etymologies of Isidore of Seville. Edited and translated by Stephen A. Barney. Cambridge University Press. Cambridge. 2009.

The Lady in Medieval England 1000–1500. Peter Coss. A Sutton

Publishing Book. Wren's Park Publishing. UK. 1998.

The Letters of Abelard and Heloise. Translated with an introduction by Betty Radice. Penguin Books. London. 1974. [『アベラールとエロイーズ 愛と修道の手紙』または『アベラールとエロイーズ愛の往復書簡』（岩波文庫）]

Life in a Medieval Village. Francis and Joesph Gies. Harper Collins. 1991.

Life in Medieval France. Joan Evans. Phaidon. First published 1929.

Love Locked Out: A Survey of Love, Licence and Restriction in the Middle Ages. James Cleugh. Anthony Blond. London. 1963.

Making A Living in the Middle Ages. The People of Britain, 850–1520. Christopher Dyer. Yale University Press. 2009.

Making Sex: Body and Gender from the Greeks to Freud. Thomas Laqueur. Harvard University Press, Cambridge and London. 1990.

Meanings of Sex Difference in the Middle Ages: Medicine, Science, and Culture. Joan Cadden. Cambridge University Press. Cambridge and New York. 1995.

Medieval Cities: Their Origins and the Revival of Trade. Henri Pirenne. A Doubleday Anchor Book. Princeton University Press. 1925.

Medieval European Society, 1000–1450. Margaret Hastings. Douglass College. Random House. New York. 1971.

Medieval Fabrications. Dress, Textiles, Cloth Work & other Cultural Imaginings. Edited by E. Jane Burns. The New Middle Ages Series. Palgrave Macmillian. 2004.

Medieval Pets. Kathleen Walker-Meikle. Boydell & Brewster Ltd. The Boydell Press, Woodbridge, 2014.

Medieval Women. A Social History of Women in England 450–1500. Henrietta Leyser. Pheonix Giant Paperback. Orion Books. London.

Mistress, Maids and Men. Baronial Life in the Thirteenth Century. By Margaret Wade Labarge. Pheonix Great Britain. 1965.

Montaillou. Cathars and Catholics In A French Village. 1294–1324. Emmanuel Le Roy Ladurie. Translated by Barbara Bray. Scholar Press. Penguin Books. England. 1978

On Sodomy. Peter Cantor.

On Union with God. Albert the Great. Ways of Mysticism Series. Continuum Publishing, Inc. 2000.

The Penitential of Finnian in Medieval Handbooks of Penance: A Translation of the principal libri penitentiales and selections from related documents. John T. McNeill and Helena M. Gamer, Eds. and Trans. New York: Colombia University Press, 1990.

The Penitential of Theodore. McNeill and Gamer.

The Regulation of Brothels in Later Medieval England. Ruth Mazo Karras. Signs Working Together in the Middle Ages: Perspective on Women's Communities 14, no. 2. 1996.

The Romance of the Rose. Guillame de Lorris and Jean de Meun. A new translation by Frances Horgan. Oxford World's Classics, Oxford University Press, 1994.［ギヨーム・ド・ロリス／ジャン・ド・マン『薔薇物語』（ちくま文庫ほか）］

Sewers, Cesspits and Middens: A Survey of the Evidence for 2000 Years of Waste Disposal in York, U.K. Allan R. Hall and Harry K.

Kenward. Environmental Archaeology Unit. University of York. 1975–2003.

Sexuality in Medieval Europe: Doing unto Others. Ruth Mazo Karras. Third Edition. Routledge. London and New York. 2017.

Tacuinum Sanitatis. The Medieval Health Handbook. Translated and adapted by Oscar Ratti and Adele Westbrook. From the original Italian edition by Luisa Cogliati Arano. George Braziller. NY. 1976.

Terry Jones' Medieval Lives. Terry Jones and Alan Ereira. B.B.C. Books. 5 May 2005.

The Trotula: A Medieval Compendium of Women's Medicine. Edited and translated by Monica H. Green. Philadelphia: University of Pennsylvania Press, 2001.

The Western Medical Tradition: 800 BC to AD 1800. Lawrence I. Conrad. Cambridge University Press. 1995.

Transgressing the Boundaries of Holiness: Sexual Deviance in the Early Medieval Penitential Handbooks of Ireland, England and France 500–1000. Christine A. McCann, 2010. Theses 76.

Women in England, c.1275–1525: Documentary Sources. Edited by P.J.P. Goldberg. Translated by P.J.P. Goldberg. Manchester University Press. 20 November 2002.

Women and Gender in Medieval Europe. An Encyclopedia. Editors Mary Erler & Maryanne Kowaleski. University of Georgia. Georgia, USA. 1988.

Women, Family and Society in Medieval Europe. Historical Es-

says, 1978-1991. David Herlihy. Berghahn Books. USA. 1995.

Women in the Medieval English Countryside. Gender & Household in Brigstock Before the Plague. Judith M Bennett. Oxford University Press. New York. 1987

Women in the Middle Ages. The Lives of Real Women in a Vibrant Age of Transition. Frances and Joseph Gies. Harper & Row. New York. 1980.

ロザリー・ギルバート（**Rosalie Gilbert**）

作家、リサーチャー。中世の女性の生活について調査し紹介するサイトRosalie’s medieval womanを主宰。イングランドをはじめとする中世の女性の研究に情熱を注いでいる。
アビー美術館考古学博物館、クイーンズランド美術館の「アフター・ダーク」プログラム、大英博物館の展示「中世の力：象徴と輝き」、第三世代大学のウィンタースクール・プログラム、アビー中世フェスティバルのユニバーシティ・パビリオンなどで、「中世女性の衛生問題と秘められた性生活」をテーマに講演を行ってきた。

村岡 優（むらおか・ゆう）
翻訳家。同志社大学文学部卒業。別名義で、自己啓発や精神世界、ミステリー小説、人文エッセイなどのジャンルの訳書がある。

中世《ちゅうせい》ヨーロッパの女性《じょせい》の性《せい》と生活《せいかつ》

2025年 3月3日 第1刷

著者 ロザリー・ギルバート
訳者 村岡《むらおか》優《ゆう》

装 幀 伊藤滋章
発行者 成瀬雅人
発行所 株式会社原書房
〒160-0022 東京都新宿区新宿 1-25-13
電話・代表 03(3354)0685
http://www.harashobo.co.jp/
振替・00150-6-151594
印刷 新灯印刷株式会社
製本 東京美術紙工協業組合

ISBN 978-4-562-07510-2
printed in Japan